HEXENWIEDERKEHR

DIE HEXEN VON KEATING HOLLOW BAND 14

DEANNA CHASE

Übersetzt von
HELENA TAMIS

ÜBER DIESES BUCH

Vor drei Jahren trennte sich der aufstrebende Rockstar Levi Kelley von der Liebe seines Lebens. Er ahnte, dass eine Fernbeziehung hart werden würde, aber nicht, dass sie ihn zerbrechen würde. Als Teenager war er zu Hause rausgeflogen und wegen seiner ungewöhnlichen Fähigkeiten ausgenutzt worden, darum kam er ausgerechnet mit dem überwältigenden Gefühl, verlassen zu werden, überhaupt nicht klar. Und genau das stellte sich nach zu vielen verpassten Treffen, Missverständnissen und Enttäuschungen ein. Es blieb nichts zu tun, als getrennter Wege zu gehen. Doch jetzt, nach zwei Jahren auf Welttournee, kommt Levi schließlich heim nach Keating Hollow ... und zu seiner wahren Liebe Silas Ansell.

Die Lufthexe Silas Ansell wollte immer zwei Dinge: eine erfolgreiche Karriere als Schauspieler und Levi Kelley. Einst hatte er beides. Dann verlor er Levi, und seine Schauspielkarriere ging den Bach runter, als seine paranormale Dramaserie abgesetzt wurde. Jetzt kommt er nach Hause, entschlossen, sich beides zurückzuholen. Aber was wird er tun, wenn er sich wieder entscheiden muss? Reicht ihm die Liebe, oder wird er eine Möglichkeit finden, alles zu bekommen, was er je wollte?

KAPITEL 1

*L*evi Kelley nahm das Drehbuch und fragte sich, ob es zu spät war, um aus seinem Vertrag zurückzutreten. Was zum Teufel hatte er sich dabei gedacht, als er für die Hauptrolle in einem Film mit seinem Ex unterschrieben hatte? Er war Musiker, kein Schauspieler.

Er saß in seiner Ankleide, hob sein Handy auf und wählte die Nummer seines Agenten.

Dawson ging beim ersten Klingeln ran. „Levi. Ist alles in Ordnung? Wie läuft der erste Tag?"

„Schrecklich. Du musst mich da rausholen."

Es herrschte Stille. Nicht einmal das Geräusch von Bürolärm war im Hintergrund zu hören.

„Dawson?", fragte Levi. „Bist du noch da?"

„Ich bin da. Was ist passiert?"

„Ich habe gerade Silas getroffen, und ich glaube nicht, dass ich das schaffe." Levi lehnte sich in seinem Stuhl zurück und schloss die Augen, versuchte, den ziehenden Schmerz auszublenden, der sich vor zwanzig Minuten eingestellt hatte, als er seinem Ex begegnet war. Er hatte gedacht, er wäre über

Silas Ansell hinweg. Er hatte sich gezwungen, Silas' ganze Serien und Filme zu schauen, um zu beweisen, dass er das konnte. In den zwei Jahren, seit sie sich getrennt hatten, hatte Levi ihn nicht persönlich getroffen oder auch nur angerufen. Sie hatten sich aus gutem Grund getrennt.

Einem sehr guten.

Und jetzt? Levi würde gezwungen sein, in den nächsten drei Monaten jeden Tag Zeit mit Silas zu verbringen und so zu tun, als würden Sie sich verlieben.

„Wir haben schon darüber gesprochen", sagte Dawson vorsichtig. „Ich dachte, du hättest gesagt, es wäre okay für dich, mit Silas zu arbeiten. Dass genug Zeit vergangen wäre, und du bereit wärst, zumindest freundschaftlich mit ihm umzugehen."

Ja. Das hatte Levi sich gedacht. Er hatte gerade seine Tour abgeschlossen gehabt und war auf einem emotionalen Höhenflug gewesen, als das Angebot, in dem Film die Hauptrolle zu spielen, aus dem Nichts erschienen war. Normalerweise hätte er überhaupt nicht darüber nachgedacht, in einem Film mitzuspielen. Schauspielerei war nichts, was er jemals ernsthaft in Betracht gezogen hatte. Aber das Drehbuch hatten Miranda Moon und Cameron Copeland geschrieben, zwei Bewohner von Keating Hollow, und die Hauptrolle spielte sein Ex Silas Ansell. Er hatte sofort ja gesagt, weil er wusste, dass es Gelegenheiten wie diese kein zweites Mal gab.

Als Dawson Zweifel geäußert und ihn gefragt hatte, ob er sich echt überlegt hatte, was es bedeuten würde, zusammen mit seinem Ex zu spielen, hatte Levi sich erst recht reingekrallt. Er würde sich von Silas diese Chance nicht ruinieren lassen. Er hatte in den Jahren, in denen sie zusammen gewesen waren, bereits zu viele Opfer für den Mann gebracht. Diesmal würde Levi etwas für sich tun. Sollte Silas doch verdammt sein.

Aber jetzt, nachdem er ihn gesehen hatte … Levi hatte ernsthaft unterschätzt, wie schlimm es sein würde, einfach nur um Silas herum zu sein.

„Levi?", fragte Dawson. „Bist du noch bei mir?"

„Ja."

„Ich kann versuchen, dich da rauszukriegen, aber um ehrlich zu sein, das wird ein Schlamassel. Das Studio ist darüber sicher nicht erfreut und wird vermutlich mit Klagen drohen. Ganz zu schweigen von der Klatschpresse und den Paparazzi, die sich wahrscheinlich in einen Wahn hochschaukeln."

Levi stieß einen übertriebenen Seufzer aus. „Das ist deine Art, mir zu sagen, dass ich mein Bett gemacht habe und es jetzt Zeit ist, die Schnauze zu halten und mich reinzulegen, oder?"

„Irgendwie schon. Aber ich arbeite für dich, wenn du also willst, dass ich mich mal vortaste, mache ich es."

Ein leises Klopfen erklang an seiner Tür. „Levi? Wir sind bereit für dich."

In Levis Eingeweiden brodelte die Nervosität, doch er schüttelte den Kopf, obwohl Dawson das nicht sehen konnte, und sagte: „Nein. Du hast recht. Wenn ich jetzt einen Rückzieher mache, werden diese Klatschspalten niemals locker lassen. Ich werde … keine Ahnung. Es irgendwie hinkriegen, schätze ich."

„Ruf mich an, wenn du mich brauchst", sagte Dawson.

„Mache ich. Danke." Levi beendet den Anruf, ging in sein Badezimmer und spitzte sich Wasser ins Gesicht, dann verließ er den Trailer und ging in die Scheune, wo der Rest der Darsteller sich zu einer ersten Leseprobe am Tisch versammelt hatte.

Silas nahm ihm gegenüber Platz, und Levi schaute alle an, außer Silas. Seine dunklen, ausdrucksstarken Augen zu sehen und nicht zu wissen, was hinter seiner verhüllten Miene vorging, war einfach zu viel.

Levi musste auf andere Gedanken kommen. Er musste sich auf das Drehbuch konzentrieren.

„Herzlich willkommen", sagte ein Mann, der schick in eine blaue Hose und passende Weste gekleidet war. Er richtete seine blau-lila gestreifte Krawatte und räusperte sich. „Ich bin Marcus Maloney, der Regisseur des Films. Danke, dass ihr alle hier seid. Wir sind total gespannt darauf, mit euch zu filmen. Jetzt, bevor wir anfangen, solltet ihr wissen, dass wir einige Änderungen am Drehbuch vorgenommen haben. Die Grundidee ist noch da, doch Miranda und Cameron haben die Hintergrundgeschichten der beiden Protagonisten verändert und uns ein wenig mehr Einblick verschafft, weshalb unsere beiden Helden so zurückhaltend sind, einander zu vertrauen. Wir sind alle der Meinung, dass das Drehbuch dadurch stärker wird, und wir können es nicht erwarten, uns reinzustürzen. Seid ihr bereit?"

Es wurde genickt und zustimmend gemurmelt.

Levi öffnete das Drehbuch, das vor ihm lag, und musterte die erste Seite. Es war eine Szene, in der River Ramon – Levis Figur – auftrat, mit seiner Mutter, die anscheinend seine Managerin war. Sie verhandelten über die Richtung, die Rivers Karriere nehmen sollte. Es war ein Streit darüber, ob er einen Werbefilm machen sollte, dann stürmte River raus und lief in Ezra Jackson hinein, Silas' Figur.

„Hey! Pass doch auf", las Silas aus dem Drehbuch vor.

„Tut mir leid." Levi sagte seinen Text und musste Silas nun anschauen, da es ans Eingemachte ging.

Das Drehbuch ließ River Ezra auffangen, und die beiden betrachteten einander einen Augenblick lang schweigend.

Alle am Tisch waren still, während Levi und Silas den

Moment in ihren entsprechenden Stühlen zu spielen schienen. Sie hielten den Blick des anderen fest, Jahre der unausgesprochenen Worte schienen zwischen ihnen hin und her zu gehen.

„Wow", sagte die Schauspielerin, die Levis Mutter spielte, so leise, dass Levi es kaum hörte.

„Ich glaube, da sind wir alle einer Meinung. Spart doch ein bisschen was für die Kamera auf, okay, Jungs?", sagte Marcus.

„Oh, das wird gut", bemerkte eine umwerfende Blondine ein paar Sitze weiter.

Silas räusperte sich und schaute dann auf das Drehbuch hinab.

Levi hätte alles gegeben, um genau zu wissen, was sein Ex in diesem Augenblick dachte. Denn Levi wollte Silas nur am Handgelenk packen, ihn in die Ankleide zerren und … was tun? Ihn küssen wie der Teufel? Antworten verlangen? Eine Entschuldigung? Er hatte keine Ahnung, aber jede Zelle seines Körpers brüllte danach, dass er Silas allein erwischen musste.

Und als sie schließlich mit der Leseprobe fertig waren und Marcus ihnen sagte, dass sie für heute Schluss machten, stand Levi auf und ging ohne ein Wort an irgendjemanden hinaus.

Als Levi gerade seinen Jeep Wrangler erreicht hatte, sprang seine Geistmagie an, und er spürte jemandes Energie hinter sich.

Silas.

Levi erstarrte mit der Hand auf dem Türgriff. Er war eine Geisthexe, die spüren konnte, wenn Leute in der Nähe waren. Er wusste nicht immer, wer derjenige war, aber die Energie seines Ex hätte er überall erkannt.

„Können wir mal kurz reden?", fragte Silas.

Nein, dachte Levi. Aber dann straffte er die Schultern und drehte sich um, schaute in Silas' immer noch zurückhaltende Miene. „Was gibt es denn zu reden?", fragte er.

„Ich ..." Silas räusperte sich. „Ich wollte nur sagen, dass es schön ist, dich zu sehen."

Levi hatte so etwas nicht erwartet und spürte, wie es leicht an seinem Herzen zerrte. Verdammt. Er musste das sofort unterbinden. Wie sollte er mit Silas arbeiten, wenn er nicht an seinen Gefühlen für ihn vorbeikam? Da er nicht wusste, wie er reagieren sollte, murmelte er nur: „Okay."

Der Frust bahnte sich schließlich seinen Weg auf Silas' Züge, und Levi wusste, dass seine Antwort ihn genervt hatte. Doch Silas brachte seine Miene rasch unter Kontrolle. „Ich wollte dir nur zu der Rolle gratulieren." Er stieß ein nervöses Lachen aus. „Ich wusste nicht mal, dass du mit dem Schauspielern anfangen willst."

„Wollte ich nicht", sagte Levi mechanisch. Das war immerhin die Wahrheit. „Oder vielmehr, ich wusste es auch nicht. Aber als das Angebot reinkam, habe ich beschlossen, dass das eine Gelegenheit war, die ich nicht ablehnen konnte. Und jetzt sind wir hier. Zum Besseren oder Schlechteren, schätze ich."

Silas schob die Hände in die Jeanstaschen und hob die Schultern, während er den Kopf leicht zur Seite neigte, um Levi zu mustern. „Also hast du nicht unterschrieben, weil ich dabei bin?" In seinem Tonfall lag Sarkasmus, doch Levi wusste es besser. Silas wollte wirklich wissen, ob Levi seinetwegen da war.

„Nein, Si, ich habe keine Filmrolle angenommen, nur um in deiner Nähe zu sein. Das ist für mich, für meine Karriere. Ist das so schwer zu glauben?"

„Nein." Silas schüttelte den Kopf, seine Miene war wieder ernst. „Natürlich nicht. Ich war nur ..." Er zuckte mit den

Schultern. „Ich weiß nicht, was ich denken soll. Dass du hier warst, war eine große Überraschung. Nicht das, was ich erwartet habe. Das hat mich aus der Bahn geworfen, das ist alles."

„Klar." Levi musste sofort aus dieser unangenehmen Unterhaltung raus. „Ich bin sicher, du wirst dich daran gewöhnen." Er öffnete die Tür des Jeeps, aber Silas' Hand auf seiner Schulter hielt ihn auf. Er drehte sich um, um Silas noch einmal anzusehen. „Was ist denn?"

Silas' Stimme war leise und voller Gefühl, als er sprach. „Ich wollte sagen, wie leid es mir tut, was zwischen uns passiert ist."

„Ja, das weiß ich doch", sagte Levi, der den Kloß in seiner Kehle schluckte. Obwohl sie sich getrennt hatten, hatte Levi nie infrage gestellt, dass Silas ihn geliebt hatte. Das hatte er. Er hatte ihn nur nicht genug geliebt, um ihm zu geben, was er brauchte. „Aber das liegt alles in der Vergangenheit, oder?"

„Klar." Silas nickte. „Ich wollte nur, dass du das weißt. Und ich hatte mir erhofft, dass wir vielleicht … Freunde sein können?"

„Freunde?", wiederholte Levi, überhaupt nicht sicher, wie das funktionieren sollte. Aber er war derjenige, der die Entscheidung getroffen hatte, dass sie zusammen an einem romantischen Film arbeiteten. Wenn sie nicht zumindest Freunde sein konnten, würde das niemals funktionieren.

„Ja, weißt du, wie es war, bevor wir zusammenkamen. Das hat damals funktioniert. Es könnte jetzt funktionieren", sagte Silas.

Levi stieß ein leises Lachen aus. „Si, ich sage dir das nicht gerne, aber wir waren niemals nur Freunde." Dann zuckte er mit den Schultern und sagte: „Klar. Wir können Freunde sein. Aber jetzt im Augenblick muss ich nach Hause. Hope kocht zum Abendessen."

7

Silas nickte und hielt ihm die Hand hin. „Besiegeln wir es mit einem Handschlag?"

Levi nahm die Hand seines Ex, und sobald sie sich berührten, prickelte ein elektrisches Summen seinen Arm hinauf, sodass er überall Gänsehaut bekam und ein Beben sich durch seinen Körper vorarbeitete.

Silas schnappte scharf nach Luft, was nahelegte, dass er es auch spürte. Bevor Levi loslassen konnte, zog Silas sanft an seiner Hand und holte ihn dann in eine feste Umarmung, um zu flüstern: „Ich bin so stolz auf dich, Levi. Es tut mir sehr leid, dass ich die letzten zwei Jahre nicht mit dir teilen konnte."

Dann ließ er los und marschierte weg, sodass Levi ihm nur nachschauen konnte.

KAPITEL 2

*V*on dem Augenblick an, als Silas erfahren hatte, dass Levi in seinem Film die Hauptrolle spielte, war er im Schockzustand und hatte überhaupt nicht verstehen können, wie es dazu gekommen war.

Geistig erfasste er es natürlich. Der andere Hauptdarsteller Will Weeks war in einem Autounfall ernsthaft zuletzt worden und in letzter Minute ausgestiegen. Da alles bereits im Gange und bereit zum Dreh war, hatte das Casting darum gekämpft, nicht nur einen passenden Schauspieler zu finden, sondern auch einen, der singen konnte. Der Protagonist war immerhin Rockstar. Niemals in einer Million Jahre hätte Silas sich vorstellen können, dass sie die Rolle Levi Kelley übergaben.

Obwohl er sich nicht sicher war, weshalb. Levi war umwerfend. Er war hochgewachsen, hatte dunkle, lockige Haare und brütend dunkle Augen. Er war genau die Art Mann, die sich perfekt auf einem Filmposter machte. Außerdem lief bei ihm bereits die Sache mit dem sexy Rockstar. Aber er hatte nie ein Interesse an der Schauspielerei gezeigt. Auf jeden Fall nicht in den Jahren, in denen sie zusammen gewesen waren.

Die Dinge hatten sich offensichtlich geändert.

Silas packte das Lenkrad seines Tesla und fuhr vor seinem Haus vor, das an der Bergflanke lag. Er hatte das moderne Anwesen nach seinen Vorstellungen bauen lassen, und hätte er dort nicht einmal mit Levi gewohnt, wäre er begeistert gewesen, wieder hier zu sein. Aber nun, trotz der fantastischen Aussicht auf das Tal von Keating Hollow und den Fluss, der durchlief, fand Silas das Haus einfach nur deprimierend.

Er stellte das Auto auf Parken und ging nach drinnen. Einen Augenblick später kehrte er mit Cappy auf den Fersen zum Auto zurück. Nachdem er die Hintertür geöffnet hatte, winkte er, damit der lebhafte Golden Retriever einstieg. „Willst du Tante Shannon besuchen?", fragte er seinen Hund.

Cappy wedelte so fest mit dem Schwanz, dass Silas Angst hatte, der Hund würde sich die Hüfte verreißen.

„Mach schon. Steig ein, oder ich lasse deinen flauschigen Hintern hier", log er.

Cappy stieß ein hohes, aufgeregtes Winseln aus und stieg ungeschickt in das Auto.

Silas lachte auf und schüttelte den Kopf. „Du Witzbold." Als Cappy sich dann auf den Vordersitz und das Lieferessen stürzte, das er dort stehen gelassen hatte, rief Silas: „Nein, Cappy! Das ist nicht für dich."

Der Golden Retriever erstarrte und warf Silas seinen besten Blick aus traurigen Welpenaugen zu, bevor er sich auf dem Rücksitz zusammenringelte, als hätte er niemals versucht, das Risotto zu verspeisen.

„Ja. Du führst hier keinen hinters Licht, Kumpel." Silas stieg auf den Fahrersitz, schaute zurück auf seinen Hund, der nun aufrecht da saß und das ganze Rückfenster vollsabberte, und lachte einfach. Dafür meldete man sich einfach freiwillig, wenn man beschloss, das Leben mit einem Golden Retriever zu verbringen.

Zehn Minuten später fuhr Silas in Shannons Einfahrt neben ihren roten Mustang. Mit dem Lieferessen in einer Hand und Cappys Leine in der anderen marschierte er zu ihrer Eingangstür und klopfte.

Keine Antwort.

Er klopfte noch einmal und läutete.

Nichts.

Da er wusste, dass seine Schwester oft draußen am Pool saß, wenn sie arbeitete, probierte er den Türknauf und stellte fest, dass nicht abgeschlossen war. Er ließ Cappy rein und folgte ihm dann, dabei rief er: „Shannon? Das Essen ist da!"

Er hatte gerade seine Essenstüte auf den Tresen gestellt, als er vom hinteren Garten ein Kreischen hörte. Silas eilte hinüber zu den Glasschiebetüren und stellte fest, dass Cappy an seiner Schwester hochsprang, die eilig versuchte, ihren nackten Körper mit einem langen weißen Kleid zu verdecken.

Brian, ihr Mann, zog sich die Jeans hoch.

„Ach du liebe Zeit. Tut mir leid!", rief Silas und eilte zurück in die Küche, wobei er spürte, wie seine Wangen vor Verlegenheit brannten.

„Ein Anruf hätte geholfen, diese Situation zu vermeiden", sagte sein Schwager, der durch die Hintertür kam und sein T-Shirt herunterzog.

Silas starrte Brian ausdruckslos an. „Ich habe angerufen. In der Mittagspause. Ich habe Shannon eine Nachricht da gelassen, dass ich Abendessen mitbringe."

„Oh." Brian zuckte nur mit den Schultern und beäugte die Tüten mit Essen. „Was gibt's denn?"

„Es gibt Krabben-Risotto und Shannons Lieblingsessen, gebratene grüne Tomaten mit Remoulade." Er ging hinüber zu ihrem Weinregal und zog eine Flasche Rotwein heraus. „Ich nehme den. Was trinkt ihr?"

„Der ist in Ordnung", sagte Brian, der sich die Hände im Waschbecken wusch.

„Ich hoffe, ihr habt mehr, denn ein Glas oder zwei werden nach diesem Tag nicht reichen." Silas starrte den Korken an. Eine Sekunde später hatte ihn seine Luftmagie aus der Flasche gezogen. Der Korken flog durch die Luft und traf Brian am Hinterkopf.

„Hey!" Brian rieb sich die Stelle, an der er getroffen worden war. „War das nötig?"

„Ja", sagte Silas, der sich ein großzügiges Glas einschenkte. „Ich war zu ungeduldig, um nach dem Korkenzieher zu suchen."

Shannon tauchte auf, ihre Wangen waren leicht rosa gefärbt. Ihre langen kastanienroten Haare waren schlampig hochgesteckt, aber das passte perfekt zu dem fließenden, weißen Kleid im Boho-Stil, das sie trug. „Äh, das tut mir leid. Ich schätze, wir haben nicht auf die Zeit geachtet."

„Wohl wahr." Silas nahm einen großen Schluck Wein und lehnte sich an den Tresen.

„Wie war es, Levi wieder zu sehen?", fragte Shannon, legte ihm eine weiche Hand auf den Arm.

„Schrecklich." Silas schloss die Augen und erinnerte sich an die Umarmung, die er Levi gegeben hatte. „Und toll."

„Ach, Si", sagte sie und legte ihm einen Arm um die Schultern, zog ihn zu einer seitlichen Umarmung heran. „Habt ihr geredet?"

„Ein bisschen. Wir werden versuchen, Freunde zu sein."

Shannon gab ein leises Schnauben von sich.

Silas öffnete die Augen und funkelte seine Schwester an. „Das ist nicht witzig. Du weißt, dass ich das zum

Funktionieren bringen muss. Auf die eine oder andere Art. Es wird die reinste Folter, dieses neue Drehbuch mit ihm zu spielen."

„Neues Drehbuch?", fragte Shannon mit gehobenen Augenbrauen.

Er nickte und zog die gebundenen Seiten aus seiner Tasche. „Es ist sogar noch emotionaler und herzzerreißender als das letzte."

„Das haben sie heute auf euch losgelassen?", fragte sie und blätterte durch die Seiten.

„Ja. Bei der Leseprobe." Er schüttete einen weiteren Schluck Wein hinunter.

Shannon musterte die Seiten, während Brian ihr Essen auf Teller gab und den Tisch deckte. Sein Schwager führte ihn zu seinem Stuhl und füllte sein Glas nach, ohne dass Silas auch nur fragen musste.

„Shannon", sagte Brian. „Dein Abendessen wird noch kalt."

Sie nickte und rutschte auf ihren Platz, ohne auch nur einmal von den Seiten wegzuschauen.

Brian und Silas wechselten einen wissenden Blick. Wenn Shannon im Arbeitsmodus war, war es unmöglich, ihre Aufmerksamkeit zu bekommen. Brian füllte sein eigenes Weinglas, hielt es Silas hin und sagte: „Viel Glück, Bruder. Du wirst es brauchen."

„Das kannst du laut sagen."

Nach diesem Trinkspruch stürzte Brian sich auf das Essen und machte lobende Geräusche, während Silas das Essen, das er sich in den Mund schaufelte, kaum schmeckte. Stattdessen musterte er Shannon, während sie das Drehbuch durchging. Als er sah, wie sie sich eine Träne abwischte, warf er seine Gabel hin und ließ ein Stöhnen hören. „Ernsthaft? Du weinst?"

„Es ist einfach … so gut", sagte sie schniefend. „Siehst du das nicht?"

Silas drückte sich einen Finger in die Augenhöhlen, wünschte, er könnte noch mal neu anfangen. „Ich weiß nicht. Ich schätze schon", gab er zu. „Es ist nur …"

„Schmerzhaft?", schloss sie leise. „Zu dicht dran?"

Er nickte. „Ja. Das."

Shannon griff über den Tisch und legte ihre Hand auf die ihres Bruders. „Es tut mir leid, Silas. Ich hätte dir das nicht empfohlen, wenn ich gewusst hätte, dass es so endet."

„Doch, hättest du, und hättest du das nicht getan, wärst du eine schlechte Agentin", sagte er, wusste tief in den Eingeweiden, dass das stimmte. Shannon war immer auf seiner Seite, und er musste ihr zugutehalten, dass sie immer gewusst hatte, wenn etwas ein Hit werden würde. „Es ist eine verdammt gute Rolle, und ich müsste ein Narr sein, um mir die entgehen zu lassen."

Seufzend legte Shannon das Drehbuch zur Seite, griff mit der anderen Hand über den Tisch und hielt seine beiden fest. „Du weißt, dass deine geistige Gesundheit und dein Wohlbefinden wichtiger sind als jeder Job, oder? Denn nur, weil eine gute Gelegenheit auf dem Tisch liegt, heißt das nicht, dass du sie annehmen musst."

Silas schluckte schwer und nickte. Aber die Wahrheit war, dass er nie bereit gewesen war, irgendwas abzulehnen, was für seine Karriere ein guter Schritt gewesen war. Nicht seit er Shannon vor all den Jahren gebeten hatte, als seine Managerin von seiner Mutter zu übernehmen. Seine Mutter war auf den Promistatus aus gewesen und hatte gewollt, dass er jede Rolle annahm, die ihn im Blick der Öffentlichkeit hielt. Selbst Dinge wie Realityshows, die er stetig abgelehnt hatte und absolut hasste.

Als Shannon übernommen hatte, hatte sie sichergestellt, dass er Gelegenheiten für solide Schauspielkunst bekam. Interessante, anspruchsvolle Rollen, die dazu führten, dass er ein respektierter Schauspieler wurde, und eine von ihnen hatte ihm sogar einen Oscar eingebracht. Sie suchte immer nach etwas, das in seinem Interesse war, nicht ihrem. Völlig das Gegenteil von dem, was seine Mutter während seiner ganzen Kindheit getan hatte, die immer sichergestellt hatte, dass er einen Job nach dem anderen hatte, damit die Schecks weiter eintrudelten, ob er nun Interesse an den Rollen hatte oder nicht.

Hätte Silas sich diese Gelegenheit entgehen lassen, wenn er gewusst hätte, dass Levi sein Co-Star war?

Auf keinen Fall.

Die Antwort war gleich da, brüllte ihn aus seinem Unterbewusstsein an. Aber lag das daran, dass er mit Levi arbeiten und in seiner Nähe sein wollte? Oder war es, weil er es darauf abgesehen hatte, seine Karriere mit den richtigen Projekten aufzubauen, die er nicht mal hätte ablehnen können, wenn er es gewollt hätte?

Er wusste es einfach nicht.

Und das war der ganze Grund, weshalb Levi sich von ihm getrennt hatte. Silas hatte sich immer Zeit für das nächste Projekt genommen, den nächsten Job, das nächste große Ding, aber er hatte niemals sichergestellt, dass er für Levi da war.

Wenn ein Wunder passierte und die Zeit, die sie zusammen bei diesem Film waren, Levi und Silas tatsächlich wieder zusammenbrachte, würde Silas sich ändern können? Würde er die Beziehung über die Anforderungen seiner Karriere stellen?

Konnte er das?

Er hatte keine Antwort, und diese Tatsache zerriss ihn innerlich.

Die Frage war aber hinfällig, denn Levi hatte kein Interesse daran gezeigt, das Feuer wieder anzufachen. Verflixt, er hatte über zwei Jahre nicht mehr mit ihm gesprochen. Zwei lange, schmerzhafte Jahre.

„Tust du mir einen Gefallen?", fragte Shannon.

„Was denn?" Silas schaute in ihr mitfühlendes Gesicht.

„Denk daran, wo du in zehn Jahren sein möchtest. Wie sieht das aus? Wichtiger, was immer du tust, wer ist bei dir?"

„Du", sagte er mechanisch.

Shannon verdrehte die Augen, während Brian ein Stöhnen ausstieß.

„Es besteht immer die Gefahr, dass du reinplatzt, wenn wir gerade Pool-Sex haben wollen, oder nicht?", fragte Brian mit einem Hauch Erheiterung im Blick.

„Pool-Sex?", wiederholte Silas, der das Gesicht verzog. „Ich steige nie wieder in euren Pool."

Brian lachte. „Mission erfüllt."

„Mit deiner Schwester rumzuhängen, wird dein Liebesleben nicht sonderlich verbessern", sagte Shannon mit einem Grinsen. „Ich schlage vor, dass du dir deine Optionen noch mal überlegst." Sie zwinkerte ihm zu und stürzte sich dann auf das Risotto, als hätte sie tagelang nichts gegessen.

„Sieht aus, als würde Pool-Sex den Appetit wecken", sagte Silas.

„Ach nein. Heute gab es keinen Pool-Sex. Mein Schwager hat mir dazwischengefunkt", sagte Brian, der eine weitere Flasche Wein öffnen wollte.

„Das wird er nicht auf sich beruhen lassen, oder?", fragte Silas Shannon.

„Nö. Jetzt erzähl mir alles. Was hat Levi gesagt? Wie sah er aus? Warum macht er plötzlich was als Schauspieler?"

Silas wartete, bis sein Glas wieder voll war, dann lehnte er sich zurück und seufzte. „Er ist umwerfend. Talentiert. Wütend. Und offensichtlich macht er das, weil ihm die Gelegenheit in den Schoß gefallen ist, und er nicht Nein sagen konnte."

„Wütend?", fragte Shannon, in ihren Augen leuchtete Aufregung. „Auf dich?"

„Warum siehst du dabei so zufrieden aus?", blaffte Silas. „Gefällt es dir, meine Folter zu sehen?"

„Weil, kleiner Bruder", sagte sie mit einem gerissenen Lächeln, „wenn er wütend ist, ist er nicht über dich hinweg. Und ich möchte meine Provisionen fürs ganze Jahr darauf wetten, dass er das nicht macht, weil es eine gute Gelegenheit ist. Er macht es, weil du da bist."

„So benimmt er sich aber nicht", sagte Silas unglücklich. „Er sah aus, als wolle er mich schlagen."

Shannon lachte leise. „Ich wette, das tut er. Aber das heißt nicht, dass er dich nicht *will*. Vertrau mir, Silas. Wenn du ihn zurückwillst, zeig ihm, dass du ihm geben kannst, was er braucht."

„Was, wenn ich das nicht kann?", fragte Silas, seine Stimme kaum ein Flüstern.

„Er braucht nur einen Partner, der ihn an die erste Stelle setzt. Frag dich mal, was ist wichtiger? Levi oder alles, was du hast, in eine Schauspielkarriere zu geben, die dir eigentlich überhaupt nie so wichtig war?"

Falls das die Frage gewesen wäre, hätte Silas in einem Wimpernschlag antworten können. Aber was Shannon nicht klar war, war, dass die Schauspielerei seine ganze Identität darstellte. Wenn er die Karriere nicht hatte, die er sich geschaffen hatte, was dann? Wer wäre er dann?

Niemand.

Die Worte seiner Mutter hallten in seinen Gedanken nach.

Silas Ansell, hör auf mich, du wirst eines Tages jemand sein.

Wie oft hatte er sie sagen hören, dass er nur schwer arbeiten musste, und ihm würde die ganze Welt zu Füßen liegen?

Konnte er alles für Levi aufgeben?

Er wollte ja sagen. Sein Herz brüllte ihn an, dass er genau das tun sollte.

Aber tief im Inneren wusste er einfach nicht, ob er sich von allem abwenden konnte, was er für irgendjemanden aufgebaut hatte, nicht mal sich selbst.

KAPITEL 3

*L*evi tigerte durch den Garten seiner Schwester. Die Leseprobe diesen Vormittag war intensiv und beunruhigend gewesen. Was hatte ihn auf den Gedanken gebracht, dass er schauspielern konnte? Es war zunehmend klar geworden, dass die ganzen Emotionen, die er beim Lesen des Drehbuchs gezeigt hatte, überhaupt keine Schauspielerei gewesen waren. Und obwohl das manchmal für die Szenen funktioniert hatte, war es bei anderen ein epischer Reinfall gewesen.

Etwa, wenn sie die zarten Teile der Romanze gelesen hatten. River und Ezra unternahmen eine Wanderung in den Wäldern und gerieten in einen außersaisonalen Schneesturm, sodass sie die Nacht in einer Jagdhütte verbringen mussten. Es war diese Szene, in der sie das erste Mal feststellten, dass sie etwas füreinander empfanden. Die Szene sollte zart und romantisch und dann bittersüß sein, wenn sie zurück in die echte Welt mussten. Stattdessen hatte Levi sie gesprochen, ohne seinen Abscheu verbergen zu können.

Levi hatte nicht geglaubt, dass die Figuren jemals über ihre

Missverständnisse und Probleme hinauskommen würden. Man brauchte kein Genie zu sein, um zu verstehen, dass das Drehbuch auf manche Art seine Beziehung zu Silas widerspiegelte, und das war der Grund, weshalb er offenbar nicht einfach so tun konnte, als würde sich am Ende alles in Wohlgefallen auflösen.

Er hatte alles, was er hatte, in seine Beziehung zu Silas gegeben. Obwohl sie so viel Zeit getrennt verbracht hatten, mit der Arbeit an ihrer jeweiligen Karriere, war er immer für FaceTime-Plaudereien und geplante Besuche da gewesen. Er hatte sogar ein Interview mit dem *Rolling Stone* abgelehnt, weil sie versucht hatten, es auf eine Zeit zu verlegen, wenn er sich mit Silas hätte treffen sollen.

War es für irgendjemanden eine Überraschung gewesen, dass letztlich Silas dieses Wochenende abgesagt hatte? Für niemanden außer Levi. Er war so naiv gewesen. Da hatte Levi angefangen, zu verstehen, dass er für Silas niemals so wichtig sein würde, wie Silas es für ihn war. Und der Abscheu hatte sich allmählich eingestellt.

Mit einem Kopfschütteln tat Levi sein Bestes, um seine Gedanken auszusperren. Er hatte zu arbeiten. Irgendwie musste er Silas als Ezra sehen, nicht denjenigen, der ihn wie eine Nebensache behandelt hatte.

Nachdem er den Umschlag geöffnet hatte, der gerade vor einer Stunde eingetroffen war, musterte er die Szene, an der sie am nächsten Tag arbeiten würden. Es war eine Streitszene, in der River Ezra wegen eines missverständlichen Zitats verließ, das an die Presse durchgesickert war und einen Shit-Storm für River auslöste.

Levi stieß ein erleichtertes Seufzen aus. Wut konnte er. Davon hatte er genug. Es würde die Versöhnungsszene sein, die sie an einem anderen Tag drehten, die Levi an seine Grenzen treiben würde.

„O mein Gott, da bist du!", rief Frankie, seine Pflegenichte, während sie in den Garten rannte, auf ihrem Gesicht leuchtete Verehrung. Die Dreizehnjährige war vor zwei Jahren zu seiner Schwester und Chad gezogen. „Ich kann nicht glauben, dass du drei ganze Monate zu Hause bist. Was willst du als erstes machen? Am Wochenende gibt es ein Erntefestival mit einem Talentwettbewerb. Da wärst du der Hit. Auch einen Bauernmarkt. Da gibt es eine neue Bude, die abgepackte Scherzzauber verkauft, so was wie Bonbons, die die Stimme hoch werden lassen wie Helium, heiße Schokolade, die Leute aufbläht, sodass sie rülpsen wie ein Frosch, und Gummibärchen, die sich zu Beleidigungen formen. So was eben. Was willst du als erstes machen?"

„Äh …" Levi wollte nichts davon machen. Ihm hatten Scherzartikel nie gefallen, und wenn es um essbare Dinge ging, gab es noch die ganze Sache mit dem Konsens. „Wie wäre es, wenn du den Talentwettbewerb machst, und ich feuere dich aus der vordersten Reihe an?"

Sie verzog das Gesicht. „Ich bin nicht gut genug für den Talentwettbewerb. Außerdem würde ich mich niemals wohlfühlen, wenn du vorne in der Menge stehst. Aber du bist ein großer Rockstar. Keiner könnte dich schlagen."

Er schaute den eifrigen Teenager an. Ihre lockigen Haare waren zu einem dicken Zopf frisiert, und sie trug ein Oversize-Shirt mit Skinny Jeans. Alles an ihr war zurückgenommen, bis auf die roten Paillettensneaker, die glitzerten, als die untergehende Sonne auf sie fiel. Er konnte einfach erkennen, dass irgendetwas in ihr für die Bühne gemacht war.

Levi nahm Platz auf der Verandaschaukel und bedeutete

ihr, dass sie sich neben ihn setzen sollte. „Warum glaubst du, sollte ich beim Talentwettbewerb mitmachen?"

„Warum nicht? Du gewinnst bestimmt. Alles, was du bräuchtest, wären deine Gitarre und ein Mikrofon." Sie seufzte sehnsüchtig. „Was würde ich nicht geben, um Geistmagie zu haben. Deine Fähigkeit, fast alles zu spielen, ist einfach … na ja, magisch."

Levi lachte leise. Es stimmte. Seine Geistmagie verschaffte ihm einen Vorteil, wenn es ums Erlernen von Instrumenten ging. Er eignete sich die Fähigkeiten rasch an, die man brauchte, um sie zu spielen. Wenn man bedachte, dass er die letzten drei Jahre auf Tour verbracht hatte, war dieser kleine Vorteil auf jeden Fall praktisch gewesen. Trotzdem, ohne Übung wäre er nie so gut wie die Besten. „Man braucht keine Magie, um ein toller Musiker zu sein. Die meisten sind keine Geisthexen", sagte er sanft.

Sie runzelte die Stirn. „Ich weiß. Ich werde nur so frustriert. Und Chad sagt nur, dass ich es toll mache. Aber ich kann immer noch nicht ‚Blackbird' spielen, ohne es zu versauen."

„Du misst also dein Talent an ‚Blackbird'?" Er lächelte ihr reumütig zu. „Du weißt, dass dieses Lied trügerisch schwierig ist. Deshalb lässt Chad es dich spielen. Es wird helfen, dir grundlegende Fertigkeiten anzueignen."

Sie presste die Lippen fest zusammen, eindeutig nicht froh über die Richtung, die die Unterhaltung genommen hatte. „Es spielt keine Rolle. Ich nehme nicht an dem Wettbewerb teil."

„Da sind wir schon zwei", erwiderte er locker.

„Aber …"

Levi hob eine Hand, hielt sie auf. „Im Leben geht es nicht ums Gewinnen, Frankie", sagte er sanft.

„Ich weiß, aber …"

„Ein Talentwettbewerb ist für Leute, die keine anderen Orte haben, um aufzufallen. Ich habe schon auf der ganzen Welt gespielt, habe Videos mit Millionen von Klicks. Weshalb sollte ich irgendjemanden auf seinen Platz verweisen wollen, der gerade erst anfängt, für seine oder ihre harte Arbeit anerkannt zu werden? Ich muss oder will doch gar nichts gewinnen. Ich will nur rumhängen, diesen Film drehen, und Zeit mit meiner Familie verbringen."

„Oh. Du hast Hope und Chad vermisst, oder?"

„Und dich", sagte er, zupfte leicht an ihrem Zopf.

Ihre großen Augen waren glasig, während sie rasch wegschaute. Aber als sie sich zu ihm zurückwandte, lächelte sie breit und sagte: „Dann also Samstag. Wir werden auf das Erntefestival und den Bauernmarkt gehen."

„Du hast eine Chance gesehen und dich drauf gestürzt, oder?"

Sie zuckte mit den Schultern.

„In Ordnung. Aber keine Scherzzauber. Und ich glaube, du solltest dich für den Talentwettbewerb anmelden", forderte er sie heraus.

Ihr Gesicht wurde blass, während sie den Kopf schüttelte.

„Was, wenn ich da mit dir raufgehe?", fragte er sie mit gehobener Augenbraue.

Sie kniff die Augen zusammen, während sie ihn mit ihrem Blick durchbohrte. „Aber du hast gesagt, Talentwettbewerbe sind für andere Leute."

„Sind sie. Das wäre für dich. Um deine Stimme vorzuführen. Wir würden beide Gitarre spielen. Du singst."

Sie schüttelte den Kopf. „Außer du singst mit mir."

„Nur im Hintergrund", bot er an.

Sie war kurz still, dann nickte sie einmal, während sie eine Hand ausstreckte. „Abgemacht."

23

Seine Lippen zuckten, als er die Hand nahm und sie schüttelte. „Jetzt raus mit dir. Ich habe zu arbeiten."

Widerwillig glitt sie zurück ins Haus, ließ Levi allein, um endlich seinen Text durchzugehen.

Er war eine Stunde draußen, arbeitete an der Darstellung und dem Auswendiglernen seines Textes. Levi war entschlossen, am nächsten Tag voll vorbereitet am Dreh zu erscheinen. Er hatte gerade die Textzeile „Es ist Zeit, dass du gehst" abgeliefert, als er ein Johlen und Jubeln von einem Fenster oben hörte.

Als er aufschaute, stellte er fest, dass Frankie und eine ihrer Schulfreundinnen ein Video aufnahmen. Er stöhnte laut und brüllte dann: „Frankie! Runter hier mit dir. Bring deine Freundin und dieses Handy mit. Jetzt!"

Die Hintertür glitt auf, und Hope steckte den Kopf heraus. „Levi? Was ist denn los?"

Er deutete auf die beiden Mädchen, die gerade Frankies Fenster zugeschlagen hatten. „Es scheint, als könnte ich nicht mal in deinem Haus den Paparazzi entkommen."

„Was?", fragte sie, ihr Gesicht verwirrt verzogen.

„Die Mädchen haben mich gefilmt, während ich den Text geübt habe."

Hope drückte sich eine Hand auf die Augen und murmelte einen Fluch. „Es tut mir leid. Ich kümmere mich darum."

Er schüttelte den Kopf und ging ins Haus, blieb unten an den Stufen stehen, als gerade Frankie und die blonde, lockige Freundin versuchten, zu entwischen. „Reicht eure Handys rüber."

Frankie und das andere Mädchen schauten einander kurz an. Dann schüttelten sie den Kopf. „Wir haben das Video bereits gelöscht."

„Lasst mich eure Handys sehen", sagte er noch einmal. „Das

ist keine Bitte."

Frankie seufzte laut und reichte ihm ihr Handy. Das Case war mit Totenköpfen und einem kleinen Kätzchen in einer Ecke verziert.

„Entsperre es bitte."

„Du weißt, dass du damit in meine Privatsphäre eindringst, oder?", fragte sie und klang trotzig, noch während sie tat, wie geheißen.

„Und dass ihr mich ohne mein Wissen filmt, ist was ganz anderes?", schoss er zurück, und dann schaute er nach, um sicherzugehen, dass sie das Video gelöscht hatte. „Hast du es irgendjemandem geschickt, bevor du es gelöscht hast?"

Ihre Wangen wurden rosa.

„Frankie?", fragte Hope, die ihre Mom-Stimme nutzte. „An wen hast du es geschickt?"

„Nur einen Jungen in der Schule. Er hat mir nicht geglaubt, als ich sagte, dass Levi mein Onkel ist."

Levi schlang eine Hand um seinen Nacken und ließ den Kopf hängen. Das Video würde bis morgen viral gehen. Er wusste, dass Frankie ihm keinen Ärger hatte machen wollen, aber es war einfach so, dass es einen Medienrummel geben würde, sobald es entdeckt wurde. Und das Studio würde auch nicht sonderlich erfreut sein.

„Tut mir leid, Levi", sagte sie mit bebender Stimme. „Ich werde versuchen, ihn dazu bringen, es zu löschen."

„Danke", sagte er und ging, damit er nichts sagen würde, was er später bereute.

Er hörte mit, als eine Schwester Frankies Freundin sagte, dass es Zeit war, zu gehen, während er sich in das Gästezimmer zurückzog. Er setzte sich aufs Bett und schrieb eine rasche Nachricht an seinen Agenten, um ihn zu warnen. Sofort klingelte sein Handy.

„Ja", meldete sich Levi.

„Das darf nicht noch mal passieren", sagte Dawson.

„Ich weiß. Meine Schwester kümmert sich darum", sagte er und fragte sich, ob das stimmte. Obwohl Levi sicher war, dass Hope klarmachen würde, dass es nicht akzeptabel war, in seine Privatsphäre einzudringen, konnte sie nicht unbedingt sicherstellen, dass Frankie keine weiteren Fehler mehr machen würde. Da er die letzten drei Jahre auf Tour gewesen war und aufgrund der Tatsache, dass Levi einen Film mit seinem Ex drehte, ging das Interesse an ihm gerade durch die Decke. Falls Frankie ihre Freunde mitbrachte oder überhaupt mit ihnen über ihn redete, wäre es sehr wahrscheinlich, dass es in den Zeitungen landete.

Sein Agent deutete an, dass er sich um die Produzenten des Films kümmern würde, aber dann sagte er: „Ich glaube, du brauchst eine eigene Wohnung."

„Ich weiß", sagte Levi. Tatsächlich brauchte er wirklich seinen eigenen Ort. Als Geisthexe konnte er die Energie anderer Leute spüren, und er hatte gewusst, dass er früher oder später für seine geistige Gesundheit würde ausziehen müssen. „Es gibt nicht viele Orte, die man hier in der Gegend mieten kann."

„Finde was. Es wird auch helfen, die Dinge mit den Produzenten hinzubiegen."

Levi beendete den Anruf, stieg auf das Bett und starrte an die Decke. Als er daran dachte, auszuziehen, war der einzige Ort, der ihm in den Sinn kam, das Haus an der Hügelflanke, das er sich mit Silas geteilt hatte.

„Verdammt", murmelte er vor sich hin und rollte sich zusammen, stöhnte ins Kissen.

Es war ein großer Fehler gewesen, nach Hause zu kommen.

KAPITEL 4

S ilas klickte noch einmal auf das Video und fuhr zusammen. Es war nicht, als hätte er das Internet nach Klatsch über Levi abgesucht. Silas glaubte fest daran, dass man sich niemals selbst googeln sollte. Aber als Shannon ihm den Link geschickt hatte, hatte er nicht widerstehen können.

Er wünschte sich beinahe, er hätte es nie gesehen. Als Schauspieler wusste er und verstand, wie es war, wenn man versuchte, herauszufinden, wie man eine Figur spielen wollte. Eine seiner Übungen war es, den Text auf unterschiedliche Art zu sprechen, bis sich etwas richtig anfühlte. Levi hatte ihn das schon unzählige Male tun sehen. Und es war das, was Levi in diesem Video tat.

Leider war es nur ein kleiner Clip einer Textzeile, die eindeutig nicht funktionierte. Und nun gab es alle möglichen Kommentare, die sich beschwerten, dass Levi für den Film gecastet worden war. Es wurde spekuliert, dass die Produzenten ihn nur genommen hatten, weil er Silas' Ex war und sie etwas Interesse generieren wollten.

In einem Wort war es ein Albtraum.

Er nahm sein Handy und schickte eine Nachricht.

Silas: *Alles in Ordnung?*

Levi: *Ich komme klar.*

Silas: *Natürlich tust du das. Das bedeutet nicht, dass die negative Presse im Augenblick nicht nervt.*

Levi: *Es ist nicht das erste Mal. Ich bin sicher, es ist nicht das letzte Mal. Es ist der Preis des Berühmtseins, oder? Ist es nicht das, was du immer gesagt hast?*

Ja. Das hatte er gesagt. Dabei fiel ihm ein, wie es für Levi gewesen war, als sie beide von den Paparazzi verfolgt worden waren, nachdem sie gerade zusammengekommen waren. Er hatte es verabscheut. Levi blühte durch die Aufmerksamkeit nicht auf wie manch andere Promis. Er mochte die Musik wegen der Kunst. Und Silas musste annehmen, dass er den Film aus demselben Grund machte. Diese ganze Aufmerksamkeit auf sich gerichtet zu sehen, erschöpfte Levi bestimmt.

Silas: *Ich wollte dich nur wissen lassen, dass ich da bin, falls du reden musst oder ein paar Stunden im Wald verschwinden willst.*

Die Punkte auf dem Handy legten nahe, dass Levi tippte. Dann verschwanden sie. Nach ein paar Minuten tauchten sie nicht wieder auf, und Silas warf das Handy frustriert zur Seite. So viel also dazu, Freunde zu sein. Er ließ sich auf das Sofa fallen und stand dann sofort auf. Wenn er den Rest des Tages im Haus blieb, würde er das niemals aus dem Kopf kriegen.

Nachdem er einen Rucksack mit Wasser und Snacks für sich und Cappy gepackt hatte, schnappte er sich die Schlüssel und rief nach seinem Golden Retriever. Als Cappy das Wandergeschirr sah, stieß er ein aufgeregtes Winseln aus und wirbelte herum, konnte sich kaum noch zusammenreißen. Silas lächelte widerwillig auf seinen Hund hinab und wusste, dass er die richtige Entscheidung getroffen hatte. Zumindest einer von ihnen würde am Ende des Tages glücklich sein.

„Komm schon, Cappy. Machen wir etwas, um diesen Frust abzubauen, damit ich mich nicht durch die Küchenschränke fresse."

Der Hund schaute zurück zur Küche, als würde es ihm leidtun, dass es keine Option war, alles in den Küchenschränken zu fressen.

Mit einem Kopfschütteln ging Silas voraus aus dem Haus. Der Hund folgte ihm zögerlich, doch als Silas die Autotür öffnete, überlegte er es sich und warf sich auf den Rücksitz. Das Leben mit einem Golden Retriever war niemals langweilig.

Zwanzig Minuten später fuhr Silas auf den Parkplatz seines liebsten Wanderwegs und fluchte dann tonlos, als er einen einsamen roten Jeep und seinen Besitzer vom Fahrersitz steigen sah. Silas' Blick traf den von Levi, und als Levi ein finsteres Gesicht zog, war Silas einfach nur angepisst. Er fuhr direkt neben Levi und sprang heraus, lächelte Levi an, als wäre diese Entwicklung eine angenehme Überraschung, anstatt furchtbar nervig zu sein. „Ich schätze, der Gedanke an eine Wanderung war zu gut, um Nein zu sagen."

„Ich wandere heute nicht", erwiderte Levi, der seinen Rucksack auf den Rücksitz seines Jeeps legte.

Silas hob eine Augenbraue. „Nicht?"

„Nein. Ich, äh … bin nur rumgefahren und stellte plötzlich fest, dass ich hier war. Ich schätze, es wurde einfach zu voll im Haus meiner Schwester. Du weißt ja, dass ich hin und wieder Stille brauche."

„Klar", sagte Silas mit einem Nicken, während er Cappy vom Rücksitz ließ.

Der Golden Retriever rannte direkt zu Levi, sprang an

29

seiner Brust hoch und wackelte so fest mit dem Schwanz, dass er sich die Hüfte hätte verreißen können.

„Hey, Junge. Ich habe dich vermisst", sagte Levi, seine Augen legten sich an den Winkeln in Falten, als er Cappy aufrichtig anlächelte.

Das Lächeln, das Silas über zwei Jahre lang nicht gesehen hatte. Silas schnappte scharf nach Luft und beschäftigte sich damit, seine eigene Tasche aus dem Tesla zu holen. Nachdem er den Knopf gedrückt hatte, um abzuschließen, drehte er sich um und stellte fest, dass ihm Levi Cappys Leine hinhielt.

„Habt ihr beiden mal eine schöne Wanderung. Ich fahre weg", sagte Levi.

Silas schaute hinab auf die alten vertrauten Wanderstiefel an Levis Füßen. „Interessante Schuhe", sagte er und schüttelte den Kopf. „So viel also dazu, Freunde zu sein, was?"

„Silas ...", setzte Levi an.

Aber als er nichts mehr sagte, zog Silas nur an Cappys Leine. „Komm schon, Junge. Heute sind es nur ich und du."

Silas konnte Levis Blick auf sich spüren, während er und Cappy den Wanderweg betraten. Nachdem sie unter die Bäume getreten waren, hörte er die Tür des Jeeps zuknallen und das Fahrzeug röhren. Er hielt inne und wartete, bis das Geräusch des Motors in der Ferne verklungen war.

Sein Ärger löste sich allmählich auf, und eine tiefe Traurigkeit machte sich breit. Die Wahrheit war, er vermisste Levi. Mehr, als ihm klar gewesen war. Es war einfacher, die Erinnerungen wegzuschieben, wenn er mit Arbeit beschäftigt war oder sich Sorgen um seine nächste Rolle machte. Jetzt, da Silas ihn jeden Tag sehen musste, schien es unmöglich für ihn, die Vergangenheit hinter sich zu lassen.

Cappy lief vor Silas her, und nach etwa einem Kilometer riss er sich von der Leine los und bog scharf nach links auf einen kleineren Weg ab. Denjenigen, der zum Wasserloch führte.

Heiliger Hexenb… Silas' Herz schmerzte sogar noch mehr, als ihm klar wurde, wohin Cappy ihn führte. Aber natürlich tat er das. Cappy liebte das Wasser, und er und Levi hatten ihn bei jeder Gelegenheit hergebracht, die sie gehabt hatten, als Cappy noch ein Welpe gewesen war.

Zögerlich ging Silas den Weg entlang. Als er auf die Lichtung trat, sah er Cappy im klaren blauen Wasser schwimmen, planschen und spielen, völlig selbstvergessen.

Silas setzte sich auf einen Fels der Nähe des Wasserfalls und wartete darauf, dass sein Hund sich müde schwamm. Es dauerte nicht lang, bis die Erinnerungen über ihm brandeten wie Wellen an steilen Klippen, und er wurde zurück zum ersten Mal gerissen, als Levi und er diese Stelle besucht hatten. Sie waren noch Teenager gewesen, aber selbst da hatte Silas gewusst, dass etwas Besonderes und Seltenes passierte.

In der Luft lag eine Kühle, doch Silas spürte sie kaum. Er war zu sehr auf den jungen Mann konzentriert, der direkt hinter ihm war. Levi war eine willkommene Abwechslung von der Welt, in der Silas lebte. Solange er sich erinnern konnte, war er von Leuten umgeben gewesen, die extrem darauf konzentriert waren, ihren großen Durchbruch zu schaffen. Wenn sie nicht um die gleichen Rollen konkurrierten und versuchten, ihm den Rücken zu fallen, drehte sich der Großteil der Unterhaltungen scheinbar immer um Schönheitsgeheimnisse, Diäten und Fitnesspläne. Wenn er noch einmal hören musste, wie toll der plastische Chirurg von jemandem war, wusste Silas, dass er versucht sein würde, sich die Trommelfelle zu zerstechen.

Levi war so anders. Er faszinierte Silas. Bezauberte ihn. Er war echt. Eine alte Seele, dem die Leute um ihn herum wichtig waren. Er war der erste Mensch, den Silas in langer Zeit getroffen hatte, der Silas als Person kennenlernen wollte, nicht Silas, den Schauspieler.

„Das ist es", sagte Levi hinter ihm, deutete durch die Bäume.

Sie gingen auf die Lichtung, und Silas spürte, wie ein Gefühl der Ruhe über ihn hinwegströmte.

„Das wäre ein toller Ort zum Schwimmen, wenn es mitten im Sommer wäre", sagte Levi, der Silas hinüber zu dem flachen Stein am Rand der Lagune führte.

Silas ließ seinen Blick über Levi schweifen, stellte sich ihn nass und tropfend vor, nachdem er ins Wasser getaucht war.

Levis Lippen wölbten sich zu einem trägen Lächeln, er erriet ohne Zweifel, dass Silas Gedanken nicht ganz sauber waren. „Willst du mir sagen, was in deinem Köpfchen vorgeht?"

Mit einem leisen Lachen grinste Silas. „Ich bin sicher, das kriegst du raus."

„Hmm, ich schätze schon." Levi drückte die Schulter an die von Silas und griff nach seiner Hand. „Dafür ist es allerdings ein bisschen kalt."

„Ist schon okay", sagte Silas, der auf ihre verschlungenen Finger schaute. „Mir gefallen diese stillen Momente mit dir."

„Ist das so?", fragte Levi, der neugierig klang.

„Ja. Der ganze Lärm meines Lebens verfliegt und ..." Silas hielt inne, versuchte seine Gefühle in Worte zu fassen. „Wenn ich bei dir bin, fühlt sich alles richtig an. Als hätte ich endlich die Heimat gefunden."

Levi war so lange still, dass Silas anfing, sich zu fragen, ob er etwas Falsches gesagt hatte. „Levi?"

„Ja." Er wischte sich eine Träne ab, die seine Wange hinabgelaufen war.

„Es tut mir leid. Ich wollte doch nicht ..."

„Nein." Levi schnitt ihm das Wort ab. „Entschuldige dich nicht. Was du gesagt hast, bedeutet mir alles. Das weißt du doch, oder?"

Silas schluckte schwer. Bevor er antworten konnte, redete Levi weiter.

„*Mich hat niemals jemand außer Hope geliebt. Erst als nach ich Keating Hollow gekommen bin, hatte ich auch nur annähernd das Gefühl, dass ich vielleicht nicht für den Rest meines Lebens im Gefängnis oder auf der Straße landen würde. Meine Schwester hat mir das Leben gerettet. Aber du ... du machst es wert, es zu leben. Du bist auch meine Heimat, Silas. Das warst du schon eine Weile.*"

Während er die Hand hob, um sie an Levis Wange zu legen, schaute Silas ihm in die Augen, und zum ersten Mal überhaupt sagte er: „Ich liebe dich."

Tränen sprangen in Levis Augen, während seine Kehle arbeitete. Schließlich sagte er mit rauer Stimme: „Es ist eine Ehre, dich zu lieben, Si. Es ist nur unheimlich, weißt du?"

Silas nickte, denn er verstand es. Seine Kindheit war nicht so dramatisch gewesen wie die von Levi, aber er hatte seine eigenen Probleme, die er verarbeiten musste. „Mich wollte niemand jemals nur um meinetwillen, nur wegen meiner Berühmtheit. Versprich, dass sich das nicht ändert."

„*Da musst du dir keine Sorgen machen*", *sagte Levi, seine Stimme war voll überzeugt. „Aber ich brauche auch etwas von dir.*"

„*Alles.*"

„*Versprich mir, wenn das vorbei ist, wirst du nicht von mir weggehen. Dass unsere Freundschaft es überlebt.*"

„*Von dir weggehen?*", *fragte Silas ungläubig. „Was bringt dich denn auf den Gedanken, dass ich das tun würde?*"

Levi wandte den Blick ab, während seine Wangen rot wurden. „Das machen die Leute doch immer."

„*Hope nicht*", *erklärte Silas.*

„*Das stimmt, aber sie weiß, wie es ist, weggeworfen zu werden*", *erwiderte Levi. „Wir verstehen einander.*"

Schmerz schoss durch Silas' Herz, weil Levi so etwas

durchgemacht hatte und wie es ihn verändert hatte. Er legte beide Hände an Levis Wangen, hielt ihn sanft fest, während er sagte: „Ganz gleich, was passiert, ich werde immer für dich da sein. Verstehst du das?"

Kaltes Wasser spitzte über Silas, riss ihn aus seinen Erinnerungen, und er sprang auf und rief: „Cappy! Was fällt dir ein!"

Der Hund stand gleich neben ihm, schüttelte Wasser aus seinem Fell und wirbelte aufgeregt herum. Schließlich kam er zu Silas' Füßen zum Stillstand, schaute bewundernd zu ihm auf.

„Du Witzbold." Er hielt seinem Hund einen Leckerbissen hin. Nachdem Cappy ihn verschlungen hatte, legte ihm Silas die Leine wieder an und zog seinen Kopf zum Wanderweg hin. Er musste die Straße der Erinnerungen sofort verlassen. „Gehen wir, Kumpel. Machen wir diese Wanderung, bevor wir beide noch weich werden."

Cappy trottete vor ihm her, führte ihn weg von der Lagune, den Erinnerungen und den Schuldgefühlen, die Silas plagten, weil er sein Versprechen an Levi gebrochen hatte. Klar, Levi hatte sich von ihm getrennt, aber Silas hatte keine Bemühungen angestellt, befreundet zu bleiben. Er hatte genau das getan, wovor Levi sich gefürchtet hatte. Er hatte ihre Freundschaft weggeschmissen, weil er verletzt gewesen war, und hatte seinen Stolz in den Weg geraten lassen. Und jetzt sah es aus, als wäre es zu spät, um das zu reparieren.

Frustriert über sich biss er die Zähne zusammen und starrte blind nach vorne, in der Hoffnung, dass die Wanderung etwas von seiner schlechten Laune vertrieb. Er musste den Kopf wieder klar bekommen, bevor er morgen zum Dreh ging, sonst würde er vor der Kamera niemals überzeugend sein.

Nicht, außer sie spielten die Streitszene, oder diejenige, in der Ezra und River getrennter Wege gingen.

Er folgte Cappy auf den Hauptweg und fing an, den Berg hinaufzugehen. Aber er war nur etwa fünf Meter weit gekommen, als Cappy knurrte und an der Leine zerrte. Der Hund schoss vor und sprang einem Luchs nach. Silas, der immer noch die Leine hielt, wurde direkt von den Füßen gerissen und landete mit dem Gesicht im Dreck.

Da ihm alle Luft aus der Lunge gepresst worden war, stöhnte Silas und rollte sich herum, rieb sich die schmerzende Schulter. Er schaute sich um und stellte sicher, dass der Luchs ihn nicht anspringen würde. Der Weg war frei, keine Katze in Sicht. Es gab auch keinen Golden Retriever.

„Cappy!", rief Silas, der sich hochschob, nur um zu stolpern und wieder auf den Weg zu fallen, als ihm Schmerz durch den Knöchel schoss, sodass er beinahe wegkippte. Er packte das Gelenk, als würde das den Schmerz aufhalten.

Das tat es nicht.

Er atmete den Schmerz einen Augenblick lang weg, dann schaute er hinab auf seinen schnell anschwellenden Knöchel und fluchte.

KAPITEL 5

*L*evi kam sich vor wie ein Idiot. Offensichtlich war Silas klar gewesen, dass er zum Wandern an den Weg gekommen war. Aber als Levi gesehen hatte, wie sein Auto auf den kleinen Parkplatz fuhr, war Panik in ihm ausgebrochen. Es waren ein paar heftige Tage gewesen, nachdem das Video von ihm viral gegangen war.

Das Studio war angepisst. Sie hatten gesagt, es wäre eines gewesen, hätte der Clip Levis Schauspielkünste herausgestellt, aber stattdessen zeigte es ihn, wie er eine Textzeile vortrug, die nicht nur schlecht war, sondern grottenschlecht. Die Art Clip, über den Leute noch jahrelang lachen würden, wenn Levi im Blick der Öffentlichkeit blieb. Es bedeutete, dass er in dem Film nicht nur gut sein musste, sondern brillant, oder es würde niemals wieder ein Angebot reinkommen.

Einerseits hatte er nie davon geträumt, Schauspieler zu sein. Andererseits gefiel ihm irgendwie die Pause vom Touren. Es machte Spaß, eine Weile so zu tun, als wäre er jemand anders.

Zum größten Teil wollte er sich einfach vom Internet

fernhalten und so tun, als würde nichts davon passieren. Darum hatte er, als Silas eine Wanderung erwähnt hatte, beschlossen, dass ein einsamer Spaziergang in den Wäldern genau das war, was der Heiler verordnet hatte. Schade auch, dass Levi keine zehn Minuten eher eingetroffen war. Er wäre schon unterwegs gewesen und hätte nichts davon geahnt, dass Silas aufgetaucht war.

Da er nicht in die Stadt oder nach Hause wollte, um sich mit Frankie zu befassen, die von Schuldgefühlen heimgesucht wurde und den Großteil ihrer Zeit damit brachte, zu versuchen, für Levi zu tun, was sie konnte, um ihren Fehler wieder auszubügeln, parkte Levi an einer wahllosen Stelle entlang des Flusses. Er könnte die Wander-App auf seinem Handy nach einem anderen Ort zum Wandern durchsuchen, aber er wusste, dass die meisten Wanderwege in der Nähe der Stadt vermutlich stärker frequentiert waren und wohl andere Wanderer dort sein würden. Er war nicht in der Stimmung, mit jemandem zu reden. Der Weg, den er und Silas ausgesucht hatten, war der eine, der weiter weg war und nicht zu irgendwelchen bekannten Sehenswürdigkeiten führte, wie der Keating Hollow Ridge oder dem Winding River Trail. Es waren nur Bäume und diese kleine Lagune, die irgendwie dem Schicksal entgangen waren, auf den Touristenkarten eingetragen zu werden.

Die Sonne stand hoch am Himmel, doch die leichte Brise ließ ihn frösteln, sodass er unter dem Rücksitz seine Jacke hervorholte. Aus einer Laune heraus zog er auch seine Gitarre hervor. Er hatte beschlossen, sie am Set immer dabei zu haben, damit er etwas hatte, mit dem er sich beruhigen konnte, wenn er sich auf seine Figur einlassen musste. Wenn er die Saiten schlug, holte es ihn irgendwie aus seinen Gedanken, was das Schauspielern leichter machte.

Er ging hinüber zu einem umgefallenen Baumstamm in der Nähe des Flusses und setzte sich. Der Klang des Wassers, der über herausragende Felsen floss, war so beruhigend wie Musik, und er setzte sich hin, spannte seine kalten Finger an und lauschte nur der Natur. Er spürte, wie seine Schultern sich allmählich entspannten, und der Stress, den er mit sich herumgetragen hatte, ließ langsam nach.

Das war es, was er gebraucht hatte. Ein wenig Platz weg von allem, um nur die Schönheit des Waldes zu wahrzunehmen. Es schien inzwischen keinen anderen Ort mehr für ihn zu geben, der ihn zu sich brachte, wie es in diesem Moment geschah. Irgendwann einmal war Silas' Haus für ihn so gewesen, aber jetzt … Er stellte sich vor, dass er nur Schmerz und Bedauern verspüren würde, wenn er dort hinging.

Dass er die Gitarre in den Fingern hielt, brachte sie zum Zucken, weil es ihn verlangte, zu spielen. Er schoss sich auf einen alten Favoriten ein, spielte die Akkorde und sang leise vor sich hin.

„Dunkle Tage, die Nächte durchwacht, so suchte ich meinen Weg. Und dann kamst du, dein Name strahlte in Hollywood-Pracht. Niemand sah mich wie du. Ich liebte nur dich, ohne Gedanken an das, was du tust. Winternächte wurden zu Sonnentagen. Aus Neonlicht magische, nebelverhangene Buchten. Hätten wir nur durchgehalten, ohne zu wanken, wärst du noch bei mir. Stattdessen bin ich hier, lebe in der Dunkelheit meiner Gedanken."

Levi ließ seine Stimme verklingen, genauso die Worte des Liedes, an dem er gearbeitet hatte. In seinem Herzen zog es schmerzhaft, und er fragte sich allmählich, ob er es jemals fertig schreiben würde. Die Worte ratterten schon seit Monaten in seinem Kopf herum, aber erst als er zurück nach

Keating Hollow gekommen war, hatte er tatsächlich angefangen, sie mit der Musik zu verbinden. Jedes Mal, wenn er versuchte, sie aufzuschreiben, starrte er auf die leere Seite und gab schließlich auf, nicht sicher, ob er bereit war, seinen Schmerz in die Öffentlichkeit zu tragen.

Doch er wusste, irgendwann würde er das. So war es bei ihm, wenn er ein Lied im Kopf hörte. Wenn er es nicht rausbrachte, würde es niemals wieder weggehen.

Mit gesenktem Kopf verlor er sich in den Akkorden und summte mit, versuchte, den Rest des Liedes zu finden. Als seine Finger vor Kälte schon fast taub waren, legte er die Gitarre schließlich zur Seite und stand auf, wollte zum Wasser hinabgehen. Aber bevor er sich bewegen konnte, spürte er eine scharfe, stechende Angst in den Eingeweiden.

Eine Angst, die nicht zu ihm gehörte.

Die Energie war vertraut. Er hätte sie überall erkannt.

Silas.

Levi schnappte sich seine Gitarre, lief zurück zum Jeep und sprang hinein. Ohne auch nur darüber nachzudenken, raste er zurück zu dem Wanderweg, wo er Silas vor fast einer Stunde verlassen hatte. Der Tesla stand direkt dort, wo Silas ihn geparkt hatte, immer noch abgesperrt.

„Verdammt." Levi nahm seine Tasche, in der Wasser und ein kleines Erste-Hilfe-Set waren, und dann ging er auf den Wanderweg, folgte Silas' energetischer Spur. Die Angst war von Frust und Schmerz in den Schatten gestellt worden, aber unter der Oberfläche war sie immer noch da.

Levi beschleunigte seinen Schritt, machte sich Sorgen, was er finden würde, wenn er bei Silas ankam. Seine Lunge brannte und seine Beine schmerzen, aber er drängte weiter, wollte ihn unbedingt finden. Das Einzige, was seine Panik in Schach hielt, war die Tatsache, dass

Silas' Energie so deutlich war. Solange Levi ihn finden konnte, war er sicher, dass alles in Ordnung kommen würde.

Ein Hund bellte in der Ferne.

„Cappy!", rief Levi, der um eine Kurve im Pfad bog.

Der gelbe Hund rannte auf ihn zu. Als Cappy bei Levi ankam, wirbelte er sofort herum und machte sich auf den Weg den Pfad entlang, führte Levi eindeutig zu Silas.

„Was ist passiert, Cappy?", fragte Levi.

Der Hund schaute nicht zurück, während er um eine andere weitere Biegung des Pfades lief.

Als Levi schließlich auf Cappy aufholte, stand der Golden Retriever am Rande des Pfades und bellte unablässig.

Silas war nirgends zu sehen. Der einzige Hinweis darauf, dass jemand kürzlich hier gewesen war, war aufgewühlte Erde, die über den Wegesrand hinaus ins Unterholz führte.

Levi musterte den Bereich, bemerkte, wo das Unterholz von einem Sturz durchbrochen war, und dann stieg er rasch die Hügelflanke hinab und rief: „Silas! Ich bin hier."

„Levi?" Silas' überraschte Stimme klang zu ihm zurück.

Levi sah schließlich Silas' rote Jacke und kniete sich hin, um festzustellen, dass er von Schlamm bedeckt war und finster dreinblickte. „Was ist passiert?"

„Wonach sieht es denn aus? Ich bin den Hügel runtergestürzt."

„Okay", sagte Levi vorsichtig und musterte ihn, ob er verletzt war. Es dauerte nicht lang, bis er den Knöchel von der Größe eines Softballs bemerkte. Levi fuhr zusammen. „Das sieht schmerzhaft aus."

„Warum glaubst du denn, dass ich hier noch sitze?", spie Silas aus.

„Ich dachte, du wärst nur dramatisch", erwiderte Levi

trocken, während er sein Erste-Hilfe-Set aus dem Rucksack holte.

„Ja, denn ich bin ja dafür bekannt, mich im Schlamm zu wälzen."

Levi griff nach Silas' Fuß und drehte ihn leicht, um sich den Schaden anzusehen.

Silas japste und schlug seine Hand weg. „Bitte nicht. Hilf mir auf, damit wir hier raus können."

„Mit so einem Knöchel gehst du überhaupt nirgendwohin", sagte Levi, der eine feste Bandage nahm. „Lass mich …"

„Ich sagte, mir geht's gut", blieb Silas stur. „Ich brauche nur Hilfe beim Aufstehen."

Levi setzte sich zurück und starrte Silas an. Sein Ex wusste, dass er Heilkräfte besaß. Wenn Silas ihn einfach seine Magie wirken ließ, wäre er im Nu wieder auf den Beinen. Nicht völlig wiederhergestellt, aber zumindest würde er aus dem Wald humpeln können, ohne zu viele Schmerzen zu haben. „Warum lässt du dir von mir nicht einfach nur helfen?"

„Es ist nur …" Silas wedelte mit der Hand, dann stieß er einen langen Atemzug aus. „Ich weiß nicht. Ehrlich gesagt, tut mein Knöchel teuflisch weh."

„Da möchte ich wetten. Wenn du möchtest, kann ich dagegen was unternehmen. Dann holen wir dich hier raus, damit du dich aufwärmen kannst. Und vielleicht mal duschen?"

Silas schaute Levi in die Augen, als die Dusche erwähnt wurde. Einen langen Augenblick hingen ihre Blicke aneinander, bevor Silas sich losriss und nickte. „Mach es."

Levi musste tief Luft holen, um seine Gedanken zu klären. Er durfte nicht über Silas in der Dusche nachdenken. „Ich werde deinen Knöchel berühren müssen, aber ich verspreche, ich mache es sanft."

Silas biss die Zähne zusammen und nickte. „Tu, was du tun musst."

„Versuch, dich zu entspannen." Levi rutschte vorsichtig ein wenig weiter den Hügel hinab, damit er mühelos an Silas' Knöchel herankam. Dann legte er beide Hände auf die angeschwollene Haut. Seine Finger prickelten vor glühender Hitze. Es war das Trauma der Verletzung. Levi musste nur die Hitze heraussaugen, und der Knöchel würde rasch wieder heilen.

Bevor Levis Musikkarriere durch die Decke gegangen war, hatte er sich bei einer Heilerin in Eureka ausbilden lassen. Es hatte sich erwiesen, dass Levis Magie ihm einige ungewöhnliche Fähigkeiten verlieh. Eine davon war es, Menschen zu heilen. Er hatte in Erwägung gezogen, beruflich als Heiler zu arbeiten, aber der Einsatz seiner heilenden Energie forderte einen emotionalen Tribut, und er wusste, wenn er das zum Beruf machte, würde er sich schneller ausbrennen als ein Streichholz in einem Windtunnel. Dieser Tage nutzte er seine Magie nur, um Menschen zu heilen, wenn es ein Notfall war. Ansonsten war der Preis für die Geistheilung zu hoch.

Mit einer Berührung, so leicht wie möglich, konzentrierte Levi sich auf Silas' Knöchel und stellte sich vor, wie das Blut in die zerrissenen Bänder floss, sodass die Heilung enorm beschleunigt wurde, und dann zwang er die feurige Hitze des Traumas, in seine Fingerspitzen einzusickern. Sofort wurden seine Finger zu Feuer, während das Trauma in ihn strömte.

Levis Magen wurde flau, und über seinem linken Auge bildeten sich Kopfschmerzen. Bis er seine Finger von Silas' Knöchel hob, war die Schwellung erheblich zurückgegangen, und das Gelenk war nicht mehr heiß.

„Wie fühlst du dich?", fragte Levi ihn.

„Wie ein Idiot", sagte Silas, seine ganze Wut war weg.

„Klar", stimmte Levi zu. „Aber ich habe gemeint, wie geht's deinem Knöchel?"

„Er pocht weniger. Ich schätze, ich weiß es erst, wenn ich versuche, zu gehen. Hilfst du mir auf?"

Levi stand auf und hielt seine Hand vor.

Silas packte ihn mit beiden Händen und zog sich auf den unverletzten Fuß hoch. Er schaute den Hügel hinauf und stöhnte. „Das wird uns ganz schön auf den Sack gehen, was?"

Levi lächelte ihn an. „Nicht auf die gute Art."

Mit leisem Lachen schüttelte Silas den Kopf und erprobte dann vorsichtig, ob er den Knöchel belasten konnte. Er zog eine Grimasse und stieß ein Zischen aus, doch er konnte zumindest ein wenig Gewicht darauf geben.

„Komm schon", sagte Levi. „Kriech lieber mal den Hügel hoch, und dann helfe ich dir den Weg entlang."

„Wunderbar", knurrte Silas. „Ich bin so froh, dass ich meine Würde wahren kann."

„Freu dich einfach, dass es nur ich bin, nicht die Paparazzi." Levi wies mit dem Kopf nach oben. „Geh schon. Je schneller du diesen Hügel raufkommst, desto eher können wir dich nach Hause und in die Dusche kriegen." Silas hob fragend eine Augenbraue, sodass Levi leise lachte. „Rauf mit dir, bevor Cappy den Verstand verliert."

Der Hund winselte, wartete verzweifelt darauf, dass Silas wieder auftauchte.

„Ich komme, Cap", sagte Silas, dann kroch er zurück den Hügel hinauf, grollte die ganze Zeit vor sich hin.

Sobald sie zurück auf dem Pfad waren, legte Levi einen Arm um Silas Taille und sagte: „Stütz dich auf mich. Ich bringe dich zurück zum Auto."

Silas nickte nur, und zusammen gingen sie langsam den

Weg entlang. Bis sie zu Levis Jeep kamen, schwitzte Silas und fluchte tonlos. „Verdammt. Das tut weh."

Levi öffnete die Beifahrertür seines Jeeps und sagte: „Steig ein. Ich bring dich nach Hause."

„Ich kann fahren", erwiderte Silas, der zu seinem Tesla schlurfte.

„Dein rechter Knöchel wird lila, Si. Steig einfach in den Jeep. Ich bin mir sicher, Shannon und Brian können kommen und dein Auto abholen, oder ich hole Hope, damit sie mir hilft, und wir bringen es dir nach Hause. Dass du fährst, ist keine Option."

Bevor Silas etwas sagen konnte, sprang Cappy in den Jeep und rollte sich auf dem Rücksitz zusammen, offensichtlich von der Anstrengung erschöpft.

Silas knirschte mit den Zähnen und nickte Levi kurz zu. „Gut."

„Gut?", wiederholte Levi, der die Augen verdrehte. „Wie wäre es mit *Dankeschön*? Hätte ich nicht auf meine Geistmagie gehört, würdest du immer noch unten am Hügel liegen." Sobald die Worte seinen Mund verlassen hatten, wollte Levi sie wieder zurückstopfen. Er hatte nicht so egozentrisch klingen wollen. Er brauchte Silas' unendliche Ergebenheit nicht, nur weil er gekommen war, um ihm zu helfen. Er wünschte sich bloß, Silas wäre wegen dieser ganzen Situation nicht so ätzend.

„Sagst du, wenn du gewusst hättest, dass ich so undankbar wäre, hättest du mich einfach dort liegen lassen?", forderte Silas ihn heraus.

Levi schüttelte den Kopf. „Steig einfach in den Jeep, Silas. Du weißt verdammt gut, dass ich dich niemals dort lassen würde, selbst wenn du mich so richtig nervst."

Silas' Lippen wölben sich zu einem leicht amüsierten

45

Lächeln. „Ich bin dir schon immer gern auf den Keks gegangen."

„Mach nur so weiter, und ich halte nicht an, um auf dem Heimweg ein Abendessen zu holen."

Heim. Der Klang des Wortes auf seinen Lippen riss ihm beinahe das Herz raus. Levi vermisste es, mit Silas zusammenzuleben, das ließ sich nicht leugnen. Sie waren echt gut darin gewesen, sich einen Wohnort zu teilen. Der Ärger hatte angefangen, sobald sie beide wegen ihrer jeweiligen Jobs in Hotels gelebt hatten.

„Ich könnte schon ein Abendessen vertragen", sagte Silas leise, und dann zog er sich hinauf in den Jeep.

Sorgsam schloss Levi die Tür, holte lange Luft, um sich zu beruhigen, und eilte hinüber, um auf den Fahrersitz zu steigen. „Burger?", fragte er.

Silas' Augen glänzten, während er nickte.

Die Sonne ging schon unter, als Levi die telefonische Bestellung bei der Keating Hollow Brauerei aufgab. Die Augen zusammengekniffen im verblassenden Licht, legte Levi den Gang ein und fuhr in die Stadt.

Auf den ersten paar Kilometern waren sie beide still, dann räusperte sich Silas.

Levi schaute zu ihm hinüber, stellte rasch Blickkontakt her, bevor er sich wieder auf die Straße konzentrierte. „Was ist denn, Si?"

„Vielen Dank", sagte Silas, seine Stimme war rau.

„Ich freue mich einfach, dass ich da war, um zu helfen."

Silas stieß ein leises, ungläubiges Lachen aus. „Das, genau das. Deshalb habe ich mich in dich verschossen."

Überrascht riss Levi den Kopf in Silas' Richtung. „Was?"

„Was meinst du mit *was*? Ich meine genau das, was ich gesagt habe. Du bist so selbstlos, immer für die Leute da, die du liebst. Du lebst dafür, dich um die Leute um dich herum zu kümmern. Das ist kein Schwachsinn oder eine unaufrichtige Aussage. Du bist einfach du, und zwar ehrlich, bis es wehtut. Weißt du, wie selten das ist, Levi?"

„Selten? Das übertreibt die Dinge vielleicht etwas", sagte Levi mit einem nervösen Kichern. Er wusste wirklich nicht, wie er auf Silas' Erklärung reagieren sollte. Weshalb redete er jetzt überhaupt darüber?

„Vertrau mir. Es ist selten." Er hielt kurz inne, dann fügte er an: „Ich werde vermutlich den Rest meines Lebens bedauern, dass ich dich versetzt habe." Er lächelte Levi traurig und gezwungen an. „Die Vergangenheit können wir nicht ändern, oder?"

Levis Brust war eng, während er zustimmend nickte. „Ich muss erst noch einen Master in Zeitreise machen."

Silas seufzte. „Ich auch. Wenn du es rausbringst, lässt du mich das Geheimnis wissen?"

Das brachte Levi zum Lachen, und er sagte: „Du bist der erste, der es erfährt."

KAPITEL 6

*J*n dem Augenblick, als Levi auf Silas' Zufahrt abbog, fing Cappy an zu winseln.

„Entspann dich, Junge", sagte Silas, der ihm den Kopf tätschelte. „Gib uns nur einen Augenblick, okay?"

Levi sprang heraus und öffnete Cappy die Tür, und Silas beobachtete, wie sein Hund im Kreis lief und dann an Levi heraufsprang, bevor er losraste, um seine Runden über das Grundstück zu drehen.

„Dein Hund hat genug Energie, um die ganze Stadt zu versorgen", sagte Levi, während er herüberkam, um Silas aus dem Jeep zu helfen.

„Ich kriege es hin", winkte Silas ab. Es war eines, seine Hilfe anzunehmen, während er versuchte, von dem Wanderpfad wegzukommen, doch die paar Meter auf die Veranda, wo, den Göttern sei es gedankt, ein Geländer wartete, an dem man sich festhalten konnte, würde er schaffen.

Levi hob ergeben die Hände. „Ich wollte nur helfen."

Der Ärger in Levis Tonfall hätte Silas Schuldgefühle verpassen sollen, weil er so schwierig war, doch er konnte einfach die Willenskraft nicht aufbringen. Es war ein verdammt langer Tag gewesen. Er war müde, peinlich berührt, und wollte einfach nur eine Dusche und neue Klamotten. Nachdem er hinüber zur vorderen Veranda gehumpelt war, nahm er das Geländer, um sich hochzuziehen, ohne zu viel Druck auf seinen Knöchel zu geben. Es tat trotzdem weh, aber zumindest war er irgendwie mobil.

Levi blieb am Jeep zurück, beobachtete ihn mit einem Stirnrunzeln auf dem Gesicht.

Sobald Silas im Haus war, folgte ihm Levi, brachte das Essen und seinen Rucksack mit und stellte alles auf einen Beistelltisch. Er ging direkt in die Küche und fing an, ein Kühlpad herzurichten.

„Das kann ich machen", sagte Silas, der in die Küche humpelte.

„Ich mache es schon." Levi reichte ihm das Pad und ging dann zurück, um ein Glas Wasser zu holen, und nahm die Entzündungshemmer von ihrem Platz im Schrank, links vom Kühlschrank.

Silas beobachtete ihn, sein Herz schmerzte beim Anblick, wie sein Ex sich in seinem Haus mit behaglicher Mühelosigkeit bewegte. Es fühlte sich richtig an, ihn hier zu haben. Obwohl er wusste, dass er seine Gefühle im Keim ersticken sollte, konnte er es einfach nicht. Mehr als alles andere wollte er, dass Levi blieb. Mit ihm zu Abend aß. Etwas auf Netflix schaute. Über alles und nichts redete.

„Hier. Nimm die." Levi reichte ihm zwei Pillen und ein Glas Wasser.

Silas tat wie geheißen und ließ Levi das Kühlpad auf seinen Knöchel legen, der auf einen Küchenstuhl aufgestützt war. „Vielen Dank. Für alles."

„Du brauchst mir nicht danken", sagte Levi, während er zur

Hintertür eilte, um Cappy reinzulassen. „Ich füttere ihn erst mal, dann werde ich Hope fragen, ob sie mir helfen kann, deinen Tesla zu holen."

„Das musst du nicht tun." Silas beobachtete ihn, erkannte, dass er die Schultern wieder angespannt hatte, und dass die Leichtigkeit, die vor ein paar Momenten geherrscht hatte, verschwunden war. Nun wirkte er einfach nur, als wäre er bereit zur Flucht. „Ich lasse es von Shannon und Brian erledigen."

„Ja. Okay." Levi gab eine Portion Futter in Cappys Napf. Während er das Futter verstaute, sagte er: „Du solltest die Klinik der Heiler anrufen. Wenn sie Zeit für dich haben, fahre ich dich hin."

„Glaubst du, das ist gebrochen?", fragte Silas. Das war etwas, was Levi wohl wissen würde, nachdem er seine Heilmagie eingesetzt hatte.

„Nein. Auf jeden Fall verstaucht. Vielleicht ein Bänderriss. Aber Gerry kann dir vielleicht helfen, dass es schneller heilt."

Silas nickte und warf einen Blick auf die Uhr. Es war bereits nach den Öffnungszeiten. „Ich gehe morgen Vormittag hin."

„Willst du ...", sagten sie beide gleichzeitig und fingen dann an zu lachen.

„Du zuerst", sagte Levi, auf seinem Gesicht leuchtete ein schwaches Lächeln.

„Ich wollte nur fragen, ob du im Wohnzimmer essen möchtest. Vielleicht einen Film schauen?" Den letzten Teil fügte er nicht an ... wie in alten Zeiten, aber er war da und hing einfach zwischen ihnen in der Luft.

Levis Lächeln verblasste, und er räusperte sich, bevor er sagte: „Danke, aber ich sehe lieber mal zu, dass ich nach Hause komme und mich für morgen vorbereite."

„Du bleibst nicht zum Essen?", fragte Silas ein wenig verblüfft. Als Levi ihnen Essen besorgt hatte, hatte er gedacht, dass er zumindest ein bisschen bleiben würde.

Mit einem Blick auf seine Uhr verzog Levi das Gesicht. „Tut mir leid. Ich muss nur …"

„Schon gut. Ich verstehe." Silas wedelte mit der Hand und hoffte, er wirkte ganz unbesorgt.

Zwischen ihnen herrschte eine unangenehme Stille. Schließlich nahm sich Levi unbeholfen seinen Burger aus der Tüte, nickte einmal und ging dann zur Tür. „Schönen Abend, Silas."

„Schönen Abend, Levi", sagte er, geschlagen und wieder mit dem stechenden Gefühl der Zurückweisung überall.

„Stopp! Stopp! Stopp!", rief Marcus, der Regisseur, eindeutig frustriert, während er mit den Armen wedelte.

Silas trat von Levi weg und holte lange Luft. Der Tag lief nicht gut. Sie beide hatten sich benommen, als wäre der Vortag gar nicht passiert. Tatsächlich, seit er zur Arbeit gekommen war, hatte Levi ihn kaum angesehen, außer es war während einer Szene erforderlich. Das hatte Silas genervt. Mehr als alles andere wollte er, dass dieser Tag endete.

Marcus kam herüber zu Silas und stemmte die Hände in die Hüften. „Jetzt denk dran, Silas. Deine Figur hat keine Familie", sagte er. „Deine Mom hat dich mit nur vier Jahren dem Staat überlassen, und dein Dad hat kurz danach die Rechte aufgegeben. Du bist im System aufgewachsen und warst auf dich gestellt, sobald du achtzehn warst. Stell dir vor, was das jemandem antut."

Silas konnte nicht verhindern, dass sein Blick auf Levi

landete. Er wirkte frustriert, aber Silas war sicher, dass er der Einzige war, dem es auffiel. Es war die Anspannung in den Händen, Levis verräterisches Anzeichen, wenn er versuchte, keine Gefühle zu zeigen. Er saß in einem Stuhl, die Augen geschlossen und den Kopf an die Wand hinter sich gelehnt. Die Details waren anders, aber Marcus' Beschreibung von Silas' Figur war nicht ganz unähnlich dem, was Levi als Kind durchgemacht hatte, bis zu dem Punkt, an dem Hope und Chad ihn aufgenommen hatten.

Levi schaute auf, begegnete seinem Blick und funkelte ihn dann an, wusste ohne Zweifel genau, was Silas dachte. Wenn es eines gab, was Levi von ihm nicht wollte, war es Mitleid. Obwohl Silas ihn niemals bemitleidet hatte; er bewunderte ihn. Levi hatte mehr durchgemacht als die meisten Leute, bevor er siebzehn geworden war, und war als fürsorglicher, nachdenklicher Mann mit einem riesigen Herzen aus Gold daraus hervorgegangen.

Ein vertrauter dumpfer Schmerz machte sich in Silas' Brust breit, und er rieb sich über das Brustbein, als könne er ihn verschwinden lassen. Er wusste aus Erfahrung, dass das nicht passieren würde.

„Ja, verstanden", sagte Silas, der seine Aufmerksamkeit wieder Marcus zuwandte.

„Gut, also verstehst du, weshalb Ezra Vertrauensprobleme hat, oder? Warum er nicht wirklich glaubt, dass River bleiben wird?"

„Wegen der Anforderungen seines Jobs", sagte Silas mechanisch.

Marcus warf ihm einem verärgerten Blick zu. „Nein. Der Grund ist, dass er nicht glaubt, dass er Liebe verdient hat. Niemand hat ihn jemals genug geliebt, um zu bleiben. Mit diesem Gedanken spiel die Szene noch mal."

Silas ließ das kurz einsinken und musste sich dazu zwingen, Levi nicht wieder anzusehen. Wenn er das tat, wusste er nicht, was er tun oder sagen würde. In diesem Augenblick musste er sich auf die Gedanken von Ezra einlassen und diese Figur werden.

„Los!", rief Marcus.

Silas stellte sich ans Fenster, das über den Puget Sound hinaus blicken sollte statt in den Sonnenaufgang.

„Ich werde nicht unterschreiben", sagte Levi von irgendwo hinter ihm. „Ich habe meiner Mom bereits abgesagt."

Silas drehte sich um, ließ seinen Blick auf den Rockstar fallen, der gerade Millionen Dollar abgelehnt hatte, weil Ezra sich geweigert hatte, mit ihm auf Tour zu gehen, wegen einer wichtigen Gelegenheit zu einer Kunstinstallation, die ihm von der Stadt Seattle angeboten worden war. „Das kannst du nicht tun", sagte er, seine Stimme brach. „Nicht für mich."

Levi kam näher, bis er hinter ihm stand, legte die Arme um Silas. „Ich kann das, und ich habe es getan. Verstehst du das nicht, Ezra? Ich will nicht gehen. Nicht jetzt. Die Tour kann warten, bis es für uns beide die richtige Zeit ist."

Silas drehte sich um und schaute in diese umwerfenden braunen Augen, schüttelte den Kopf. „Ich lass dich das nicht absagen. Es ist zu wichtig. Du stehst vor einem großen, deine Karriere definierenden Augenblick. Wenn ich derjenige bin, der …" Er runzelte die Stirn. „Du kannst nicht Nein sagen. Du kannst … einfach nicht."

Verwirrung flackerte in Levis Blick, während er einen Schritt zurücktrat. „Wenn du derjenige bist, der … was?"

Silas warf genervt die Hände hoch. „Du würdest mich hassen, wenn ich der Grund bin, dass du nicht auf Tour gehst. Das ist es. Wenn du nicht gehen willst, dann gehe nicht. Aber mach es für dich. Nicht für mich. In Ordnung?"

„Cut!", rief Marcus. „Schon besser. Alle nehmen sich mal fünfzehn Minuten, während wir die Beleuchtung umbauen."

Silas bebte, als er von Levi wegging. Wie oft hatte Levi ihm gesagt, keine Karriereentscheidungen auf der Basis dessen zu treffen, was Levi tat? Dass sie ihren Terminplan machen und sich treffen würden, wenn sie konnten. Hatte ihn Levi die ganze Zeit weggeschoben? Niemals zugelassen, dass Silas Levi miteinbezog, wenn er beschloss, ob er eine Rolle annahm oder nicht? Es war mindestens ein dutzendmal passiert.

Es war ihr Ding gewesen. Den anderen niemals zurückzuhalten. Und das hatten sie nicht.

Kein einziges Mal.

Silas nahm die Rollen an, an denen er interessiert war, und Levi zog los und verwandelte sich in einen Rockstar. Sie waren wie Schiffe, die nachts aneinander vorüberfuhren. Deshalb hatte Silas nicht zu sehr darüber nachgedacht, ihn zu versetzen, wenn etwas Wichtiges für seine Karriere anstand.

Hatte Levi ihn getestet?

Falls das so war, war Silas kläglich gescheitert.

„Hi, alles in Ordnung?", fragte August, ein Assistent, mit dem er schon mal gearbeitet hatte, als er in Befana Bay gedreht hatte. August lächelte normalerweise alle locker an und hatte für jeden ein freundliches Wort übrig. Das finstere Gesicht war Silas fast unbekannt.

„Ja." Silas strich sich mit der Hand durch die Haare und holte tief Luft. „Ich war nur irgendwie in den Augenblick versenkt, weißt du?"

„Klar." August hielt ihm eine Wasserflasche hin und ließ sein typisches Lächeln aufblitzen. „Es ist sicher nicht leicht, mit seinem Ex zu drehen."

Silas stieß ein sarkastisches Lachen aus. „Das ist eine Untertreibung."

„Falls es dich tröstet, ich glaube nicht, dass es für ihn irgendwie leichter ist." August deutete auf Levi, der an der Wand saß, die Augen geschlossen und die Schultern offensichtlich angespannt hochgezogen.

„Ist es wirklich nicht", sagte Silas. Und dann, in einem Entschluss, dass er sich mit Leuten umgeben musste, die nicht nur seine Schwester und sein Schwager waren, fügte er an: „Danke, August. Es ist schön, hier auch ein freundliches Gesicht zu sehen. Vielleicht können wir nach dem Dreh heute Kaffeetrinken, wenn es nicht zu spät ist?"

„Klingt gut. Ich muss ein paar Dinge fertigmachen, wenn wir heute Abend alles abschließen, aber das sollte nicht zu lang dauern. Wollen wir uns im *Incantation Café* treffen, oder …."

„Klopf einfach an der Tür zu meinem Trailer. Wenn es zu spät für Kaffee ist, gehen wir und holen uns Bier."

„Alles klar." August nickte zu einem der Kostümleute hin und sagte: „Ich werde gebraucht. Viel Glück mit der Szene."

„Danke." Sobald August weg war, warf Silas einen Blick hinüber zu Levi und seufzte laut. Er wirkte wirklich, als hätte er Probleme. Er schnappte sich die Krücke, die Heilerin Whipple ihm heute Vormittag gegeben hatte, und ging hinüber, um an der Wand herabzugleiten und sich neben Levi zu setzen. „Die Schauspielerei kann einen wirklich erschöpfen. Ich stelle mir vor, manchmal ist es mit gewissen Songs auch so."

Levi öffnete die Augen und sah ihn an, sagte nichts. Schließlich nickte er. „Ja. Kann es. Bei den persönlichen."

„Das ist aber der Grund, weshalb wir es tun, oder? Liebe und Verbindung ist eine universelle Erfahrung. Dass man Leuten etwas gibt, das sie nachvollziehen können, ist das ultimative Geschenk."

„Wenn du es sagst." Levi schaute auf Silas' Fuß. „Wie geht es heute deinem Knöchel?"

„Tut immer noch weh, aber Heilerin Whipple hat ihre Magie gewirkt, und ich kann ohne allzu große Schwierigkeiten gehen. Sie hat mir diese Krücke gegeben, die ich in den nächsten paar Tagen nehmen kann, aber sie sagte, ich kann auch mein volles Gewicht darauf geben, falls es nicht zu sehr weh tut. Also kann ich ohne Humpeln drehen, aber bis es ganz verheilt ist, werde ich sie benutzen, wenn die Kameras aus sind."

Levi nickte. „Das ist gut. Es freut mich, dass du heute Vormittag zu Gerry gehen konntest."

„Mich auch." Silas war sich nicht ganz sicher, was er sonst noch sagen sollte. War es ein Fehler gewesen, sich Levi anzuschließen? Sein Ex war nicht feindselig, aber er wirkte auch nicht gerade behaglich, wenn man von seinem verkniffenen Gesicht ausging.

Levi holte Luft, seine nächsten Worte kamen gedrängt. „Ich glaube, ich muss mich entschuldigen."

Verblüfft drehte sich Silas, um ihn wirklich anzusehen. „Wofür denn?"

Levi drehte sich, sodass ihre Gesichter nur noch wenige Zentimeter voneinander entfernt waren.

Silas wollte unbedingt vorgreifen und sein Gesicht nehmen, aber er behielt seine Hände bei sich.

„Ich hätte gestern Abend bleiben sollen. Zumindest gemeinsam Abendessen." Levis Gesicht wurde ganz rot. Er war verschüchtert, aber er wandte nicht den Blick ab, wie er es normalerweise tat, wenn ihm etwas unbehaglich war. „Das machen Freunde doch so, oder? Sie sind für ihre Freunde da, wenn sie sie brauchen. Sie laufen nicht einfach aus dem Haus, weil …" Er wedelte mit der Hand in der Luft, als wolle er seine Gedanken klären. „Auf jeden Fall hätte ich bleiben sollen."

„Ist schon gut", sagte Silas automatisch, obwohl Levis abrupter Aufbruch ein Gefühl der Zurückweisung ausgelöst und ihn ein wenig selbstmitleidig gemacht hatte.

„Ist es nicht", sagte Levi entschlossen. Er kaute auf seiner Unterlippe, bevor er fortfuhr. „Diese Szene vorhin … Ich glaube, die war für uns beide ein bisschen zu nah an der Realität."

„Ja", sagte Silas mit einem Nicken. „Vermutlich."

„Auf jeden Fall glaube ich, dass vielleicht nicht alles, was zwischen uns passiert ist, deine Schuld war, und ich habe mich benommen, als wäre es das." Er hielt Silas' Blick fest, seine Augen fragend.

Silas war nicht sicher, was er dazu sagen sollte. Er wusste, dass Levi ihn verlassen hatte, weil er es sattgehabt hatte, versetzt zu werden. Und Silas hatte auf jeden Fall Levi nicht zu seiner Priorität gemacht. Nicht, solange er solche Sorgen um seine Karriere gehabt hatte. Aber vielleicht hatte Levi das für ihn einfacher gemacht, indem er immer darauf beharrt hatte, dass er Levi nie in seine Entscheidungsfindung einrechnen sollte. „Zwei Leute müssen dafür sorgen, dass eine Beziehung funktioniert. Und zwei müssen sie auch ruinieren, schätze ich. Du brauchst dich nicht zu entschuldigen. Ich verstehe es."

Die Anspannung in Levis Schultern schien langsam nachzulassen, und er zwang seine Hände auseinander. Nachdem er schwer geschluckt hatte, lächelte er Silas zögerlich an. „Können wir vielleicht einen Neuanfang machen?"

Silas' Puls lief auf Hochtouren. Schlug Levi vor, dass sie es noch mal versuchten? Dass ihre Beziehung vielleicht nicht tot und begraben war? Es lag ihm auf der Zungenspitze, ja zu sagen. Auf jeden Fall. Er würde es wieder probieren. Aber dann redete Levi weiter, nahm alle Luft aus dem Raum. „Als Freunde, meine ich. Ich weiß, wir haben bereits gesagt, dass wir daran arbeiten würden, aber ich will es echt versuchen. Vielleicht ein wenig Zeit außerhalb der Arbeit miteinander verbringen? Ich will nicht, dass wir nur freundlich miteinander umgehen, während wir zusammenarbeiten. Es wäre sehr viel einfacher, durch diesen Film zu kommen, wenn ich mich nicht so … Ich weiß auch nicht, unbehaglich und unsicher fühlen würde, was ich zu dir sagen soll. Ich glaube, wenn wir vielleicht versuchen, unsere Vergangenheit hinter uns zu lassen, wäre es leichter."

Für ihn vielleicht. Für Silas klang das nach Folter, aber er stellte fest, dass er trotzdem nickte. In Wahrheit vermisste er Levi. Nicht nur als seinen Freund, sondern als Mensch. Levi war klug und witzig und einfühlsam. Er war eine beruhigende Kraft in Silas' verrücktem Leben gewesen. Und auch wenn Levi seinen eigenen Ruhm und Druck hatte, um die er sich kümmern musste, hätte Silas gewettet, dass er auf ihn immer noch den gleichen beruhigenden Einfluss haben würde. Falls es Freundschaft oder nichts war, würde Silas die Freundschaft nehmen. „Ja. Freunde. *Echte* Freunde. Das würde mir gefallen."

Levis Lippen wölbten sich zu einem erleichterten Lächeln. Seine Augen leuchteten, sein ganzer Körper schien sich auf die Art zu entspannen, wie es gewesen war, als sie zusammen gewesen waren. Das ließ den Schmerz in Silas' Brust nur ein kleines bisschen mehr nachlassen. „Gut. Das ist gut", sagte Levi, dann steckte er eine Hand aus. „Auf die Freundschaft. Diesmal echt."

Silas nahm seine Hand, genau wie er es vor ein paar Tagen gemacht hatte, spürte diesen vertrauten Ansturm der Verbindung, und hielt sie fest, wollte nicht loslassen. Levi schien es auch nicht eilig zu haben, während sie sich ineinander verloren, als stünden sie unter irgendeiner Art Zauber. Hätte in diesem Moment jemand Silas gefragt, hätte er darauf bestanden, dass das auch so war. Die restliche Welt kippte weg, und das Einzige, was eine Rolle spielte, war der Mann, der neben ihm saß.

„Also gut, alle. Wir sind bereit für euch", rief einer der Assistenten.

Der Zauber zersplitterte.

Levi zog rasch seine Hand zurück und stand auf. „Komm schon, Ezra. Es gibt eine weitere Szene zu drehen."

„Ja, River muss sich die Seele aus dem Leib heulen. Viel Glück damit", sagte Silas.

Levi stieß ein humorloses Lachen aus. „Das werde ich brauchen."

KAPITEL 7

„*D*as kannst du doch nicht ernst meinen", sagte Levi, der auf das viel zu vertraute Haus an der Hügelflanke schaute.

Wanda, seine Maklerin, warf ihm einen verlegenen Blick zu. „Ich weiß, das ist nicht ideal, aber es ist buchstäblich das einzige Mietshaus, das in der ganzen Stadt verfügbar ist. Und wir haben Glück, dass es frei ist. Amelia und Grayson sind erst gestern in ihr neues Heim gezogen, das über den Fluss hinausblickt. Wären sie letzte Woche umgezogen, hätte ohne Zweifel bereits jemand aus der Filmproduktion es sich geschnappt."

Die meisten Leute, die am Film arbeiten, waren entweder zur Kurzzeitmiete untergekommen, oder in der Pension von Keating Hollow, oder sie pendelten von Eureka herüber, der nächsten Stadt, die über fünfzig Kilometer entfernt war. Unterkünfte waren in Keating Hollow immer schwer zu kriegen. Darum kauften letztlich die meisten Leute, die herzogen, oder bauten selbst. So hatte es Silas gemacht.

Levi lehnte sich an Wandas SUV und legte sich die Hände

übers Gesicht, während er laut stöhnte. „Ich kann doch nicht in den nächsten drei Monaten direkt neben meinem Ex wohnen, während ich auch noch mit ihm arbeite."

Silas' Haus, dasjenige, in dem Levi mit ihm bis zu genau dem Tag gewohnt hatte, an dem sie sich vor zwei Jahren getrennt hatten, war direkt hinter dem kleinen Haus mit drei Schlafzimmern, das absolut perfekt für seinen Aufenthalt in Keating Hollow gewesen wäre, wenn es nicht dreißig Meter von einem Ex entfernt gewesen wäre. Es war eines, zu versuchen, mit Silas befreundet zu sein. Es war etwas ganz anderes, die ganze Zeit über in Laufweite von seinem Schlafzimmer zu verbringen.

„Ich weiß, das ist nicht ideal", sagte Wanda, ihr Tonfall mitfühlend. „Es ist nicht so, als würdest du bei Silas wohnen. Bist du dir sicher, dass du es dir nicht zumindest ansehen willst?"

Es hatte wirklich keinen Sinn. Levi war schon öfter in dem Haus gewesen. Amelia und Grayson waren seine Freunde. Trotzdem dachte er, da er schon hier herausgefahren war, wäre es nur höflich, sich von Wanda das Haus zeigen zu lassen. „Ja. Ich schätze schon."

„Toll. Ich glaube, du überlegst es dir vielleicht noch mal, wenn du siehst, was für Verschönerungen sie in letzter Zeit vorgenommen haben." Sie schob ihre Tür auf und stieg aus.

Die Verschönerungen machten keinen Unterschied. Levi wusste bereits, dass er Ja zu dem Mietshaus würde sagen müssen. Der Aufruhr in den sozialen Medien wegen des viralen Videos hatte noch nicht nachgelassen, und das Studio drohte, Levi zu feuern, wenn noch irgendwas passierte. Besonders jetzt, da es Voraussagen gab, dass der Film floppen würde, alles auf der Basis eines fünfzehnsekündigen Videos in schlechter Qualität, in dem er versuchte, auf verschiedene Art eine Zeile Text vorzutragen.

Die letzten paar Tage waren gelinde gesagt demütigend gewesen.

Frankie war am Boden zerstört und flehte ihn an, nicht auszuziehen, aber das war keine Option.

„Levi?", rief Wanda von der Veranda. „Kommst du rein?"

Mit einem Seufzen stieg Levi aus dem SUV und folgte Wanda die Stufen hinauf und in das kleine Haus hinein. Die Aussicht aus dem vorderen Fenster war genauso spektakulär, wie er sich erinnerte. Das Haus lag an der Bergflanke, schaute über das Städtchen Keating Hollow und den Fluss hinaus, der hindurch lief. Im Norden gab es eine weitere Gebirgskette, und mit etwas Glück würden an Weihnachten die Gipfel schneebedeckt sein.

„Es ist umwerfend, oder?", sagte Wanda.

Er nickte.

„Ich wollte, dass du das hier siehst." Sie winkte ihm, damit er ihr die Küche folgte, aber dort blieb sie nicht stehen. Sie ging hinaus auf die hintere Veranda und breitete die Arme mit einer Geste aus, als würde sie ihm den Whirlpool schenken, der sich in einen hübschen Pavillon schmiegte.

Levi betrachtete ihn, und dann hing sein Blick an dem gelben Tier, das auf ihn zu schoss, die Ohren zurückgelegt, die Zunge hing an der Seite heraus.

„Cappy!", rief Levi, in seinem Herzen kam Liebe für den Golden Retriever auf. Der Hund kam mit voller Geschwindigkeit direkt auf Levi zu und sprang herauf, seine Pfoten trafen auf Levis Brustmuskeln und schlugen ihn zu Boden, dann schlabberte er ihn mit Küssen ab.

„Du liebe Zeit! Levi, alles in Ordnung?", rief Wanda, während sie an seine Seite rannte.

„Alles gut", sagte Levi mit einem Lachen, kraulte dem Hund die Ohren. „Wie geht es dir denn, Junge? Hast du mich vermisst? Es waren doch nur ein paar Tage, du Dummkopf." Als Levi einen Blick zu Wanda hinaufwarf, schaute sie mit einem amüsierten Lächeln auf ihn herab.

„Na ja, es sieht aus, als wäre zumindest einer deiner Nachbarn glücklich, dich hier zu haben", sagte Wanda.

„Cappy ist nicht der Einzige", sagte Silas, der scheinbar aus dem Nichts erschien. „Cappy, runter!", befahl er dem Hund, und dann hielt er Levi eine Hand hin, um ihm aufzuhelfen.

Levi starrte Silas' ausgestreckte Hand an und dachte darüber nach, sie zu ignorieren. Die letzten beiden Male, als sie einander berührt hatten, war die Verbindung nicht zu leugnen gewesen. Diese Erfahrung noch einmal zu machen, würde mit der Zeit nur immer schwieriger werden. Aber Levi hatte es ernst gemeint, als er Silas gesagt hatte, er wollte befreundet sein. Sein Hilfsangebot abzulehnen, wäre ein Schritt in die falsche Richtung.

„Danke", sagte Levi, legte die Hand um die von Silas. Diese prickelnde Elektrizität funkte zwischen ihnen, und Levi riss seine Hand fast zurück, nur um bei geistiger Gesundheit zu bleiben. Aber Silas hielt ihn ganz fest, während er Levi auf die Füße zog, und ließ erst los, nachdem Levi sich räusperte und an der Hand zerrte.

„Tut mir leid", sagte Silas, der leicht verlegen wirkte.

Levi ignorierte seine Entschuldigung, während er die Hände in die Tasche schob. „Dein Hund könnte ein paar Stunden in der Hundeschule gebrauchen."

Silas hob eine Augenbraue. „Ach ja?" Dann wandte er sich an Cappy, den flauschigsten Hund des Planeten, und sagte: „Sitz."

Cappy gehorchte sofort.

„Platz."

Der Hund streckte sich auf dem kleinen Flecken Gras aus.

„Rolle." Silas deutete die Bewegung mit den Händen an, und Cappy rollte sich herum, streckte die Beine in die Luft und spielte toter Hund. Als Silas mit den Fingern schnippte, sprang Cappy wieder auf und setzte sich geduldig zu Silas' Füßen hin.

„Das ist beeindruckend", sagte Levi. „Ihr beiden habt auf jeden Fall ziemlich viel gearbeitet, seit ..." Er räusperte sich, wollte nichts zu ihrer Trennung sagen. „Seit ich auf Tour gegangen bin."

„Wir hatten in den letzten sechs Monaten eine Menge Zeit zusammen", sagte Silas leise. „Befana Bay hat einen Hundetrainer, der Magie wirkt. Buchstäblich."

„Also hast du Cappy schließlich zum Unterricht gebracht." Levi starrte Silas ausdruckslos an. Es war eines der Dinge, die Levi von Silas gewollt hatte, und er hatte immer gesagt, er wäre zu beschäftigt. Silas war zu beschäftigt für alles gewesen. Darunter Levi.

„Ja. Damit hattest du recht. Cappy mag die Disziplin, und er darf nur über die Stränge schlagen, wenn er zu aufgeregt ist, um sich zu beherrschen. Ich glaube, es ist offensichtlich, dass er dich gern in der Nähe hat."

Es lag Levi auf der Zunge, zu fragen, ob Silas ihn auch gern um sich hatte, aber er presste die Lippen aufeinander und schluckte die Frage. Das war nichts, was man ausplaudern musste.

Sie würden *Freunde* sein. *Nur Freunde.*

„Na, Cappy", sagte Levi und griff nach unten, um dem Hund die Ohren zu kraulen, „ich bin genauso glücklich, dich in der Nähe zu haben, Kumpel. Ich freue mich darauf, dir eine Menge Umarmungen zu geben und dir den Bauch zu rubbeln."

Der Hund lehnte sich an Levis Bein, gab ihm das, was Levi immer als die Hundeversion einer Umarmung empfand. Levi grinste, und zum ersten Mal seit langer Zeit fühlte er sich zu Hause.

„Mietest du das Haus?", fragte Silas, seine Stimme klang hoffnungsvoll.

Oder war das nur Wunschdenken von Levi? Sicherlich hatte sich Silas nicht zwei Jahre lang nach Levi gesehnt. Hätte er das getan, hätte er sich doch gemeldet, oder? Aber seit die beiden sich getrennt hatten, hatte Silas Levi nicht angerufen. Kein einziges Mal. Er hatte nicht mal Levis Anruf in der einen Nacht beantwortet, als Levi einen Zusammenbruch gehabt und eine Nachricht bei Silas' Assistentin hinterlassen hatte.

Neben Silas einzuziehen, war eine schreckliche Idee. Trotz seiner problematischen Lage mit dem Studio und seiner Wohnsituation öffnete Levi den Mund, um Nein zu sagen, aber Wanda meldete sich zuerst zu Wort. „Er denkt noch darüber nach."

Silas hob eine Augenbraue, durchbohrte Levi mit einem starren Blick. „Was gibt es denn da zu überlegen?"

Diese Aussage war eine Herausforderung. Silas wusste bestimmt, dass der einzige Grund, weshalb Levi das Mietshaus ablehnen würde, daran lag, dass es direkt neben Silas' Haus war. „Ich überdenke nur meine Optionen", sagte Levi.

„Na, denk nicht zu lange nach, Levi", sagte Wanda. „Da es das einzige Mietshaus ist, das zur Verfügung steht, rechne ich damit, dass es schnell weg ist. Tatsächlich bin ich ziemlich sicher, dass die neue Besitzerin bereits ein paar Anfragen bekommen hat, aber wenn ich ihr sage, dass du Interesse hast, kann man sich reinmogeln. Du weißt schon, da du zum Adel von Keating Hollow gehörst und so."

Levi stieß ein höhnisches Schnauben aus. „Adel? Das ist ein bisschen übertrieben, glaubst du nicht?"

Wanda zuckte nur mit den Schultern. „Der Junge vom Ort, der in der Musikszene groß rauskommt und der Medienliebling ist? Nein, nicht übertrieben. Die Menschen in Keating Hollow sind stolz auf dich. Charlie wird ihr Haus nicht an jemanden aus L.A. vermieten, der hier ist, um am Film zu arbeiten, wenn sie weiß, dass du auf der Suche bist."

Medienliebling. Nicht mehr. Nicht, nachdem das Video viral gegangen war. Aber Levi verbesserte sie nicht.

„Das einzige Mietshaus der auf dem Markt?", fragte Silas, der Levi argwöhnisch musterte. „Worauf wartest du?"

Durchschaut und vor die Entscheidung gestellt, wusste Levi, wenn er das Haus nicht nahm, würde Silas den Grund genau kennen. Und diese Macht konnte er seinem Ex nicht geben. Nicht, wenn er mit ihm in den nächsten drei Monaten an einem romantischen Film arbeiten musste. Wenn er diesen Film schaffen wollte, musste er sicherstellen, dass Silas niemals herausfand, dass Levi ihn trotz allem immer noch wollte. Was war also dabei, wenn Levi sich foltern musste, weil er wusste, dass sein Ex jede Nacht gleich nebenan war? Das konnte doch nicht schlimmer sein, als eine Liebesszene vorzuspielen, oder?

Levi unterdrückte ein Stöhnen, und dann setzte er eine, wie er hoffte, lockere Miene auf, als er sich wieder an Wanda wandte und sagte: „Ich nehme es."

KAPITEL 8

„*A*ction!", rief der Regisseur.

Silas stählte sich für die Szene und tat sein Bestes, die Kameras zu ignorieren, die auf ihn gerichtet waren, bevor er in die Ankleide des Filmsets schlüpfte. Levi hatte das Timing genau raus, als er aus dem Bad nebenan kam, nur mit einem Handtuch bekleidet. Silas ließ seinen Blick kurz über seinen Ex schweifen, betrachtete die neuen Muskelbündel, die seine Bauchmuskeln definierten, und musste scharf Luft holen, damit er nicht keuchte.

Verdammt, er sieht gut aus.

Wie oft hatte Silas Fantasien von solch einer Szene gehabt? Und da war er und sollte sie vorspielen. All die Nächte, als Silas am Drehort eines Films und Levi auf Tour gewesen war, um Tausende Fans mit seiner rauchigen Stimme zu verführen, hatte Silas sich vorgestellt, in ein Privatflugzeug zu steigen und Levi nach einem Auftritt zu überraschen. Sich einfach in seiner Ankleide zu verstecken und ihm zu zeigen, wie sehr er ihn vermisst hatte.

„Du bist hier", sagte Levi, seine Haltung etwas steif, als er seinen Text sprach.

„Ich konnte mich nicht fernhalten", erwiderte Silas, der sich dazu zwang, zu Levi zu gehen, während er seine Hand zur Faust ballte, damit er nicht verführt war, die Wassertropfen von Levis goldener Haut zu wischen. Um seiner eigenen geistigen Gesundheit willen musste er den Blick abwenden.

Levi räusperte sich.

„Schnitt!", brüllte der Regisseur. „Was ist denn da los? Ihr beiden habt so ungefähr die Chemie von ein paar Steinen. Das soll doch die Szene sein, in der ihr endlich eure Gefühle füreinander eingesteht. Wie wollt ihr denn die Schlafzimmerszene drehen, wenn ihr beide so begeistert wirkt wie ein Mann, der zu seiner jährlichen Prostatauntersuchung geht?"

„Tut mir leid", murmelte Levi. „Ich glaube, ich bin einfach ein bisschen nervös. Zum ersten Mal eine intime Szene und so weiter."

„Was ist mit dir, Silas? Was ist deine Entschuldigung? Du bist Profi. Ich will, dass du nervös und aufgeregt bist. Nicht nervös und gequält, als wärst du lieber irgendwo anders als hier."

Heiliger Hexenb… Das Gefühl hatte er überhaupt nicht. Wenn überhaupt war er zu aufgeregt. Dass er Mühe hatte, sich in Zaum zu halten, war vermutlich der Grund, weshalb er so verkrampft rüberkam. „Tut mir leid, Marcus. Ich muss mich nur bisschen locker machen. Gib mir mal kurz, und ich bin bereit."

Marcus verdrehte die Augen. „Also gut. Eine Viertelstunde für alle. Aber ihr seid beide lieber mal bereit, wenn wir zurückkommen. Zeit ist Geld, Leute. Zeit ist Geld."

Silas machte sich keine zu großen Sorgen wegen des

Budgets. Er hatte schon mal mit Marcus gearbeitet, und der Mann hatte eine Neigung dazu, Szenen immer und immer wieder zu drehen, um sicherzustellen, dass sie genau stimmten. Man hätte sagen können, dass er etwas obsessiv war.

Trotzdem wusste Silas, dass er nicht ganz bei der Sache war. Es war typisch, dass er die Szene, in der sich alle Bemühungen der Figuren auszahlten, so früh im Gesamtprozess hatte drehen wollen. Diejenige, in der die beiden Helden endlich zusammenkamen. Seine Figur sollte aufgeregt und nervös und bereit sein, alles für Levi aufs Spiel zu setzen … oder vielmehr für River, wie Levis Figur hieß.

Silas eilte aus der Scheune auf dem Weingut der Pelshes, in der sie drehten, und marschierte zu seinem Trailer. Er stieg hinauf und warf sich auf das Sofa, weil er wusste, dass er eine Möglichkeit finden musste, sich zu entspannen und in die Figur einzutauchen. Das würde nicht passieren, wenn er sich die ganze Zeit nach Levi umsah. In dem Augenblick, in dem er an Levi dachte, erinnerte er sich an seine steife Haltung in der Szene und fluchte tonlos.

Obwohl Silas eine Möglichkeit finden musste, in seine Figur einzutauchen, würde die Szene eine riesige Zeitverwendung werden, wenn Levi sich nicht entspannen und auch in seine Figur schlüpfen konnte. Er schaute hinüber zu Levis Trailer. Wäre es nicht besser, wenn sie zusammen an der Szene arbeiteten? Wieder miteinander behaglich umgehen lernten?

Das schien wie eine unmögliche Forderung.

Von dem Augenblick an, in dem Levi zurück in Silas' Leben getreten war, war er völlig aus dem Takt. Entspannung schien ihm verdammt noch mal fast unmöglich. Besonders, da er sich nur Levi schnappen und ihre Lippen zusammenbringen und ihn dazu zwingen wollte, sich daran zu erinnern, wie es gewesen war, als sie zusammen waren.

Doch Silas wusste besser als jeder andere, dass der körperliche Aspekt ihrer Beziehung niemals die wichtigste Zutat dabei gewesen war, wie sie funktionierten. Wenn er Levi wie verrückt küsste, würde das vermutlich nur die Anspannung hochschrauben.

Er musste etwas tun. Irgendwas, um zu versuchen, den Tag zu retten. Die Zeit war knapp. Nachdem er ein Glas Wasser runtergestürzt hatte, nahm er seinen Mut zusammen und ging hinüber zu Levis Trailer. Sobald er geklopft hatte, schob er sich die Hände in die Taschen und wartete.

Die Tür öffnete sich, und Levi steckte den Kopf heraus. Als sein Blick auf Silas landete, runzelte er die Stirn und wirkte verwirrt. „Ist es schon Zeit zum Zurückgehen?"

„Nein. Ich dachte mir nur, dass wir vielleicht versuchen sollten, das zusammen rauszukriegen, bevor wir mit dem Drehen anfangen."

Levi hob beide Augenbrauen. „Wie sollen wir das tun?"

Silas schluckte ein genervtes Seufzen. „Kann ich reinkommen?"

Einen Augenblick lang dachte Silas, Levi würde ihm die Tür vor der Nase zuknallen, aber schließlich trat er zurück und winkte Silas herein.

Sobald Silas drin war und die Tür geschlossen hatte, schaute er sich um und sah Levis Gitarre auf dem Sofa. „Spielst du viel beim Dreh?"

„Ich weiß nicht, ob ich sagen würde, dass es viel ist", erwiderte Levi mit einem Schulterzucken. „Aber vor allem, wenn ich versuche, mich durch irgendwas durchzuarbeiten."

Silas nickte, als würde er das verstehen, doch er spielte keine Instrumente, also tat er das eigentlich nicht.

„Also?", fragte Levi. „Was ist der Plan? Willst du den Text durchgehen oder so was?"

„Nein. Ich glaube nicht, dass das unser Problem ist. Ich dachte, wir müssen uns einfach wieder miteinander behaglich fühlen."

Levi sank in seinen Sessel und beäugte Silas. „Und wie sollen wir das machen?"

Silas lächelte zerknirscht und stieß ein leises Lachen aus. „Bis auf rumknutschen bin ich mir da ich nicht sicher."

„Deswegen bist du also hier?", fragte Levi, seine Miene war plötzlich umwölkt. „Du glaubst, wenn wir einfach rummachen, dann kommt alles in Ordnung?"

„Nein", schoss Silas zurück, war plötzlich erhitzt. „Darum bin ich überhaupt nicht hergekommen, aber falls ich dächte, es würde die Anspannung zwischen uns lösen, wenn ich dir meine Zunge in den Hals schiebe, dann ja, würde ich es probieren. Es würde auf jeden Fall nicht schaden, wenn man bedenkt, dass unsere Chemie vor der Kamera anscheinend nicht existiert."

„Sagst du, dass es meine Schuld ist?" Levi hatte die Augen zusammengekniffen, und seine Stimme war leise und völlig genervt.

„Das habe ich nicht gesagt." Silas biss die Zähne zusammen. „Das war ein Fehler. Ich gehe jetzt einfach. Offensichtlich hilft es nicht, wenn ich hier bin."

„Vielleicht solltest du das." Levi stand auf und öffnete die Tür.

Silas zögerte nur einen Augenblick lang und fragte sich, was zum Teufel gerade passiert war. Alles war zwischen ihnen am Vortag noch gut gewesen. Oder nicht? Er war Levi begegnet, der mit Wanda nach einem Mietshaus gesucht hatte. Levi hatte sich da überhaupt nicht genervt benommen. Was hatte sich verändert? Der anspruchsvolle Tag am Dreh? „Tut mir leid", sagte Silas. „Ich wollte es nicht schlimmer machen."

„Hast du nicht." Levi stieß Luft aus und fuhr sich mit den Händen durch die Haare, sodass es in alle Richtungen abstand. Die Stylisten würden ihn umschwirren, sobald sie wieder zurück aufs Set gingen. „Ich glaube, ich brauche einfach nur eine Minute mit der Gitarre, und dann geht's mir gut."

„Klar." Silas nickte ihm rasch zu. „Ich sehe dich dann draußen wieder."

Sobald Silas einen Schritt auf den Parkplatz setzte, schlug Levi die Tür mit einem lauten, dumpfen Geräusch zu, sodass Silas zusammenfuhr. Er wusste, dass Levi nicht irgendeine Art Anfall hatte. Es war normal, ein wenig Kraft aufzuwenden, um die Tür zuzumachen, sonst würde sie nicht richtig schließen.

Kurz bevor Silas wieder in seinen eigenen Trailer verschwand, hörte er das leise Spiel der Gitarre. Er hielt inne, lauschte einem Song, den er Levi schon viele Male zuvor hatte spielen hören.

Es war *ihr* Song. Derjenige, den Levi über sie geschrieben hatte, kurz bevor sie sich getrennt hatten.

In seinem Herzen zog es wieder, sodass er sich gedankenlos die Brust rieb. Es half nicht. Solange er und Levi getrennt waren, wusste Silas, dass es nie ganz heilen würde.

Mit einem Kopfschütteln versuchte er, alle destruktiven Gedanken zu verdrängen, und ging zurück in seinen Trailer. Zuzulassen, dass er nachdachte, was er mit Levi verloren hatte, war das absolut schlimmste, was er tun konnte, wenn er in knappen fünf Minuten wieder zurück nach draußen und in seine Figur schlüpfen musste, um eine Szene zu drehen, in der er alles bekam, was er je gewollt hatte.

KAPITEL 9

*W*as stimmt nicht mit mir?, dachte Levi, so frustriert, dass er bereit war, direkt vom Set zu marschieren. Er bekam es einfach nicht hin mit dem Schauspielern. Und er ließ es an Silas aus. Weshalb hatte er Silas' Angebot, an der Szene zu arbeiten, nicht angenommen?

Er wusste, warum. Der Gedanke, Silas zu küssen und dann die Liebesszene zu spielen, hatte seine Nervosität durch die Decke gehen lassen. Wie sollte er durch diese Szene kommen, ohne alle Karten auf den Tisch zu legen? Jeder wusste, dass er kein so guter Schauspieler war. Toller Musiker? Ja. Schauspieler? Das stand zur Debatte. Würde er in seiner Wachsamkeit nachlassen, würde Silas ihn direkt durchschauen. Er würde herausfinden, dass Levi nie aufgehört hatte, ihn zu lieben.

Was würde Levi dann tun? Er hatte die letzten beiden Jahre damit verbracht, hart daran zu arbeiten, mit seinem Singlestatus klarzukommen. Sich all diesen alten Gefühlen gegenüber zu öffnen, würde ihn ruinieren.

Levi schnappte sich sein Handy und tippte eine Nachricht an seinen Agenten. *Bring mich aus diesem Vertrag raus.*

Die Antwort kam fast sofort. *Meinst du es diesmal ernst?*

Nein. Ich flippe nur aus.

Soll ich nach Keating Hollow kommen?

Levi starrte die letzte Nachricht an, fühlte sich wie eine riesige Dramaqueen. Auf gar keinen Fall würde er seinen Agenten bitten, den Babysitter für ihn zu spielen, weil er zu dumm war, um zu merken, dass dieser Film bedeuten würde, dass er aus nächster Nähe mit Silas umgehen musste.

Du wusstest es. Die Worte materialisierten sich in seinen Gedanken, offensichtlich hatten sie ihren eigenen Willen. Anscheinend stand es nicht mehr zur Debatte, sich selbst etwas vorzulügen. Hatte er tatsächlich die Rolle angenommen, nur damit er in Silas' Nähe sein konnte? Ihn wieder berühren?

Nein. Er hatte sie angenommen, um Silas zu zeigen, was er verpasste.

Levi stieß ein Stöhnen aus, als er merkte, dass das die grundehrliche Wahrheit war. Er hatte unterschrieben, um Silas zu beweisen, dass es ihm einfach gut ging. Nur dass es das nicht tat. Nur ein paar Tage, nachdem sie angefangen hatten, klappte er schon zusammen.

Nein, schrieb er zurück. *Ich musste nur mal Dampf ablassen, schätze ich. Ignorier mich.* Er legte das Handy hin und rieb sich mit den Handflächen übers Gesicht.

Was jetzt?

Es blieb nur, dort rauszugehen und so zu tun, als wäre er in seinen Ex verliebt.

So tun. Natürlich.

Ein Klopfen erklang an der Tür seines Trailers. „Zwei Minuten!"

Levi nahm noch schnell ein paar Schlucke Wasser, biss die

Zähne zusammen und ging zurück ans Set. Die Kostümassistentin reichte ihm das Handtuch, das er tragen sollte, und bedeutete ihm, den improvisierten Ankleideraum zu nutzen, um wieder in seine Figur zu schlüpfen. Es dauerte nicht lang, bis er sich bis auf die Boxershorts ausgezogen und sich das Handtuch umgeschlungen hatte.

Nachdem er zurück aufs Set gegangen war, wurde er mit Wasser besprüht, um es aussehen zu lassen, es wäre er gerade aus der Dusche gekommen. Und bevor er es sich versah, rief der Regisseur: „Action!"

Levi hörte das Geräusch, wie sich eine Tür öffnete, und ging dann aus dem falschen Bad hinaus in das Zimmer, das sein angeblicher Ankleideraum sein sollte. Er stellte sich vor, wie es sich angefühlt hätte, Silas nach einem seiner Auftritte, während er auf Tour gewesen war, so auftauchen zu sehen. Ein schräges Lächeln trat auf seine Lippen, und sein Herz setzte einen Schlag lang aus, als er sagte: „Du bist da."

Silas' Blick schweifte über Levi, und er leckte sich die Lippen, ehe er erwiderte: „Ich konnte mich nicht fernhalten."

Levi beobachtete, wie Silas auf ihn zukam. Er wusste, dass River Ezra auf halbem Weg treffen sollte, aber Levi blieb wie angewurzelt stehen und beobachtete wortlos, wie Silas ihn mit einem starren Blick festnagelte und sich bewegte, als würde er sich an seine Beute anpirschen.

Als Silas' Hand sich auf Levis Brust legte, verlangte das Drehbuch danach, dass Levi seine Stirn an die von Silas brachte, während die beiden einander einatmeten. Stattdessen stolperte Levi zurück, sein ganzer Körper vibrierte vor Anspannung. Es war eine körperliche Reaktion, die er nicht kontrollieren konnte. Anstelle des zarten Moments, nach dem das Drehbuch verlangte, vergrub Levi die Finger in Silas' Haaren, sowohl weil er ihn verzweifelt wegschieben wollte, als auch voller Sehnsucht, ihn zu küssen. Sie standen dort in einem Patt, schauten einander nur an, keiner von ihnen konnte die Szene weiterführen.

Der Regisseur seufzte schwer. „Cut!"

Sofort ließ Levi seine Hand sinken und trat einen weiteren Schritt zurück.

Silas funkelte ihn an.

Zwischen ihnen hingen eine Milliarde unausgesprochener Worte.

Für Levi fühlte es sich an, als würde alles, was er in den letzten beiden Jahren hatte sagen wollen, einfach in einem großen Kauderwelsch herausströmen, sobald er den Mund öffnete. Er presste die Lippen aufeinander, zwang sich dazu, still zu bleiben.

Silas hatte eine andere Vorstellung. „Hasst du mich so sehr? Du kannst nicht mal so tun, als wärst du glücklich, mich zu sehen? Ich weiß, dass du das kannst. Sogar der Ausdruck auf deinem Gesicht, wenn du Cappy siehst, wäre besser als … was immer das war." Er wedelte mit der Hand, um die Ausstrahlung zu zeigen, die Levi wohl an den Tag gelegt hatte.

Levi hob beide Augenbrauen. „Da redet der Richtige. An der Art, wie du mich angesehen hast, war nichts zart, Silas. Ich habe auf einem Löwengesicht schon weniger Aggression gesehen."

„Es reicht!", befahl Marcus, während er sie beide anfunkelte. „Ihr zwei. In meinen Trailer. Sofort!"

Levi machte auf dem Absatz kehrt und folgte dem Regisseur, spürte Silas gleich hinter sich. Er wollte sich umdrehen und Silas sagen, er solle wegbleiben, aber je weniger er in diesem Augenblick redete, umso besser. Er wusste, ein Streit mit Silas vor Marcus war so ziemlich das Schlimmste, was er tun konnte.

Marcus riss die Tür seines Trailers auf und stapfte hinein. Levi folgte ihm und schaute sich in dem improvisierten Büro um. „Hinsetzen!", befahl Marcus.

Levi schaute auf das kleine Sofa, das an der Wand stand, und tat wie geheißen. Als Silas sich direkt neben ihn setzte, tat er sein Bestes, so zu tun, als würde es Silas nicht mal geben. Ansonsten wusste er, er würde nur wieder zu streiten anfangen. Entweder das, oder Levi würde einfach die Zunge in Silas' Hals stecken, nur um die Anspannung wegzuwischen, die zwischen ihnen pulsierte.

„Das funktioniert nicht", sagte Marcus, der die Arme vor der Brust verschränkte.

„Ich weiß, ich ...", setzte Levi an.

„Stopp. Einfach nur stopp." Marcus ging in dem kleinen Raum auf und ab, dann hielt er inne, um sie beide anzustarren. „Ich verstehe schon, zwischen euch bestehen Probleme. Ich bin mir bewusst, dass ihr mal eine Beziehung hattet, und ehrlich gesagt, manchmal wird dadurch das, was vor der Kamera passiert, zu Magie. Wir haben ein paar echt grandiose Szenen abgedreht wegen dieser Spannungen zwischen euch beiden. Aber was wir heute gesehen haben? Das ist nicht die Art Spannung, die wir in dieser Szene brauchen. Ich weiß, dass ihr es beide wisst. Da keiner von euch anscheinend aus sich raus kann und so spielen, wie ich das brauche, werden wir Folgendes machen."

Die Nervosität sorgte für Turbulenzen in Levis Eingeweiden, als Marcus sich ihnen gegenüber hinsetzte und die Hände verschränkte.

Während er sie intensiv beobachtete, fuhr Marcus fort. „Ich schicke euch heute beide früh heim und drehe ein paar andere Szenen, in denen ihr nicht gebraucht werdet. In den nächsten zweieinhalb Tagen werdet ihr jeden Augenblick zusammen verbringen. Und wenn ich *jeden Augenblick* sage, meine ich das auch. Ihr wohnt im selben Haus, kocht zusammen, arbeitet an einem Song oder am Drehbuch. Irgendwas, bei dem ihr zusammenarbeiten müsst, anstatt einander zu ignorieren. Was immer dafür sorgt, dass ihr wieder unbeschwert miteinander umgehen könnt. Dann machen wir am Montagvormittag diese Szene noch mal, und ihr werdet mich glauben lassen, dass ihr zehntausend Prozent verliebt und bereit seid, alles füreinander auf Spiel zu setzen. Verstanden?"

Levi lehnte sich verblüfft zurück. Konnte der Regisseur ihnen wirklich befehlen, die nächsten sechzig Stunden gemeinsam zu verbringen und Dinge zu tun, die sie getan hätten, wenn sie zusammen gewesen wären?

„Da verlangst du eine Menge", sagte Silas diplomatisch.

„Das Studio zahlt euch eine Menge, um so zu tun, als würdet ihr einander lieben. Wenn ihr es auf eure Art nicht könnt, machen wir es auf meine Art. Verstanden?", fragte Marcus.

„Ja." Silas schloss die Augen und holte tief Luft, als würde er sich dazu zwingen, sich zu beruhigen.

Levi war nicht sicher, was er fühlte. Im Augenblick passierte eine Menge. Er fühlte sich erniedrigt, weil er seinen Job nicht hatte erledigen können. Aber er war auch entsetzt darüber, so lange mit Silas allein zu sein. Wie sollte er weiter so tun, als würde er nichts mehr für ihn empfinden? Ein Prickeln der Aufregung ersetzte die Nervosität in seinen Eingeweiden, als ihm klar wurde, dass er jetzt eine Ausrede hatte, zweieinhalb Tage ganz mit Silas zu verbringen.

Verdammt, Levi war völlig durch den Wind.

„Levi?", drängte Marcus.

„Ja?" Er schaute auf, fast überrascht, dass Marcus noch da war.

„Verstehst du, was ich sage? Geht und verbringt das Wochenende zusammen, um eure Probleme aus der Welt zu schaffen, und seid am Montag wieder hier, bereit zur Arbeit."

„Absolut", sagte Levi und konnte nicht ändern, dass sein Blick auf Silas landete.

Sein Ex starrte ihn offen an, als würde er versuchen, herauszufinden, was Levi dachte.

Levi warf ihm ein schwaches Lächeln zu und stand auf, wandte sich an den Regisseur. „Sonst noch was?"

„Nein", sagte Marcus. „Sorgt nur dafür, dass ihr diese Zeit nicht verschwendet. Wenn wir diese Unterhaltung noch mal führen müssen, werden dabei Studiomanager und vermutliche Ersatzleute mitmischen."

Silas schluckte hörbar und sagte dann: „Wir sind am Montag bereit."

Levi nickte nur, weil ihm klar wurde, dass das ein Augenblick war, in dem alles in die Brüche gehen konnte. Die Erniedrigung, von dem Projekt gefeuert zu werden, war etwas, mit dem er sich auf keinen Fall herumschlagen wollte, aber er wusste, dass er es überleben würde. Die Schauspielerei war nicht seine Leidenschaft. Aber für Silas war sie das, und er wusste, dass sein Ex vermutlich Panik schob. Silas war ein überzeugter Schauspieler, der sein Handwerk sehr ernst nahm. Die Androhung eines Regisseurs, ihn von einem Wunschprojekt feuern zu lassen, war für ihn wohl eine Katastrophe. Es war dieser Augenblick, in dem Levi beschloss, was immer geschah, er würde alles, was er hatte, in diesen Film stecken. Nicht für sich, sondern für Silas.

KAPITEL 10

S ilas folgte Levi aus dem Trailer, erstarrt bis ins Innerste. War das wirklich gerade passiert? Noch nie in seinem Berufsleben hatte er eine Darbietung nicht abziehen können, wenn er sie brauchte. Schon der Gedanke, dass man ihm gesagt hatte, er könne ersetzt werden, ließ ihn versteinern. Mehr als alles andere war Silas ein Profi.

„Also zu dir nach Hause?", sagte Levi, der sich vor ihn stellte, die Hände in den Hosentaschen, die Schultern hochgezogen.

„Nach Hause?", fragte Silas dümmlich. Aus irgendeinem Grund hatte er sich vorgestellt, dass sie in dem Mietshaus übernachten würden. Wieder drei Nächte lang in seinem Haus zusammen zu sein, während sie nicht wirklich zusammen waren, wäre reine Folter. Oder nicht?

„Ja. Ich habe noch nicht wirklich Möbel. Sie werden erst nächste Woche geliefert."

„Oh. Klar. Mein Haus." Silas war von der Situation so überrumpelt, dass er Schwierigkeiten hatte, alles zu verarbeiten. „Genau. Okay."

„Hey, Si", rief August, der Produktionsassistent, während er vorbeikam. „Sind wir immer noch auf ein Bier verabredet, wenn heute alles dichtmacht?"

Silas spürte, wie Levis Augen ihm ein Loch in den Kopf brannten. „Äh, nicht heute Abend. Tut mir leid. Es kam grade was dazwischen. Können wir es verschieben?"

August wirkte leicht enttäuscht, aber er nickte. „Klar, Mann. Wir versuchen es nächste Woche noch mal."

„Auf jeden Fall." Silas hatte es wirklich genossen, in den letzten paar Tagen nach der Arbeit jemanden zum Reden zu haben, anstatt jeden Abend in seinem Haus zu verbringen, allein mit seinen Erinnerungen. Er hatte sogar vor Kurzem angefangen, Cappy am Vormittag zu Shannons Haus zu bringen, damit er nicht zu lange allein zu Hause war.

„Du gehst mit dem Produktionsassistenten aus?", warf ihm Levi vor, seine Stimme zu einem gedämpften Flüstern gesenkt.

Silas blinzelte, dann wandte er sich an seinen Ex. Der Zorn auf Levis Gesicht brachte Silas auf, und bevor er es verhindern konnte, schoss er zurück: „Warum? Ist das ein Problem für dich, Levi? Ich bin inzwischen seit über zwei Jahren Single. Was soll ich denn machen, dir ewig nachweinen?"

„Das ist nicht …" Levi hörte auf zu reden, dann schüttelte er den Kopf und drehte sich um, marschierte zu seinem Trailer.

„Nicht was?", fragte Silas wütend, während er ihm folgte. „Komm schon, Levi. Sag einfach, was immer du sagen willst. Es ist ja nicht, als hättest du mir nicht schon früher wehgetan. Was macht denn einmal mehr, hm?"

„Ich habe dir wehgetan?", fragte Levi ungläubig. „Das ist ja mal dreist. Wenn man bedenkt, dass ich derjenige war, der allein zu Hause gesessen und gewartet hat, während du irgendwo auf einer Party netzwerken warst für irgendeine Serie, in der du dann niemals aufgetreten bist."

Ein gedämpftes Flüstern hinter ihnen erregte Silas' Aufmerksamkeit, und er fluchte tonlos. „Machen wir das nicht hier."

„Ich bin nicht derjenige, der es nicht auf sich beruhen lassen wollte", sagte Levi, der in seinen Trailer ging. Einen Augenblick später kam er mit seinem Gitarrenkoffer heraus und bewegte sich rasch zum Parkplatz.

Silas' Schultern sanken nach vorne, während er Levi folgte, und er fragte sich, weshalb er es nicht sofort geleugnet hatte, als der Vorwurf wegen des Dates gekommen war. August war nur ein Freund. Und er war hetero. Levi auch nur eine Minute denken zu lassen, dass irgendwas zwischen ihnen vorging, war einfach nur kleinlich und nicht fair gegenüber August.

Levi verstaute seine Gitarre, sprang in den Jeep und knallte die Tür zu. Er war rückwärts gefahren und ließ den Parkplatz hinter sich, bevor Silas auch nur den Schlüssel herausgeholt hatte.

Er schickte Levi eine rasche Nachricht, um ihn wissen zu lassen, dass er Cappy und was zu essen holen und ihn dann in etwa einer Stunde an seinem Haus treffen würde.

Levi schrieb nicht zurück.

SILAS HATTE GESEHEN, dass Levis Jeep am Haus parkte, das er gemietet hatte, und nahm an, dass er dort wartete, bis Silas nach Hause kam. Als er seine Eingangstür öffnete, rannte Cappy ihn beinahe um, um ins Haus zu kommen. Der Golden Retriever lief direkt zur Küche, sein Schwanz bewegte sich fast mit Lichtgeschwindigkeit, als er an Levi hinaufsprang.

„Du bist hier", sagte Silas, sein Tonfall überrascht.

„Wo sollte ich denn sonst sein?" Levi schaute von einem Platz am Tresen auf, wo er sich damit beschäftigt hielt, Plätzchenteig auf ein Backblech zu geben.

„Dein Jeep steht nebenan, und na ja, du hast deinen Schlüssel hier gelassen, nachdem alles aus war." Dieser dumpfe Schmerz materialisierte sich wieder in Silas' Brust, doch er achtete nicht darauf. Es hatte nie geholfen, über die Stelle zu reiben. Man musste den Schmerz nicht auch noch zur Schau stellen.

Levi hob eine Augenbraue. „Ich bin derjenige, der den Ersatzschlüssel versteckt hat, weißt du noch?"

Ah, der versteckte Schlüssel. „Genau."

Mit gerunzelter Stirn hörte Levi auf zu arbeiten und schaute Silas an. „Hätte ich warten sollen, bis du zurückkommst?"

„Nein", sagte Silas sofort und schüttelte den Kopf. „Ich war nur überrascht, schätze ich." Er lächelte Levi schwach an. „Es ist lange her, seit ich nach Hause gekommen bin und jemand anders da war außer Cappy."

Levis Miene wurde verhalten, während er den Plätzchenteig weiter verteilte. „Tut mir leid, dass ich dein Date ruiniert habe."

„Was für ein Date?", fragte Silas, als ihre Unterhaltung über August über ihn hereinbrach. Er stieß ein Stöhnen aus. „August und ich daten nicht."

„So hat es aber ausgesehen. Oder geklungen", sagte Levi leise, aus seinem Tonfall war plötzlich die ganze Streitsucht verschwunden.

„Ich kenne ihn, weil wir zusammen in Befana Bay gedreht haben. Er ist mein Freund. Und er ist hetero."

„Oh." Levis Wangen wurden rosa, sodass Silas leise lachte.

Mit zusammengekniffenen Augen richtete Levi seinen Blick auf Silas. „Das ist nicht witzig."

„Irgendwie schon. Eifersucht steht dir gut."

Levi schnaubte. „Ich bin nicht eifersüchtig."

Sie wussten beide, dass das eine Lüge war, also ließ Silas es einfach durchgehen, während er das Lieferessen, das er geholt hatte, auf den Tresen stellte. „Hast du Hunger?"

„Schätze schon." Als er mit dem Plätzchenteig fertig war, schob Levi das Backblech in den bereits vorgeheizten Ofen.

„Zimtplätzchen?", fragte Silas, während er Teller aus dem Schrank holte.

„Was sollte ich denn sonst machen?", fragte Levi, seine Lippen wölbten sich zu diesem schüchternen Lächeln, das er immer nur für Silas gehabt hatte.

Der dumpfe Schmerz in seiner Brust, der Silas genervt hatte, verschwand sofort. „Ich kann es nicht erwarten."

Levi beugte sich vor und spähte in die Tüte mit Essen. „Was hast du dabei?"

„Lasagne."

Der Ausdruck auf Levis Gesicht wurde zu reiner Vergötterung. „Du, mein Lieber, bist ein Engel."

Silas hatte mit sich gerungen, ob er dieses Gericht holen sollte, da er wusste, dass es Levis Favorit war. Er hatte nicht aussehen wollen, als würde er sich zu sehr ins Zeug legen. Aber letztlich wusste er, dass es sich Levi ausgesucht hätte, hätte er was bestellt, also blieb er dabei. Die Tatsache, dass Levi Silas' Lieblingskekse gebacken hatte, sagte ihm, dass das vielleicht die richtige Entscheidung gewesen war. Vielleicht war dieses Wochenende zusammen genau das, was sie brauchten, um wieder auf die Beine zu kommen.

„Wein?", fragte Silas, der bereits unterwegs war, um eine Flasche zu holen.

„Klar."

Sie arbeiteten zusammen und deckten den Tisch, und Silas stellte fest, dass er zufriedener als jemals in den letzten beiden Jahren war. Die Vertrautheit, die sie miteinander hatten, und die Tatsache, dass Levi so unbeschwert in seinem Haus war, bedeutete alles. Silas stellte fest, dass er sich wünschte, Levi würde ewig bleiben. Das war das Leben, das er sich vorgestellt hatte. Dasjenige, das er über alle Reparaturmöglichkeiten hinaus vermasselt hatte.

Sie setzen sich zum Essen hin, und sofort legte Cappy seine große Nase auf den Tisch.

„Cappy, Platz." Silas deutete auf den Boden, und der Hund senkte sich ganz langsam hinab, schaute Silas mit großen braunen Welpenaugen an.

Levi schnaubte. „Er trägt aber echt dick auf, oder?"

„Alles, um dich um einen Bissen zu bringen." Silas zwinkerte.

Die Luft zwischen ihnen wurde aufgeladen, während ihre Blicke sich trafen. Der lockere Umgang, den sie gefunden hatten, entglitt ihnen, und Silas konnte nur daran denken, dass er niemals wollte, dass Levi ging. Er wollte ewig in dieser Blase leben.

Levi wandte den Blick ab, sah auf seine Mahlzeit hinab.

„Levi?", fragte Silas zögerlich.

„Ja?" Levi riss den Kopf hoch, versuchte die Traurigkeit in seinen ausdrucksstarken Augen zu verbergen, und schaffte es nicht.

Silas wollte Levi nur in die Arme nehmen und irgendwie magisch die Vergangenheit ausradieren. Aber selbst in einer Welt voller Magie waren Zeitreisen immer noch unmöglich. Stattdessen musste er nur seinen Fehler eingestehen und versuchen, von da aus weiterzumachen. „Glaubst du, du wirst mir je verzeihen können?"

Levis Augen wurden groß, sein Mund öffnete sich leicht. Rasch schloss er ihn, während er sich erholte und Silas von der Seite anschaute.

„Ach, egal", sagte Silas rasch, schüttelte den Kopf. „Antwortete nicht darauf. Es ist viel zu früh am Wochenende, um diese Art schwierige Unterhaltung zu führen."

Zu Silas Überraschung lachte Levi leise, und in seinen Augen funkelte Erheiterung.

Das Gewicht, das sich auf Silas' Brust gelegt hatte, verschwand, und plötzlich fing er an, zu glauben, dass sie vielleicht, *nur vielleicht*, tatsächlich wieder Freunde werden könnten.

„Du konntest um mich herum niemals deine Gedanken filtern", sagte Levi, der mit der Gabel seine Lasagne bearbeitete. „Eines der Dinge, die ich immer an dir geliebt habe. Ich wusste immer, was du dachtest."

Geliebt habe. Vergangenheit. Ein weiterer Pfeil ins Herz. Silas warf ihm ein gezwungenes Lächeln zu und stürzte sich dann auf seine Pasta. Falls er ein platonisches Wochenende mit der Liebe seines Lebens verbringen musste, dann hatte er auf jeden Fall leckeres Essen verdient. Scheiß doch auf die Kalorien.

Sie saßen in angespannter Stille da, redeten nicht mal, als der Timer losging und Levi aufstand, um die Kekse aus dem Ofen zu holen.

Der Geruch nach Zimt und Zucker füllte die Luft, sodass Silas' Mund wässrig wurde. Er wollte seine Pasta stehen lassen und sich direkt auf die Plätzchen stürzen, von denen er wusste, dass Levi sie nur für ihn gemacht hatte. Stattdessen konzentrierte er sich auf die Lasagne und versuchte die

Tatsache zur ignorieren, dass er trotz ihrer Stille schon ewig nicht mehr so zufrieden gewesen war.

Als Levi schließlich seine Gabel ablegte, lehnte er sich zurück und drückte sich die Hände auf den Bauch. „Sieht so aus, als müsste ich dieses Wochenende etwas mehr Zeit auf dem Laufband verbringen."

Silas hob fragend eine Augenbraue. „Laufband? Ich dachte, du trainierst nicht gern an Geräten."

„Mache ich auch nicht." Levi schnappte sich ihre leeren Teller und trug sie zur Spüle. „Aber wenn man von Hotel zu Hotel und monatelang in unterschiedliche Städte reist, ist es schwierig, eine anständige Laufstrecke zu finden. Es ist einfach leichter, in die Fitnessbude zu gehen."

„Leider ist mein Laufband nicht einsatzfähig", bemerkte Silas mit finsterem Gesicht. „Ich glaube, da gibt es einen Kurzschluss."

Levi zuckte mit den Schultern. „Kein Problem. Ich kann ins Fitnessstudio in der Stadt."

„Was, wenn wir am Vormittag zur Küste rausfahren und am Strand laufen?", bot Silas an.

„Zusammen?", fragte Levi, der ihn anblinzelte.

Silas lachte leise. „Na, schon. Wir sollen doch das ganze Wochenende zusammen verbringen, oder? Damit hätten wir zumindest was zu tun."

„Äh, stimmt ja", sagte Levi mit einem langsamen Nicken. „Ja, okay. Klingt nach einem Plan."

„Toll. Wann willst du los? Um sechs?"

Levi stöhnte. „Du und dein früher Morgen. Muss es denn um sechs sein?"

„Je eher wir loskommen, desto besser stehen die Chancen, dass wir die Paparazzi meiden können." Silas schenkte den letzten Wein in ihre leeren Gläser. „Aber wenn es dir egal ist, dass unsere Bilder überall in der Regenbogenpresse sind, können wir jederzeit los. Zehn?"

Levi nahm sein Weinglas und erwiderte mit einer Grimasse: „Also um sechs."

Silas stieß ein leises Schnauben aus, weil er gewusst hatte, dass das die Antwort sein würde. Dann nickte er zu den Plätzchen auf dem Kühlblech hin. „Sind die für die Allgemeinheit, oder hattest vor, die alle allein zu essen?"

„Iss einfach deine Plätzchen, Silas. Du weißt doch, dass ich sie für dich gemacht habe." Levi verdrehte die Augen und machte sich wieder daran, den Geschirrspüler zu füllen.

Silas nahm eine Handvoll Plätzchen, und bevor er sich eins in den Mund schob, sagte er: „Hey, Levi?"

„Ja?"

„Danke dir."

KAPITEL 11

*L*evi trat aus der Dusche und schlang sich ein Handtuch um die Taille. Nachdem er mit dem Geschirr fertig geworden war, war er rasch unter die Dusche gesprungen, weil er etwas Zeit gebraucht hatte, um sich zu sammeln. Er konnte Silas' Frage immer noch nicht aus seinen Gedanken verbannen.

Wirst du mir je vergeben?

Levi hatte einmal gedacht, das hätte er. Oder es zumindest versucht. Aber es war äußerst offensichtlich, dass dem nicht so war. Nicht wirklich. Er war immer noch verletzt, dass Silas seine Karriere ihm vorgezogen hatte.

Wenn er vielleicht verstand, weshalb, dann könnte Levi darüber hinwegkommen. Aber das tat er nicht. Er glaubte nicht, dass er das jemals verstehen würde. Er konnte sich einfach nicht vorstellen, die Arbeit über eine Person zu stellen. Insbesondere, da Silas bereits eine solide Karriere gehabt hatte. Er hatte nicht alles mitmachen müssen, nur um endlich seine Chance zu kriegen. Silas war ein Oscar-gekrönter Schauspieler, um Himmelswillen.

Levi drückte die Hände auf die Ablage im Bad und ließ den Kopf hängen. Auf die eine oder andere Art musste er damit fertig werden und eine Möglichkeit finden, das Kriegsbeil zu begraben, denn ganz gleich, was er sonst noch empfand, er wollte wirklich, dass Silas und er gut zueinanderstanden. Film oder nicht, es klang erbärmlich, den Rest seines Lebens nachtragend zu sein. So wollte er nicht leben. Außerdem, selbst wenn es ihm und Silas nicht bestimmt war, zusammen zu sein, hatte Levi in der letzten Woche etwas herausgefunden. Ihm war Silas immer noch wichtig, und er wollte den Mann in seinem Leben, selbst wenn es nur Freundschaft bedeutete.

Freundschaft war ihm niemals leichtgefallen. Nicht Levi. Seine Geistmagie hatte dafür gesorgt, dass er empfindsam für die Emotionen anderer war. Die meisten von ihnen waren für ihn zu überwältigend. Aber die von Silas waren das nie gewesen. Nicht mal jetzt, wenn Levi spürte, dass sein Ex voller Bedauern und Frust war. Aber Silas strahlte auch eine Wärme und Fürsorglichkeit und Reinheit der Seele aus, die Levi einfach beruhigte. In seiner Nähe zu sein war … behaglich. Das wollte er nicht aufgeben.

Ein Klopfen erklang an der Tür. „Levi?"

Er riss den Kopf hoch und schaute auf die Tür. „Ja? Ist alles in Ordnung?"

„Klar. Nur ist dein Handy in den letzten zehn Minuten hochgegangen. Ich dachte mir, das willst du dir vielleicht ansehen."

Mit einem Stirnrunzeln öffnete Levi die Tür. Silas stand mit Levis Handy in der Hand da, während er langsam den Blick senkte und Levis halb nackten Körper betrachtete.

Unwillkürlich konnte Levi nicht verhindern, dass ein schwaches Lächeln auf seine Lippen trat. Es war lange her, seit er sich begehrt gefühlt hatte. Klar, es gab immer Fans, die ihm nachbrüllten, oder die sich ihm nur zu gern in seiner Ankleide angeschlossen hätten, doch Levi stand nicht auf Abenteuer oder One Night Stands. Er sehnte sich nach der Gesellschaft von jemandem, der ihm wirklich wichtig war.

Und dieser Mensch war immer Silas gewesen.

Als Levi zum letzten Mal mit jemandem zusammen gewesen war, war es der Mann gewesen, der jetzt vor ihm stand und ganz offen seine Bauchmuskeln anstarrte. Klar, auf ein paar Dates war er schon gewesen, aber keines davon war etwas geworden. Es war zu schwer, jemand anderem eine Chance zu geben, wenn Levi einfach immer noch in seinem Ex verschlossen war.

Levi räusperte sich.

Silas hob den Blick wieder zu Levis Gesicht empor, seine Wangen waren leicht rosa gefärbt. „Tut mir leid." Rasch reichte er das Handy rüber und machte auf dem Absatz kehrt, zog sich von der Badtür zurück.

Mit leisem Lachen sah Levi ihm nach und ging durch den Gang zum Gästezimmer, wo er die Tasche verstaut hatte, die er fürs Wochenende mitgebracht hatte. Bevor er frische Klamotten aus der Tasche zog, schaute er auf sein Handy. Es gab ganze zehn Nachrichten von Frankie, eine von Hope, und zwei von seinem Agenten Dawson.

Er stöhnte, warf das Handy hin und zog sich dann an. Sobald er nicht mehr nur ein Handtuch trug, ging er die Nachrichten durch. Die von Frankie drehten sich darum, die Pläne für den nächsten Tag abzuschließen.

Samstag. Der Tag, an dem er versprochen hatte, sie auf den Bauernmarkt zu begleiten und sich an der Talentshow zu beteiligen.

„Verdammt", murmelte er, hatte das Versprechen ganz vergessen, nachdem er den Befehl erhalten hatte, das

Wochenende mit Silas zu verbringen. Auf gar keinen Fall würde er ihren gemeinsamen Tag auslassen, wenn er es vermeiden konnte.

Bevor er Frankie zurückschrieb, rief er seinen Agenten an.

„Da bist du ja. Ich habe den ganzen Tag darauf gewartet, von dir zu hören", sagte Dawson, sobald er dran ging.

„Es war ein bisschen … verrückt heute", erwiderte Levi, der sich auf die Bettkante setzte.

„Das habe ich gehört. Alles in Ordnung?"

Die Tatsache, dass Dawson tatsächlich wichtig war, wie es Levi ging, anstatt sich nur Sorgen darum zu machen, wie viel Geld Levi generieren konnte, war der Grund, weshalb er den Mann eingestellt hatte. „Ja. Mir geht's gut. Ich bin ein bisschen ausgeflippt, aber ansonsten okay. Ich nehme an, du hast gehört, dass Marcus befohlen hat, dass ich und Silas das Wochenende zusammen verbringen?"

„Habe ich gehört." Dawsons Tonfall war genervt. „Du weißt, dass er dich nicht zwingen kann, das zu tun, oder? Wenn du willst, dass ich dich da raus kriege, mache ich das."

Aber wollte er raus aus der Verpflichtung, das Wochenende mit Silas zu verbringen? Die Antwort war ein einstimmiges Nein. „Ist schon gut. Echt. Ich glaube, es wird uns helfen."

Am anderen Ende der Leitung herrschte Schweigen.

„Dawson?", fragte Levi.

„Ich bin da."

„Warum bist du so still?"

Es kam ein raschelndes Geräusch an Dawsons Ende, bevor er sagte: „Du hast dir noch nicht die Schlagzeilen angesehen, oder?"

Levi schluckte ein Stöhnen hinunter. „Nein. Du weißt doch, dass ich versuche, mich derzeit vom Internet fernzuhalten."

„Dann, glaube ich, du solltest wissen, dass es ein Paparazzi-Foto gibt, wie du allein in Silas' Haus gehst. Es kursieren bereits Gerüchte, dass ihr wieder zusammen seid."

„Ernsthaft?" Levi drückte sich eine Hand an die Schläfe, versuchte, die Kopfschmerzen abzuhalten.

„Ja. Willst du ein Statement rausgeben oder es einfach ignorieren? Wenn ihr beiden euch bedeckt haltet, wird das wahrscheinlich rasch vorüberziehen."

Obwohl Dawson ihn nicht sehen konnte, schüttelte Levi den Kopf, resigniert wegen der Tatsache, dass die Medien sie nicht in Ruhe lassen würden, ganz gleich, was er sagte. „Nein. Ich bin nicht daran interessiert, irgendwem irgendwas zu erklären. Einfach ignorieren. Aber du solltest wissen, dass sich vorhabe, den Tag morgen mit Frankie und Silas zu verbringen. Ich bin sicher, das wird den Gerüchten nicht helfen. Aber wirklich, wen interessiert das? Ich wette, das Studio ist ganz dafür zu haben. Je mehr Publicity wir bekommen, desto mehr Hype bekommt der Film, oder?"

„So kann man es auch sehen. Wie steht denn Silas dazu?"

„Ich schätze, das werde ich gleich herausfinden." Levi dankte seinem Agenten für die Informationen und beendete dann den Anruf.

Nachdem er die Nachrichten von Frankie und Hope durchgegangen war, steckte er sein Handy ein und ging ins Wohnzimmer, um feststellen, dass Silas sein eigenes Handy anstarrte, einen gequälten Ausdruck auf dem Gesicht.

„Wie schlimm ist es?", fragte ihn Levi.

Silas drehte das Handy herum, um die Schlagzeile zu enthüllen.

Liebe vor und hinter den Kulissen. Gemeinsam absteigen nach nur einer Woche Dreh.

„Könnte schlimmer sein", sagte Levi, der auf dem Sofa neben ihm Platz nahm.

„Klar. Es könnte immer schlimmer sein." Silas' Stirnrunzeln vertiefte sich. „Wäre ich nicht so darauf versessen, die Jalousien geschlossen zu halten, hätten sie vielleicht schon ein Foto von dir in einem Handtuch."

Levi schnaubte und wies mit der Hand auf seine schmale Gestalt. „Keiner will ein Bild von mir in einem Handtuch."

Silas hob skeptisch eine Augenbraue. „Ernsthaft? Du hast wirklich keine Ahnung, wie sexy du bist, oder?"

Levi schaute weg, weil er sicher war, dass das keine Unterhaltung war, die sie führen sollten. „Auf jeden Fall ..." Er stieß ein Lachen aus und sagte: „Seien wir einfach froh, dass sie nur ein Bild von mir haben, wie ich durch die Eingangstür komme."

„Nun, da sie eine Geschichte haben, wird es sehr viel mehr geben als nur das eine Bild, außer wir verstecken uns." Silas beäugte Levi, seine Miene war neugierig.

Plötzlich schien die Lage für Levi einfach nur noch lächerlich. Sie beide hatten ein Leben unter dem Blick der Öffentlichkeit geführt. Keinem von ihnen waren Paparazzi-Bilder neu. Aber es hatte ihn immer verblüfft, dass die Medien stets mehr Interesse an ihrem Liebesleben hatten als an irgendwas anderem. Weshalb sollte jemand daran interessiert sein, ob sie zusammen waren oder nicht? Die Wahrheit war, Levi war es einfach egal, ob sie Geschichten über ihn und Silas bringen wollten. Es war besser, als ständig das erniedrigende Video von ihm zu recyceln, in dem er verschiedene Versionen einer Textzeile ausprobierte.

Levi wandte sich an Silas. „Was hältst du davon, ihnen morgen was zu geben, über das sie wirklich schreiben können?"

„Du redest aber nicht davon, dass wir die Jalousien öffnen und sie Handtuchbilder kriegen lassen, oder?", scherzte Silas.

„Nein", sagte Levi mit einem Lachen. „Nach allem, was heute passiert es, habe ich ganz vergessen, dass ich versprochen hatte, den Tag morgen mit Frankie zu verbringen. Da wir das ganze Wochenende lang Zeit miteinander verbringen sollen, dachte ich, wenn es dir nichts ausmacht, mitzukommen, würde ich ihr nicht absagen müssen."

„Du willst, dass wir uns morgen in der Öffentlichkeit sehen lassen? Zusammen? Nachdem sie diese Geschichte gebracht haben?" Silas starrte ihn verblüfft an und lächelte dann, wirkte erheitert. „Du hast dich mehr verändert, als ich dachte."

„Ich schätze schon, oder?", erwiderte Levi, der sich Silas' Grinsen anpasste. Es hatte eine Zeit gegeben, da hätte Levi alles getan, um sich dem Blick der Öffentlichkeit zu entziehen. Die Aufmerksamkeit der Medien wegen Silas und Levi, als sie zusammengekommen waren, war überwältigend gewesen, um es gelinde auszudrücken. Levi hatte nichts tun wollen, das ihn zu einem leichten Ziel für die Paparazzi machte. Er nahm an, nach ein paar Jahren im eigenen Scheinwerferlicht war er inzwischen daran gewöhnt. „Da haben sie dann zumindest was, worüber sie reden können."

„Das kannst du laut sagen", erwiderte Silas, der den Kopf schüttelte. „Ich bin dabei, wenn du es bist."

Levi warf ihm ein schräges Lächeln zu. „Habe ich die Talentshow erwähnt?"

Silas blinzelte ihn langsam an. „Talentshow?"

„Ja. Frankie wird singen. Du und ich? Wir sind die Verstärkung."

Silas verzog das Gesicht. „Besteht die Chance, dass ich ein Groupie in der ersten Reihe sein kann?"

„Nö." Levi schrieb rasch Hope und Frankie zurück und

bestätigte ihre Pläne für den nächsten Tag, und dann holte er seine Gitarre. „Bereit für eine Lektion?"

Silas schürzte die Lippen, schien die Frage zu überdenken. „Was für eine Lektion?"

Levi grinste. „Eine Singstunde."

„Du weißt doch, dass ich nicht singe."

„Morgen machst du es." Levi schlug ein paar Akkorde an. „Es ist nur eine Talentshow vor Ort. Du willst doch Frankie nicht enttäuschen, oder?"

Silas verdrehte die Augen. „Ich bezweifle ernsthaft, dass Frankie erwartet, dass ich singe."

Levi hielt sein Handy hoch, zeigte die Reihe von Textnachrichten, als Frankie ganz in Großbuchstaben *JUCHUUU!* getippt hatte. „Sie ist ziemlich aufgeregt, dass sie nicht einen, sondern *zwei* Back-up-Sänger hat."

„Das ist nicht cool", sagte Silas, der sich die Hände übers Gesicht legte. „Überhaupt nicht cool."

„Komm schon. Es ist keine große Sache. Du bist Silas Ansell, ein Oscar-gekrönter Schauspieler. Sicher kannst du ein paar Strophen Back-up-Gesang lernen. Denk nur daran, es wird was Neues, das du zu deinem Lebenslauf hinzufügen kannst."

Silas senkte die Hände und setzte sich wieder auf das Sofa, beäugte Levi mit einem schelmischen Ausdruck. „Wie wäre es, wenn wir einen Deal machen?"

„Oh. Jetzt kommt es. Was wird mich das kosten?" Levi warf einen Blick auf Silas, fühlte sich entspannter als seit einer Ewigkeit.

„Singstunden im Austausch gegen ein paar Stunden Arbeit an dieser Szene, die wir am Montag drehen müssen." Silas hielt Levis Blick fest, in seinen Zügen stand eine Herausforderung.

Levi wollte wegschauen. Er wollte stöhnen oder fluchen

oder einfach absagen. Aber er machte nichts davon. Tatsache war, dass sie an dieser Szene arbeiten mussten. Und wenn sie es privat machten, hatten sie vielleicht den Hauch einer Chance, sich wohl genug zu fühlen, um sich durch die emotionale Szene zu arbeiten. „Ist abgemacht. Singstunde im Austausch gegen eine Probe der Szene für Montag.“

Silas blinzelte ihn an. „Das war sehr viel einfacher, als ich erwartet hatte.“

Levi zuckte mit den Schultern. „An dieser Szene muss man arbeiten. Und obwohl ich glaube, mein Leben wäre tausendmal einfacher, wenn Marcus mich ersetzen würde, will ich das nicht. Außerdem weiß ich, dich bringt es um, dass wir das heute nicht geschafft haben. Auf die eine oder andere Art werden wir am Montag aufs Set gehen und bereit sein, diese Szene festzunageln.“

„Ehrlich?“, fragte Silas. „Bist du da sicher?“

„Ja“, sagte Levi stur. „Wir werden daran arbeiten, so lange es eben dauert, bis wir es richtig hinkriegen.“

„So lange es eben dauert?“ Silas’ Blick fiel auf Levis Lippen und blieb dort hängen.

Levi schnippte vor dem Mann mit den Fingern. „Konzentriere dich, Si. Wir haben zu arbeiten.“

„Arbeit. Genau.“ Silas’ Augen legten sich an den Winkeln in Falten, während er versuchte, ein Lächeln zu verbergen. „Erst die Singstunde oder erst der Kuss?“

Levi holte scharf Luft und verhaspelte sich, was Silas beinahe einen Lachanfall bescherte.

„Du solltest dein Gesicht sehen“, keuchte Silas, während er aufstand und zur Tür ging, um Cappy rauszulassen. „Dir ist klar, dass ich gemeint habe, wir müssen an diesem Kuss *arbeiten*, oder?“

Levi bekam sich endlich unter Kontrolle, und dann sprang

er, ohne nachzudenken, vom Sofa und marschierte hinüber zu Silas.

„Levi, was …"

„Sei still, Silas." Ohne weitere Vorwarnung drückte ihm Levi beide Handflächen auf die Wange und küsste Silas dann mit allem, was er hatte.

KAPITEL 12

*S*ämtliche Gedanken schlüpften aus Silas' Verstand. Das Einzige, auf das er sich konzentrieren konnte, war die Tatsache, dass Levi ihn hielt, ihn küsste, als wäre er ein Verhungernder und Silas das Einzige, was ihn stärken konnte. Und Silas wollte, dass es niemals aufhörte.

Silas griff vor und vergrub eine Hand in Levis dunklen Locken, packte sein T-Shirt mit der anderen, wollte den Mann unbedingt so nahe wie möglich an sich bringen.

Aber bei Silas' Berührung brach Levi den Kuss plötzlich ab und stieß ein sehnsüchtiges Seufzen aus, berührte mit der Stirn die von Silas, sodass sie einander gegenüberstanden und einander nur einatmeten.

„Wo bist du hin?", fragte Silas. Als Levi nicht antwortete, schaute Silas auf seine Lippen hinab und sagte: „Küss mich noch mal."

„Si, ich glaube nicht …"

„Hör auf zu denken, Levi", flüsterte Silas. „Lass dich einfach nur spüren."

DEANNA CHASE

Levi zögerte nur einen Augenblick, dann küsste er Silas noch einmal, diesmal zart, mit einer Verehrung, die Silas' Herz beinahe noch mal neu in die Brüche gehen ließ.

Deshalb hatte Silas sich in Levi verliebt. Wenn er sich jemandem hingab, gab er alles von sich. Es war eine Gabe, die Silas einfach als gegeben hingenommen hatte, und falls Levi ihm jemals eine weitere Chance gab, würde er diesen Fehler nicht noch mal machen.

Levi ließ Silas los und trat ein paar Schritte zurück.

Silas' ganzer Körper wurde eiskalt, weil er seine Berührung verloren hatte.

„Ich glaube, das ist genug Übung", sagte Levi, seine Stimme rau, während sein Blick fest auf Silas gerichtet blieb.

„Vorerst", erwiderte Silas.

Levi ignorierte die Aussage und griff herum, um die Tür zu öffnen und Cappy reinzulassen. Dann zog er sich auf das Sofa zurück, wo seine Gitarre auf ihn wartete. „Bist du bereit für deine Singstunde?"

Silas war sich nicht sicher, wie er ruhig mit Levi dasitzen sollte, wenn er ihn einfach nur wieder schmecken wollte. Aber er zwang sich dazu, sich neben Levi zu setzen und zu nicken. „Ich bin bereit."

„Okay, gut", sagte Levi leise, während er die Gitarre anschlug.

Cappy schnupperte an Silas' Hand, bettelte darum, an den Ohren gekrault zu werden. Silas gab dem Golden Retriever gedankenlos die Aufmerksamkeit, die er verlangte, und wartete darauf, dass Levi anfing.

Dann wartete er noch etwas länger.

Als durch das gedankenlose Geplänkel klar wurde, dass Levi mit dem Kopf nicht dabei war, fragte Silas: „Levi?"

„Ja?" Abrupt hörte Levi auf, die Gitarre zu spielen, während sein Kopf hochfuhr.

„Alles in Ordnung?"

Langsam schüttelte Levi den Kopf. „Ich hätte dich nicht zu küssen sollen. Das war … impulsiv und hatte nichts mit der Szene zu tun, die wir am Montag drehen müssen."

„Du hast recht, das hatte es nicht", stimmte Silas zu, der nickte. „Aber das bedeutet nicht, dass wir es nicht hätten tun sollen."

„Silas", sagte Levi, der genervt klang. „Wir können nicht einfach weitermachen, wo wir aufgehört haben, und uns benehmen, als wären die letzten beiden Jahren nicht passiert."

„Das haben wir nicht getan. Zumindest habe ich das nicht getan", sagte Silas, obwohl er wusste, dass er sich direkt wieder in Levis Arme gestürzt hätte, hätte Levi ihn darum gebeten, hoffentlich für immer. Aber es war klar, dass Levi das nicht wollte. „Du hast mich geküsst, weil du wolltest. Wir wollten es beide. Und wir wissen beide, dass wir niemals durch den Dreh am Montag kommen, wenn wir nicht ein wenig Spannung zwischen uns abbauen."

Levi stieß ein trockenes Lachen aus. „Du glaubst, das hat ein wenig Spannung abgebaut?"

Silas' Lippen wölbten sich zu einem schiefen Lächeln. „Nein. Aber es hat die Erwartungen abgebaut, wie es wäre, dich wieder zu küssen. Wenn wir jetzt diese Szene drehen, werde ich mich nicht fragen, ob du mich genauso sehr küssen willst, wie ich dich küssen möchte. Denn ich habe meine Antwort bereits."

„Okaaaay", sagte Levi, während er wieder die Gitarre anschlug. „Ich glaube, jetzt haben wir genügend darüber geredet. Wie wäre es, wenn wir an dem Lied arbeiten, das Frankie morgen singen wird?"

„Klar. Was immer du willst." Silas beugte sich vor, die Hände aneinandergelegt, bereit für alles, was Levi ihm vor die Füße werfen wollte. Denn nach all der Zeit wusste er, dass Levi ihn genauso sehr wollte, wie er Levi wollte. Es war da, dass Silas anfing zu glauben, dass sie vielleicht, nur vielleicht, falls er seine Karten richtig spielte, ihre zweite Chance bekommen würden.

Sie verbrachten die nächste Stunde damit, an Frankies Song zu arbeiten. Zu Silas' Überraschung war Levi ein hervorragender Lehrer. Er hatte eine Art, ihm Noten zu entlocken, von denen Silas keine Ahnung hatte, dass er sie erreichen konnte. Bis Levi die Gitarre zur Seite stellte, glaubte Silas allmählich, dass er eine Zukunft in der Musik haben könnte, wenn er sie wollte.

„Was meinst du, Levi?" Silas räusperte sich und schmetterte dann den Refrain von Harry Styles' letztem Hit heraus. „Kann ich es mit Harry aufnehmen?"

Levi fuhr zusammen und schüttelte einfach nur den Kopf, während er sich vom Sofa erhob und in die Küche ging.

„Komm schon. So schlimm war das nicht, oder?", rief ihm Silas nach, hatte einen Höllenspaß.

„Es war so schlecht, dass Cappy sich unter dem Küchentisch versteckt. Lass dem armen Kerl mal etwas Ruhe, hm?" Levi kehrte mit ein paar Bier in der Hand zurück und reichte eins Silas. „Willst du wirklich weiter singen, oder möchtest du was anderes machen?"

Das erregte Silas' Neugier. „Was hast du im Sinn?"

„Na ja, ich habe an einem neuen Song gearbeitet, aber der Text ist noch nicht ganz richtig. Ich habe mich gefragt, ob du mit mir brainstormen möchtest."

Silas nahm seine Bierflasche und richtete sich gerade auf, die Schultern zurückgenommen, inzwischen schenkte er Levi seine volle Aufmerksamkeit. „Du willst, dass ich dir helfe, einen Song zu schreiben?"

Er zuckte mit einer Schulter. „Wir können es versuchen. Wenn du dafür zu haben bist, meine ich. Kein Druck."

„Ich bin dafür zu haben. Worum geht es denn bei dem Song?" Silas war geschmeichelt, dass Levi sich behaglich genug fühlte, um sein entstehendes Werk mit ihm zu teilen. Er wusste aus Erfahrung, dass das Schreiben etwas heftig Persönliches sein konnte, und dass sehr viel dazu nötig war, das Werk mit jemand anderem zu teilen. Besonders ein unfertiges Werk.

„Lass mich es dir vorspielen." Levi nahm seine Gitarre wieder und spielte ein paar Akkorde, bevor er leise das Lied sang, an dem er gearbeitet hatte. „Mit dir ist der Sonnenaufgang golden, die Nacht bricht an und hüllt mich in dich. Wir sind jetzt älter, wohl auch klüger, aber ich ziehe von Ost nach West, lebe in Hotelzimmern. Und dein Name leuchtet, die Neonschrift verspricht Treffen, die niemals stattfinden."

Die Gitarre verklang, und Levi stellte das Instrument zur Seite und tippte eine Nachricht in sein Handy. „Was denkst du?"

Silas war verblüfft. „Geht das um uns?"

Levi warf ihm wieder einen genervten Blick zu. „Natürlich geht das um uns. Jedes Lied, das ich über die Liebe schreibe, geht um uns. Wusstest du das nicht?"

„Verdammt, Levi", sagte Silas, der sich eine Hand aufs Herz drückte. „Willst du mich umbringen?"

„Nein." Mit einem Stirnrunzeln schaute Levi in Silas' Gesicht und fragte: „Hörst du meine Songs denn nicht?"

Wie sollte Silas denn darauf antworten? Er wusste, dass Ehrlichkeit das beste Vorgehen war, aber wie sollte er seinem

Ex sagen, dass es einfach zu schmerzhaft war, seinen Texten zu lauschen?

„Nicht, oder?", fragte Levi, der den Druck von Silas nahm.

Er schüttelte langsam den Kopf. „Es ist einfach … zu schwer", sagte Silas schließlich. „Dich singen zu hören und zu wissen, dass du vermutlich über uns singst, ist eine Stufe der Folter, für die ich nicht ganz bereit bin."

„Stimmt." Levi stand auf und schickte sich an, seine Gitarre ins Gästezimmer zu tragen.

„Wo gehst du hin?", rief Silas. „Ich dachte, wir würden an deinem Song arbeiten."

„Wollten wir, aber inzwischen glaube ich, dass das echt zu merkwürdig ist."

„Ist es nicht", versicherte ihm Silas. „Vertraue mir. Ich will helfen."

Levi wirkte unsicher, aber er setzte sich schließlich wieder zurück. „Offensichtlich geht dieses Lied über eine Fernbeziehung, aber ich würde mich lieber darauf konzentrieren, einander zu unterstützen, statt die Entfernung die beiden Figuren auseinanderreißen zu lassen. Ergibt das einen Sinn?"

„Klar", sagte Silas mit einem Nicken und versuchte das Bedauern in seinen Eingeweiden zu ignorieren, das immer bei ihm war, wenn es um seine Beziehung mit Levi ging. „Wie wäre es damit, dass man sich einer Person näher fühlt, wenn man sie in einem Film sieht? Etwa: ‚Wenn du auf der Leinwand vor mir stehst, muss ich einfach lächeln. Durch Entfernung und schlaflose Nächte hindurch wartest du auf mich. Zwischen uns nichts als lange Straßen und Meilen der Leere. Eines Tages, Baby, werde ich wieder in deinen Armen liegen. Bis dann lächle ich, wenn du auf der Leinwand vor mir stehst."

Levi schaute ihn an, wirkte verblüfft. Schließlich, als etwas sagte, fragte er: „Wie machst du das?"

„Was?", fragte Silas, der ehrlich verwirrt war.

„Einfach so die Worte ausspucken", sagte Levi, der bereits Akkorde spielte, die zu der neuen Strophe passten. „Das ist mir nur ein paar Mal passiert, und ganz sicher nicht während meiner ersten Songwriting-Session."

„Ich bin ein Naturtalent?", schlug Silas vor, der überhaupt nicht sicher war, dass er das noch mal würde tun können. Es war nur zufällig so, dass er das Leben gelebt hatte, das Levi in diesem Song einfangen wollte. Das machte das Brainstorming leicht.

Die nächsten paar Stunden verbrachten sie damit, Bier zu trinken und Vorschläge für Überleitungen und Textzeilen einzubringen. Bis Silas das sechste Bier geleert hatte, drehte sich das Zimmer allmählich. Als er aufstand, wankte er leicht und musste sich am Sofa festhalten, weil er Angst hatte, es sonst nicht ins Bett zu schaffen.

Levi, der nur zwei Bier getrunken hatte, sprang auf und legte sofort einen Arm um seine Taille, tat sein Bestes, um ihn aufrecht zu halten. „Pass auf, Si. Wie wäre es, wenn wir dich in dein Zimmer bringen?"

„Wie wäre es, wenn wir in dein Zimmer gehen?", fragte Silas, der Levi übertrieben zuzwinkerte.

„Nicht heute, Kumpel", erwiderte Levi sanft. „Konsens und so."

„Konsens, stimmt. Ich liebe Konsens!", erklärte Silas, der die Hand in einer triumphalen Geste hob.

„Ich wette, das tust du", sagte Levi tonlos. „Los, Mann, zu deinem Zimmer geht's da lang."

Silas folgte ihm, ohne sich zu beschweren, und als er am nächsten Tag aufwachte, nackt und mit hämmernden

Kopfschmerzen, verzog er das Gesicht und fragte sich laut, wie genau er am Ende nackt geworden war.

„Ich hab dich ausgezogen", sagte Levi mit einem Schulterzucken.

„Und ich habe das verpasst?", erwiderte Silas mit einem Stöhnen. „Verdammt!"

KAPITEL 13

„Warum fühlen sich meine Augen an wie Sandpapier?", fragte Silas, während er sich stöhnend herumrollte.

„Weil du nur vier Stunden geschlafen hast", erwiderte Levi, der sich an den Türknauf von Silas' Schlafzimmer lehnte, amüsiert von dem Mann, der auf dem Bett lag, während nur eine Decke seine untere Hälfte bedeckte. Seine nackte untere Hälfte.

„Vier Stunden?" Er schaute mit zusammengekniffenen Augen zum Fenster. „Es ist draußen noch dunkel. Warum tust du mir das an?"

„Du bist derjenige, der darauf beharrt hat, dass wir den Lauf am Strand nicht verpassen. Ich wollte dich ausschlafen lassen, aber du hast mich versprechen lassen, ich würde dich wecken. Du hast gesagt, du müsstest die Pasta vom gestrigen Abendessen abarbeiten." Levi schätzte, er war schon irgendwie ein Masochist, dass ihm Silas' Schmerz nach dem Weckruf um halb sechs Uhr morgens so viel Spaß machte. Es war allerdings Silas' eigene Schuld. Levi hatte bereits vorgehabt, ihn ausschlafen und vom Alkohol erholen zu lassen, bis Silas darauf bestanden hatte.

„Ach, Mist." Silas schwang die Beine über die Seite des Bettes, raffte immer noch das Betttuch um sich. „Willst du den ganzen Vormittag da stehen, oder darf ich ein bisschen Würde behalten, während ich mich anziehe?"

Levi schnaubte. „Als hätte ich das nicht alles schon gesehen. Ich meine, du bist derjenige, der gestern vor mir die Hose runtergelassen hat und dann gestolpert ist und sich beinahe eine Platzwunde am Kopf zugezogen hat. Ist ja nicht so, als hätte ich dich danach einfach in Ruhe lassen können. Ich musste sicherstellen, dass du es tatsächlich ins Bett schaffst, oder?"

„Hör einfach auf", sagte Silas mit einem Kopfschütteln. „Ich will es nicht mehr hören. Gib mir zehn Minuten, und ich bin wieder ganz der Alte, ja?"

„Klar." Levi warf einen Blick hinab auf Cappy, der an seinem Bein lehnte, und fügte dann an: „Komm schon, Junge. Ich besorg dir Frühstück, während dein Dad versucht, seine Kopfschmerzen in den Griff zu kriegen."

„Aber ich habe keine Kopfschmerzen", sagte Silas, der ein Zusammenfahren nicht vermeiden konnte.

„Bestimmt nicht", erwiderte Levi, während er dem Hund bedeutete, ihm in die Küche zu folgen.

Aus dem Schlafzimmer kam ein genervtes Nuscheln, sodass Levi vor sich hin lachte. In der Vergangenheit war es selten gewesen, dass Silas an einem Abend zu viel getrunken hatte. Tatsächlich konnte Levi an einer Hand abzählen, wie oft er mitbekommen hatte, dass Silas auch nur betrunken genug war, um seine Worte ineinander übergehen zu lassen. Der Vorabend war ganz anders gewesen. Unterhaltsam? Ja. Aber auch ein wenig besorgniserregend, wie schnell Silas ein

Sixpack Bier geleert hatte. Als hätte der Mann nur auf den Augenblick gewartet, in dem er in den Biernebel flüchten konnte.

Nachdem er Cappy gefüttert hatte, machte sich Levi an die Arbeit mit Frühstücks-Smoothies. Wenn sie an den Strand zum Laufen gingen, blieb keine Zeit, sich zum Frühstück hinzusetzen. Er packte einen Rucksack mit Wasser, Ibuprofen, ein paar Powerriegeln und Leckereien für Cappy.

Bis Silas aus seinem Schlafzimmer kam, in Jogginghose und T-Shirt gekleidet, hatte Levi Cappys Reisegeschirr angelegt und sich den Rucksack über die Schulter geschlungen.

„Hier. Trink das. Dann fühlst du dich besser", sagte Levi, während er ihm eine Thermoskanne reichte.

„Was ist das?"

„Protein-Smoothie." Er reichte ihm zwei Pillen. „Das ist das Schmerzmittel, nachdem du dich umschaust."

„Du bist ein Gott unter Menschen, Levi", sagte Silas mit dankbarem Lächeln.

„Bist du sicher, dass du laufen gehen willst? Du siehst aus, als könntest du ein paar Stunden Schlaf vertragen."

„Ja, ich bin sicher", erwiderte Silas. „Ich könnte etwas Luft vertragen, um den Kopf frei zu kriegen. Außerdem wäre Cappy enttäuscht."

Levi schaute hinüber zum Hund, der ungeduldig an der Eingangstür wartete. „Da ist was dran", sagte er mit einem leisen Lachen. „Also gut dann, machen wir, dass wir loskommen, damit wir rechtzeitig zurück sind und ich Frankie für den Bauernmarkt abholen kann."

Silas schnappte sich seinen Smoothie und ging voraus durch die Eingangstür zum Auto.

Levi wartete, während Silas Cappy auf den Rücksitz verfrachtete, und fragte dann: „Willst du, dass ich fahre?"

Silas stieß einen Atemzug aus und reichte den Schlüssel ohne ein Wort rüber.

Mit vor Erheiterung zuckenden Lippen stieg Levi auf den Fahrersitz des Tesla. Fünf Minuten später waren sie auf dem Highway unterwegs zur Küste. Der Mond stand noch hoch am Himmel, warf sein silbernes Spiegellicht auf den Fluss in der Nähe. „Das habe ich vermisst."

„Frühmorgendliche Läufe, bei denen du mich vor der Dämmerung aufstehen lässt?", fragte Silas.

„Ich *habe* es vermisst, dich zu quälen", gab Levi zu. „Du warst immer schon süß, wenn du ganz verwuschelt warst und auf der Wange Abdrücke vom Kissen hattest. Aber ich habe davon gesprochen, wie der Mond auf dem Fluss glänzt."

„Ich habe nur gehört, dass du mich für süß hältst." Silas zwinkerte Levi zu.

„Ist ja klar, dass du das hörst", sagte Levi, der ein leichtes Prickeln im Bauch spürte. Es war seltsam, dass seine Anziehung an Silas sich genauso anfühlte wie damals, als sie frisch zusammengekommen waren. Die Sehnsucht und Vorfreude waren eine Droge, bei der Levi sich nicht gestatten konnte, dass er wieder danach süchtig wurde.

Die nächsten Minuten fuhren sie schweigend weiter. Schließlich griff Silas nach dem Radio und stellte es an. Der Britney-Spears-Song „Toxic" ertönte.

Levi schaute ihn an, stellte die Lautstärke zurück und sagte: „Ich habe gestern Nacht dein Drehbuch fertig gelesen."

Silas' Kopf fuhr hoch. „Du hast mein Drehbuch?"

Mit gerunzelter Stirn hielt Levi seine Aufmerksamkeit auf die Straße gerichtet und sagte: „Du hast es mir gestern Abend geschickt. Weißt du das nicht mehr?"

Silas stöhnte und legte sich die Hände übers Gesicht. „Wie viel genau habe ich gestern Nacht getrunken?"

„Einen ganzen Sixpack, und außerdem den Wein, den du zum Abendessen hattest." Levi fuhr durch einen kurvenreichen Abschnitt der Straße. „Wolltest du nicht, dass ich es sehe? Wir können so tun, als hätte ich das nicht getan, aber du solltest wissen, ich halte es für brillant."

„Echt?" Die Ehrfurcht in Silas' Stimme überraschte Levi ein bisschen. Silas hatte immer selbstsicher in seiner Kunst gewirkt. Levi hatte angenommen, dass er sich mit seinem Seriendrehbuch genauso fühlte.

„Wie könnte ich das nicht tun? Das sind doch wir. Zumindest tief drinnen. Die Einzelheiten sind anders, aber es ist unsere Geschichte", sagte Levi leise, dachte immer noch an den Kuss, den Silas am Ende des Staffelfinales hineingeschrieben hatte. Silas hatte nicht nur einen Pilotfilm geschrieben. Er hatte eine ganze Staffel mit sechzehn Folgen geschrieben.

„Bist du nicht wütend?" Silas ließ die Hände weit genug sinken, um Levi ins Gesicht zu schauen.

„Verdammt, nein, ich bin nicht wütend. Ich glaube, es ist eine brillante Geschichte übers Erwachsenwerden, die es verdient hat, umgesetzt zu werden." Levis Herz war immer noch voll, nachdem er die ganzen Episoden gelesen hatte. Er war die halbe Nacht wach gewesen, hatte seine Browser nicht schließen können, nachdem er angefangen hatte, das Drehbuch zu lesen. „Preist Shannon das überall an?"

Silas schüttelte den Kopf und starrte dann aus dem Fenster, machte es für Levi unmöglich, die Miene auf seinem Gesicht zu deuten.

„Warum nicht?"

„Sie weiß noch nichts davon."

„Ernsthaft?" Levi war schockiert. Silas und Shannon standen sich sehr nahe. Sie war die einzige Person, der er im

Lauf der Jahre vertraut hatte. Diejenige, mit der er über alles redete. Oder das war sie gewesen, bevor Levi in sein Leben getreten war. „Hat irgendjemand diese Drehbücher gesehen?"

„Nur du."

Levis Herz ging auf, als ihm klar wurde, dass Silas, zumindest der betrunkene Silas, Levi etwas zutiefst Persönliches gezeigt hatte, bevor er es mit sonst jemandem teilte. „Danke, dass du sie mir geschickt hast. Ich liebe sie."

Dann drehte sich Silas in seinem Sitz, schenkte Levi seine volle Aufmerksamkeit. „Ich habe mir Sorgen gemacht, du würdest genervt sein."

„Du hast nichts, worum du dir Sorgen machen musst. Es ist ja nicht so, als hättest du meine Lebensgeschichte erzählt."

Die Ausgangslage der Serie war das Erwachsenwerden zweier junger schwuler Künstler, die sich an einer Schule der darstellenden Künste trafen. Der Levi-Charakter war ein Tänzer, der bei seiner Tante lebte, weil seine Eltern beide im Gefängnis waren, nachdem sie einen Geldwäsche-Ring betrieben hatten. Zusätzlich dazu, dass sie kriminell waren, hasste sein Vater seinen Sohn als Tänzer, weil er kein Fußballstar war, und seine Mutter tat, was sie konnte, um ihm das Schwulsein auszutreiben. Seine Tante andererseits liebte ihn bedingungslos. Die Tatsache, dass sie schon lange gegen den Krebs kämpfte, bedeutete, dass die Figur eine Menge zu verarbeiten hatte und sehr zurückhaltend damit war, sich jemandem zu öffnen.

Silas' Charakter war etwas eindeutiger. Er war ein Kinderschauspieler, aber anstatt schreckliche Eltern zu haben, die ihn zu Rollen trieben, die er nicht wollte, hatte er es auf sich genommen, seiner hart arbeitenden Mutter zu helfen, ihre Rechnungen zu bezahlen. Das bedeutete, dass er sich trieb, zu tun, was immer nötig war, um sie aus der Armut herauszuholen, und seine Mutter ließ es zu, verließ sich oft auf ihn, selbst wenn sie es nicht musste. Sie war eine liebende Mutter, die sich daran gewöhnt hatte, dass ihr Sohn sich um sie kümmerte. Das bedeutete, dass seine Figur für einen Siebzehnjährigen viel zu viel Verantwortung trug und in einer beiderseitigen Abhängigkeit mit dem einzigen überlebenden Elternteil steckte.

Es gab eine Menge Freunde, die Nebenfiguren mit eigener Geschichte waren, aber die beiden Hauptfiguren waren Versionen von Levi und Silas, die viele derselben Probleme und Missverständnisse bewältigen mussten, die sie in der Realität im Lauf der Jahre gehabt hatten. Probleme, mit denen sie sich immer noch befassten.

„Ich wollte es überhaupt niemandem zeigen. Das richtet zu viel Bier mit einem Typen an, schätze ich", sagte Silas, der ihn trocken anlächelte.

„Das wolltest du nicht? Niemals?" Levi bog links auf den Highway 101 ab, unterwegs zu seinem Lieblingsstrand.

Silas zuckte mit den Schultern. „Ich schätze, ich dachte nicht, dass ich schon bereit wäre, es jemandem zu zeigen."

„Du solltest es Shannon geben. Ich sage es dir, Si, es ist genial." Levi spürte tief in seiner Seele, dass Silas' Serie es verdient hatte, ausgestrahlt zu werden. Sie war voller komplizierter Familienverhältnisse, während sie auch witzig und herzerwärmend war und jungen Leuten zeigte, wie wichtig und lohnend es war, Energie in ihre Wahlfamilien zu stecken.

„Vielleicht mache ich das", sagte er, fuhr mit der Hand durch seine Haare, bevor er einen Atemzug ausstieß. „Verdammt, das ist furchterregend. Viel schlimmer als Schauspielern. Das ist ..."

„Persönlich?", fragte Levi.

„Ja. Ziemlich. Wenn ich vor der Kamera bin, dann führe ich die Vision von jemand anderem auf. Das hier ist alles ich. Auf Gedeih oder Verderb, weißt du?"

Levi lachte. „Du meinst, wie wenn man Herz und Seele in einen Song gibt und ihn dann mit der ganzen Welt teilt?"

„Ja. Genauso." Silas' Stimme war weich, während er Levi beobachtete. „Ich habe schon immer gedacht, dass du mutiger bist als ich."

„Ernsthaft?" Levi fuhr auf einen Parkplatz und stellte das Auto ab. „Du bist derjenige, der die ganzen Jahre über im Rampenlicht gestanden hat, aufdringliche Fans weggeschoben hat, die Gerüchte der Regenbogenpresse, und sein Leben lebt, wie es ihm passt. In der Zwischenzeit bin ich derjenige, der immer aus dem Rampenlicht zurücktritt, um einfach etwas Frieden zu finden."

„Ich würde eine Welttournee und die Hauptrolle in einem Film nicht gerade Zurücktreten aus dem Rampenlicht nennen."

„Du weißt, was ich meine. Ich muss mich zurückziehen, um die Batterien wieder zu laden. Alles wegsperren und so tun, als würde es den Rest der Welt nicht geben. Du nimmst es einfach hin, das Gute und das Schlimme. Ist dir je aufgefallen, dass Seth die meisten Interviews für Silver Scars macht?", fragte er, bezog sich auf seinen Bandkollegen. „Selbst wenn ich da bin, redet Seth am meisten. Ich liebe das Singen und das Kreieren und das Gefühl der Energie einer Menge, wenn wir auf der Bühne sind, aber der Rest? Das laugt mich einfach aus."

„Ja, ist mir aufgefallen", erwiderte Silas. „Die meiste Zeit, wenn ich dich in Interviews gesehen habe, wusste ich, dass du einfach nur die Minuten zählst, bis du dich in dein Hotel zurückziehen kannst."

„Genau. Aber du … Selbst wenn du es satthast und eine

Pause brauchst, kannst du einen Schalter umlegen und einfach dabei sein. Charmant und anmutig. Es ist echt beeindruckend."

Silas griff herüber und legte eine Hand auf die von Levi. Levi wusste, dass er seine Hand zurückziehen sollte. Dass Silas' Berührung mehr bringen würde als nur einen kurzen Trost. Er hatte Silas' Berührung noch Monate gespürt, nachdem sie sich getrennt hatten, doch er konnte sich einfach nicht überwinden, die Verbindung zu lösen. Levi brauchte das. Wollte es mehr, als er in Worte fassen konnte. Sehnte sich sogar danach. Nach dem Kuss vom Vorabend wusste Levi, ganz gleich, wie schlecht die Idee war, falls Silas ihn berühren wollte, ihn erneut küssen, würde Levi nicht Nein sagen.

Levi starrte auf ihre Hände hinab, fragte sich, was Silas tun würde, falls Levi ihn in seine Arme zog.

Silas drückte Levi die Hand. „Vielen Dank."

„Wofür?", fragte Levi, ihm stockte der Atem.

„Dass du an mich glaubst." Nachdem er Levis Handrücken mit dem Daumen gestreift hatte, zog Silas rasch seine Hand zurück und sprang aus dem Auto. Als er die Hintertür öffnete, um Cappy rauszulassen, fügte er an: „Los. Das Tageslicht kommt. Wir schließen diesen Lauf besser ab, bevor wir zurück zur Stadt fahren müssen."

„Stimmt." Levi brauchte einen Augenblick, um sich zusammenzunehmen, bevor er aus dem Auto stieg. Er steckte die Schlüssel ein und folgte Silas und Cappy dann auf den Strand. Sobald sie in der Nähe des Ufers waren, legten sie beide mit langsamem Tempo los.

Eine Stunde später waren sie verschwitzt und atemlos, und Levi sank auf die Knie und fiel zurück auf den Sand.

Silas tat es ihm nach und lachte, als ihm Cappy übers Gesicht leckte.

„Der wird heute gut schlafen", sagte Levi, der immer noch versuchte, zu Atem zu kommen.

„Ich bin mehr als nur etwas eifersüchtig auf sein baldiges Nickerchen."

Sie grinsten einander an. Levi richtete sich auf, genoss, dass es in seinen ermüdeten Muskeln zog. Laufen war die eine Zeit des Tages, bei der er alles andere ausblenden konnte. Na ja, bis auf heute. Diesen Vormittag war er sich nur zu bewusst gewesen, dass Silas sich neben ihm bewegt hatte. Es war sowohl ein Trost als auch ein Ärgernis gewesen. Er konnte einfach nicht aufhören, an den Mann zu denken, nachdem er ihn am Vorabend aus seinen Kleidern geschält hatte, bevor Levi ihn zu Bett hatte gehen lassen.

Genauso wenig hatte er die Einladung vergessen, die Silas ausgesprochen hatte.

„Du könntest gleich neben mir schlafen, Levi", hatte Silas mit verhülltem Blick gesagt.

Levis Körper hatte dazu eindeutig Ja gesagt, hatte ihn beinahe direkt in das Bett katapultiert. Aber sein Kopf hatte sich geweigert. Silas war betrunken gewesen. Obwohl Levi nicht klar gewesen war, wie betrunken genau, war deutlich gewesen, dass Silas nicht in einem Zustand war, in dem er zustimmen konnte. Außerdem, falls Levi jemals seinen Weg zurück in Silas' Bett fand, würde es nicht nach einem betrunkenen Abend sein, wenn sie gezwungen waren, Zeit zusammen zu verbringen.

Das wäre ja mal destruktiv.

„Silas! Levi! Hey", rief eine Stimme ein paar Meter entfernt.

Silas kam auf die Beine, ein breites Lächeln auf dem Gesicht. „August! Was machst du hier?" Die beiden umarmten einander kurz.

Levis Kinn spannte sich an, als er beobachtete, wie sich die beiden Männer umarmten. Er erinnerte sich, dass Silas gesagt hatte, er und der Assistent wären nur befreundet, und sogar dass August hetero war, aber die Vertrautheit zwischen den beiden Männern sorgte dafür, dass Levis Eifersucht sich regte.

„Ich war Stehpaddeln, als die Sonne aufging." Der Mann deutete dorthin, wo sein Zeug am Strand etwa fünfzig Meter entfernt lag.

Levi beäugte das Brett und den Neoprenanzug.

„Jetzt genieße ich einfach nur den Morgen, bevor ich wieder zurück in die Stadt fahre. Ihr beiden seid ja früh da. Was hat euch an die Küste geführt?" Der Mann hatte ein lockeres Lächeln für sie beide übrig.

„Wir sind gerade erst laufen gegangen und fahren jetzt zurück in die Stadt. Levis Schwester singt bei einem Talentwettbewerb, und wir sind die Verstärkung", erklärte Silas.

„Ernsthaft?" August klatschte in die Hände, zeigte seine Aufregung. „Der auf dem Bauernmarkt?"

Silas nickte.

„Du kannst darauf wetten, dass ich das nicht verpasse. Levi, ich wollte unbedingt eines deiner Konzerte erwischen. Aber das Timing hat einfach nie gepasst. Als du letztes Mal in Seattle gespielt hast, habe ich gerade das Basketball-Highschool-Team von Befana Bay bei den Landesmeisterschaften gecoacht. Es hat mich umgebracht, dass ich das Silver-Scars Konzert verpasst habe, aber die Mädels haben gewonnen, also kann ich mich nicht wirklich beschweren. Kannst du dir vorstellen, dass das kleine Befana Bay mit einem Meisterschaftstitel nach Hause gekommen ist?"

„Beeindruckend", sagte Levi, einfach nur, weil er wusste, dass er was sagen musste. Aber eigentlich wollte er Silas bloß wegzerren und ihn ganz für sich haben. Es war dumm und kleinlich, aber er konnte nichts gegen seine besitzergreifenden Gefühle tun.

„Sehr beeindruckend", stimmte Silas zu. „Auch beeindruckend, dass du im Meer Stehpaddeln kannst. Hast du Wassermagie oder so was?"

August nickte. „Habe ich. Das macht es schon leichter, aber es ist nicht unmöglich, selbst wenn man diese Gabe nicht hat. Ich nehme euch gern irgendwann mal mit, wenn ihr es ausprobieren wollt."

„Ich bin dabei", sagte Silas, der sich an Levi wandte. „Ich wette, du wärst toll darin."

„Ich glaube nicht …"

„Ach, komm schon, Levi. Ich habe doch Clips gesehen, wie du die Bühne für dich einnimmst. Ohne Zweifel wärst du ein Naturtalent", sagte August mit mehr Charme, als gesetzlich erlaubt sein sollte.

„Ich glaube, du würdest es lieben. Ich habe es in Befana Bay ein paarmal probiert", sagte Silas. „Der Frieden auf dem Wasser ist etwas, das du bestimmt genießen würdest."

Levi musste zugeben, dass er es immer geliebt hatte, auf dem Wasser zu sein, und er wusste, dass Silas da etwas auf der Spur war. Außerdem bedeutete es, dass er eine Ausrede hatte, einen weiteren Tag mit Silas verbringen, selbst wenn es bedeutete, diese Zeit mit August zu teilen. „Ja. Okay. Ich bin dabei."

„Hervorragend", sagte August. „Nächstes Wochenende? Samstagvormittag?"

„Abgemacht", sagte Silas.

August klopfte Silas auf die Schulter, dann ging er zu seinem Zeug, das er am Stand gelassen hatte. „Wir sehen uns dann auf dem Talentwettbewerb", rief er über die Schulter, während er ein letztes Mal winkte.

Levi biss die Zähne aufeinander und setzte sich hin, um Cappy zu streicheln.

„Warum magst du August nicht?", fragte Silas, der ihn neugierig anschaute.

„Ich habe nie gesagt, dass ich ihn nicht mag."

„Da hast du recht. Hast du nicht, aber glaub bloß nicht, dass ich nicht erkenne, was du wirklich spürst. Wenn es nach dir ginge, hättest du ihn zurück nach Befana Bay teleportiert", sagte Silas mit einem leisen Lachen. „Du bist immer noch eifersüchtig."

„Nein, bin ich nicht", behauptete Levi. „Er ist hetero, oder?"

„Soweit ich es weiß", erwiderte Silas.

Levi schnaubte leise und erhob sich dann. „Komm schon. Wir müssen los."

Silas grinste, hatte Levis Lügen ohne Zweifel direkt durchschaut. Dann stand er auf und klinkte Cappys Leine in sein Geschirr. Während sie unterwegs zurück zum Auto waren, sagte Silas: „Levi?"

„Ja?"

„Es gibt nichts, worauf du eifersüchtig sein müsstest." Silas hielt kurz inne, und dann schaute er Levi in die Augen. „Die Wahrheit ist, es gibt nur einen, für den ich jemals Augen hatte. Und wenn ich das Gefühl hätte, es gäbe eine Chance, ihn zurückzuerhalten, dann wäre ich ganz dabei."

Levi stockte der Atem, während er verblüfft seinen Ex anstarrte.

„Du hast nicht erwartet, dass ich das sage." Es war eine Aussage, keine Frage.

„Ich schätze nicht", sagte Levi, der sich fragte, ob er den Mumm hatte, Silas' Aufrichtigkeit gleichzukommen.

„Du hast immer gesagt, das eine, was du am meisten an mir

bewunderst, wäre mein Wille, mein Herz aufs Spiel zu setzen", sagte Silas. „Das hat sich nicht geändert."

Levi spürte, wie intensive Gefühle von Silas ausstrahlten. Die Liebe, die sie geteilt hatten, war genau da, wartete gleich unter der Oberfläche. Und selbst wenn es ihm Angst einjagte, die Tür zu ihrer gescheiterten Beziehung zu öffnen, konnte er die Worte nicht ändern, die direkt aus seinem Herzen kamen. „Für uns wird es immer eine Chance geben, Silas."

Silas schaute ihn nur an, wirkte sprachlos, und dann, einen Augenblick später, kam er näher und legte die Arme um Levi. Er hielt nur einen Augenblick inne, bevor er sich vorbeugte und Levi mit solcher Zärtlichkeit küsste, dass Levi an Ort und Stelle wusste, ganz gleich, was die Zukunft bereithielt, sein Herz würde immer dem Mann gehören, der ihn in den Armen hielt.

KAPITEL 14

Silas wollte Levi niemals gehen lassen. Nun, da der Mann, den er liebte, wieder in seinen Armen lag, flog Silas' Herz vor Glück. Zu dem Kuss, den sie am Vorabend geteilt hatten, war es gekommen, um eine Szene zu üben. Dieser Kuss allerdings? Der war anders. Das war ein Versprechen dessen, was sein könnte. Was sie in der Vergangenheit gehabt hatten und wieder haben könnten.

Das gleich hier war alles, was er im Leben brauchte. Einen guten Film, an dem er arbeitete. Am Morgen Laufen am Strand während des Sonnenaufgangs, sein Partner an seiner Seite.

Das Problem war, er wusste, dass alles, was passierte, nur vorübergehend war.

Sobald der Film abgedreht war, würde Levi wieder auf Tour gehen und Silas zurück an den nächsten Drehort, um irgendeinen Film oder eine Fernsehserie zu drehen. Die Chancen, dass sie in derselben Stadt lebten und Zeit füreinander hatten, waren sehr gering.

Das bedeutete nicht, dass er nicht versuchen wollte, gegen alle Widerstände weiterzumachen.

Er fragte sich nur, wann er alles vermasseln und Levi wieder enttäuschen würde.

Zögerlich zog sich Silas von Levi zurück und sagte: „Ich schätze, wir sollten besser los."

Levi blinzelte ihn an, Verwirrung blitzte in seinen ausdrucksstarken Augen. „Äh, ja. Vermutlich."

„Genau." Silas schaute hinab zu Cappy und sagte: „Komm schon, Junge. Zeit, nach Hause zu gehen."

Cappy lief den Strand hinauf, zog Silas mit sich.

Levi sagte nichts, während er ihnen folgte.

Silas wurde langsamer, bis Levi neben ihm ging. „Also, das ist passiert."

„Ja", sagte Levi mit einem nervösen Lachen. „Ich weiß aber nicht, was es bedeutet."

„Ich auch nicht, aber ich werde nicht lügen und sagen, dass ich nicht will, dass es wieder passiert."

„Si, der körperliche Teil unserer Beziehung war doch nie das Problem. Ich glaube, das wissen wir beide."

Statt einer Antwort griff Silas herüber und verschränkte seine Finger in denen von Levi, einfach, weil er ihn berühren musste. Als Levi sich nicht zurückzog, griff Silas fester zu, genoss den Augenblick. Es war viel zu lange her, dass er den Luxus gehabt hatte, sich einfach zu strecken und Levi zu berühren. Wenn der Mann neben ihm nicht widersprach, würde Silas alles herausholen.

Aber sobald sie am Parkplatz ankamen und ein weiteres Paar sahen, das zum Strand unterwegs war, und außerdem einen weißen Van, der verdächtig nach einem Paparazzi-Fahrzeug aussah, zog sich Levi zurück und strich sich nervös mit der Hand durch die Locken.

„Verdammt", murmelte Silas und senkte den Kopf, während

er Cappy ins Auto brachte. Diesmal stieg Silas auf den Fahrersitz.

Während sie vom Parkplatz fuhren, drehte Levi sich um, um zu sehen, was der Van tun würde. Als sie gerade an eine Biegung in der Straße kamen, schoss der Van aus dem Parkplatz und bog nach Osten auf den Highway ab, um ihnen zu folgen. Levi drehte sich um und setzte sich wieder auf seinen Platz. „Sie werden uns niemals in Ruhe lassen, oder?"

„Nicht, solange wir in der Unterhaltungsindustrie so sichtbar bleiben", sagte Silas. „Nervt es dich, dass sie vermutlich Fotos von uns am Strand haben?"

„Ja. Nervt es dich nicht?", fragte Levi ungläubig.

„Nein." Silas schüttelte den Kopf.

„Warum nicht? Was da gerade passiert ist, ist doch unsere Angelegenheit. Es ist nicht für den öffentlichen Konsum bestimmt. Ich verstehe einfach nicht, warum jeder so von unserem Privatleben fasziniert ist. Warum können sie uns nicht einfach die Dinge selbst rausbringen lassen, ohne dass sie sie unter ein Mikroskop legen?"

Das war der Unterschied zwischen dem Aufwachsen im Scheinwerferlicht und dem Ruhm, den man irgendwann später im Leben erlangt hatte. Silas dachte nicht mehr viel über das nach, was die Presse über ihn schrieb. Er war daran gewöhnt. Er war immerhin ein Kinderstar gewesen. Er kannte kaum ein Leben, wo er Privatsphäre vor der allgemeinen Öffentlichkeit hatte. Aber er konnte auf jeden Fall Levis Standpunkt verstehen. In den letzten sechs Monaten, während er in Befana Bay gelebt hatte, war es echt nett gewesen, sein Leben zu führen, ohne die ganze Zeit von Kameras verfolgt zu werden. Da er keine Projekte in Arbeit gehabt hatte und keine Beziehung, über die man berichten konnte, war er einfach nicht interessant gewesen. Und obwohl er nervös gewesen war, dass seine Zeit im Scheinwerferlicht vorbei war, konnte er nicht leugnen, wie schön es war, in ein Café zu gehen und nicht einer Schar Reporter ausweichen zu müssen.

„Ich verstehe es", sagte Silas. „Ich glaube, ich halte das schon so lange aus, dass das Eindringen in meine Privatsphäre einfach normal für mich ist. Ich habe mich damit arrangiert, indem ich es einfach ignoriere."

„Ich kann es nicht einfach ignorieren, Silas. Besonders nicht, wenn sie eine Geschichte aufbauen, die nicht stimmt, und meinen Ruf schädigen bis zu einem Punkt, an dem die Produzenten mir sagen, wenn der Film scheitert, ist es *meine* Schuld. Was werden sie mit diesen Bildern machen? Welche Gerüchte werden sie sich als nächstes ausdenken?"

„Ich stelle mir vor, dass sie spekulieren, ob wir wieder zusammen sind", sagte Silas, der versuchte, das Stechen in seiner Brust zu ignorieren.

„Was geschieht, wenn sie rausfinden, dass wir *nicht* wieder zusammen sind?", fragte Levi, der Silas aus zusammengekniffenen Augen ansah.

Er hatte gewusst, dass das kam. Dass Levi aussprechen würde, was Silas bereits als wahr erkannt hatte. Ein Kuss am Strand mit der Erklärung, dass sie einander noch wollten, bedeutete nichts. Ihre Beziehungsprobleme waren die gleichen wie schon immer. Die Wahrheit tat trotzdem weh. „Ich schätze, dann werden sie was anderes finden müssen, über das sie schreiben können."

„Toll. Ich kann es kaum erwarten."

Silas stieß ein tiefes Seufzen aus, während er auf einen Aussichtspunkt an der Straße fuhr. Nachdem er das Auto auf Parken gestellt hatte, wandte er sich an Levi. „Ich weiß, dass dir die öffentliche Aufmerksamkeit nicht gefällt, wenn wir zusammen sind. Wenn es irgendwas gäbe, was ich tun könnte, um das zu ändern, würde ich es tun. Das weißt du, oder?"

Levi verzog das Gesicht, dann drückte er die Augen zu, bevor er sie öffnete, um Silas wieder anzusehen. „Es tut mir leid. Ich weiß, dass nichts davon deine Schuld ist. Ich sollte es nicht an dir auslassen. Es ist nur so ärgerlich. Ganz zu schweigen von erschöpfend. Ich wünschte, ich könnte sie einfach nur ausblenden und so tun, als würde es sie nicht geben, so wie du es machst. Aber das ist echt schwer, wenn ihre Energie sich immer an meine ranschleicht."

Silas griff nach oben und nahm eine von Levis Wangen. „Ich weiß, dass es für dich wegen deiner Geistmagie schwieriger ist. Wenn es irgendwas gibt, was ich tun kann, um es für dich leichter zu machen, sag es einfach."

„Es gibt nichts, was du tun kannst", erwiderte Levi, der sich in Silas' Berührung lehnte, als würde er die Verbindung genauso herbeisehnen wie Silas.

„Ich kann mich bedeckt halten", sagte Silas. „Dich und Frankie den Tag zusammen ohne mich haben lassen. Du weißt, dass sie uns jetzt folgen werden."

Levi legte eine Hand auf die von Silas, hielt sich leicht fest. „Das kannst du nicht machen. Wir haben die Anordnung, das Wochenende zusammen zu verbringen, weißt du noch? Außerdem will ich nicht, dass sie uns diktieren, was wir tun und lassen können. Frankie erwartet uns jetzt beide. Wir können sie nicht enttäuschen, nur wegen einiger Paparazzi-Bilder."

„Klar. Wir können Frankie nicht enttäuschen", erwiderte Silas, der versuchte, seine Hand wegzuziehen.

Levi griff fester zu, zwang Silas' Hand dazu, zu bleiben. „Ich freue mich auch darauf, mit dir zu singen." Er grinste, dann ließ er Silas' Hand los. „Da kommst du nicht so leicht raus."

Silas verdrehte die Augen. „Also gut. Ich mache den Talentwettbewerb. Aber für Frankie, nicht für dich." Er startete das Auto, doch bevor er den Gang einlegen konnte, legte Levi ihm eine Hand auf den Arm, um ihn aufzuhalten.

„Es tut mir leid", sagte Levi.

„Was denn?"

„Dass ich ausgeflippt bin. Es ist lange her, seit die Paparazzi sich darum gekümmert haben, was ich jeden Tag mache."

Silas hob die Augenbrauen. „Sagst du wirklich, dass sie dir nicht gefolgt sind, während du auf Tour warst, und versucht haben, belastende Aufnahmen zu kriegen?"

Levi schüttelte den Kopf. „Wir hatten bei all unseren Auftritten Presse, also hatten sie bereits Zugang zu uns. Ich schätze, hätte ich irgendwas gemacht, außer zu spielen und in meinem Hotelzimmer zu verschwinden, hätten sie mich interessanter gefunden. Es war niemals so, wie es ist, wenn wir zusammen sind. Wie ich schon vorher sagte, die Faszination der Medien für unsere Beziehung ist für mich echt verblüffend."

„Sie publizieren, was immer Klicks bringt. Stell dich der Tatsache, Levi, wir sind einfach interessanter, wenn wir zusammen sind." Silas grinste ihn frech an, während er beim Tesla den Gang einlegte und zurück auf die Straße fuhr.

„Da liegen sie nicht falsch", stimmte Levi zu, aber dann drehte er sich um, um aus dem Fenster zu schauen.

Silas wollte fragen, was er damit meinte. Einmal mehr klären, wo sie standen, aber er hielt den Mund, weil er die Antwort bereits kannte. Es würde mehr als einen Kuss am Strand brauchen, um die Dinge zwischen ihnen hinzubiegen. Silas brauchte einfach Geduld. Und etwas Glück.

„CAPPY!", rief Shannon, als der Golden Retriever in ihren Garten lief.

Silas zögerte an der Hintertür und rief: „Alles im grünen Bereich bei dir?"

Shannon lachte. „Natürlich ist alles im grünen Bereich. Schwing deinen Hintern hier raus und erzähl mir alle schmutzigen Details. Ich will unbedingt wissen, wie es gestern Abend mit Levi gelaufen ist."

Levi räusperte sich und ging an Silas vorbei. „Hey, Shan. Es ist schön, dich wiederzusehen."

„Oh." Sie legte sich eine Hand über den Mund, während sie lachte. „Mir war nicht klar, dass du auch da bist."

„Offensichtlich." Levi ging rüber und umarmte sie.

Silas beobachtete sie, während er von einer Woge der Nostalgie mitgerissen wurde. Wie oft hatte er genau diese Szene genauso vor sich gesehen, als er und Levi noch zusammen gewesen waren?

„Hey, Silas! Was machst du da drinnen? Komm raus", rief Shannon.

Silas trat auf die Veranda, gerade rechtzeitig, um nach Cappy zu hechten, der einem Stück Laub in den Pool nachsprang. Er stöhnte. „Tut mir leid, Schwester. Ich hole ihn raus."

„Mach dir deswegen keine Sorgen." Sie wedelte unbesorgt mit der Hand. „Den Pool muss man später sowieso noch reinigen. Soll er doch Spaß haben."

Levi hatte neben Shannon Platz genommen und lehnte sich in dem Stuhl zurück, die Augen geschlossen, das Gesicht der Sonne zugewandt. Er wirkte so behaglich. Als gehörte er hierher. Silas sehnte sich danach, dass das wieder der Wahrheit entsprach.

„Was habt ihr beiden denn heute vor?", fragte Shannon.

„Wir sind unterwegs zu einem Talentwettbewerb", sagte Levi, seine Lippen zu einem schwachen Lächeln gewölbt. „Silas wird seine Singstimme vorführen."

„Ernsthaft?", fragte sie, ihre Stimme hoch vor Überraschung. „Silas singt doch nicht."

„Jetzt schon." Levi öffnete die Augen und schaute ihn an. „Stimmt's, Si?"

„So scheint es." Silas nahm auf dem leeren Platz neben seiner Schwester Platz. „Es ist nur Back-up-Gesang für Frankie. Lehn dich nicht aus dem Fenster und füge Singen zu meinem Lebenslauf hinzu."

„Das sehen wir noch", sagte Shannon mit einem Grinsen. „Es schadet nie, Verhandlungsmasse zu haben."

„Na ja ...", setzte Silas an.

Shannon beäugte ihn, Argwohn stand in ihrem Gesicht. „Spuck es aus, kleiner Bruder. Es ist offensichtlich, dass es etwas gibt, was du mir nicht erzählst."

„Ich habe an was gearbeitet, und ich will deine Meinung dazu."

„Okay. Du spannst mich jetzt aber nicht auf die Folter, oder?", fragte sie.

„Schau in die gemeinsame Dropbox", sagte Silas. „Ich habe gerade eine Datei reingestellt, bevor wir rüber gefahren sind."

Während sie ihren Bruder argwöhnisch beäugte, öffnete Shannon den Computer, der auf dem Tisch neben ihr stand, und klickte dann auf den Ordner. „Sieht aus wie ein Drehbuch."

„Es ist eine ganze Staffel von Drehbüchern", sagte Levi. „Sie sind unfassbar."

„Eine ganze Staffel?" Der Unglauben in ihrem Tonfall brachte Silas auf.

„Ja, eine ganze Staffel", bestätigte er. „Es ist doch nicht so überraschend, dass ich was schreibe, oder? Ich habe immer gesagt, dass ich am Drehbuchschreiben Interesse habe."

„Nein", sagte Shannon vorsichtig, aber dann schüttelte den Kopf. „Eigentlich ja. Es *ist* überraschend, aber nur, weil du kein Wort darüber gesagt hast. Es sind sechzehn Drehbücher in diesem Ordner!"

Silas zuckte mit den Schultern. „Ich erzähle dir nicht alles."

„Oder irgendwas, wie es aussieht", murmelte sie und warf einen raschen Blick auf Levi.

„Was soll das denn heißen?", fragte Silas, der eine Schwester aus zusammengekniffenen Augen musterte.

„Nichts. Bis auf die Bilder, die heute Morgen online aufgetaucht sind", sagte sie trocken. „Ich meine, ich dachte, ich als deine Schwester und Managerin würde wissen, dass du wieder mit Levi zusammen bist, bevor es auf einer der beliebtesten Gerüchteseiten im Internet steht. Aber ich schätze, da lag ich falsch", fügte sie an und klang beleidigt.

Levis Augen klappten auf, während er sich aufrichtete. „Was für Bilder?"

„Die, bei denen ihr beiden Lippenkontakt habt", erwiderte sie und neigte den Kopf mit großer Geste zur Seite.

„Klar", murmelte Levi und stand dann auf, um auf und ab zu gehen.

„Ihr beiden seid doch wieder zusammen, oder?", fragte Shannon zögerlich.

„Nein", sagten Levi und Silas gleichzeitig.

Shannon biss sich auf die Unterlippe. „Aber dieses Foto, das ist von heute, oder?"

Silas nickte.

Levi sagte nichts.

„Verstanden." Shannon schloss den Laptop und stand auf. „Ihr seid nicht zusammen, aber ihr habt euch am Strand geküsst. Wie soll ich das denn hindrehen, wenn die Zeitschriften nach Statements fragen?"

„Gib ihnen keins", sagte Silas. „Das geht niemanden was an außer uns."

„Nichts? Nicht mal dementieren?", klärte sie.

„Nö." Silas schaute Levi in die Augen und fragte sich, was hinter seiner ausdruckslosen Miene vorging.

„Also, kein Kommentar. Verstanden." Shannon schaute zwischen den beiden Männern hin und her. „Hinter den Kulissen, was ist denn wirklich los?"

Silas lachte sie nur an. „Das funktioniert nicht, Schwester. Aber schöner Versuch."

Sie drehte sich zu Levi um und bekam ein amüsiertes Grinsen.

„Ihr beiden. Ich kann nicht glauben, dass du mich nicht einweist. Mich. Deine Schwester."

„Tut mir leid, Shannon", sagte Levi, sein Gesicht verkniffen. „Wenn es was einzuweihen gibt, bin ich sicher, du bist die erste, die es erfährt."

„Also guuuuut", jammerte sie übertrieben. „Erzählt es mir nicht. Aber in dem Augenblick, in dem das, was da zwischen euch ist, wirklich was wird, erwarte ich einen vollständigen Bericht. Verstanden?"

„Einen vollständigen Bericht? Mit Einzelheiten? Du träumst, Schwester", sagte Silas, der den Kopf in ihre Richtung schüttelte. „Aber ich sag dir was: Falls Levi und ich den Status unserer Beziehung ändern, schicke ich dir eine Nachricht. Wäre das was?"

„Man muss eben nehmen, was man kriegen kann, schätze ich." Sie setzte sich wieder und öffnete den Computer. „Jetzt raus hier mit euch, damit ich diese Drehbücher lesen kann, von denen ich gerade erst erfahren habe. Ich will dich nicht hier haben, wo du nur meine Urteilskraft minderst."

Levi stand auf und klopfte ihr auf den Rücken, während er vorbeiging. „Tu dir einen Gefallen und halte Taschentücher bereit. Du wirst sie brauchen."

Ihre Augenbrauen gingen hoch, beinahe bis zum Haaransatz. „Es drückt auf die Tränendrüse?"

„Nein." Silas stieß verärgert Luft aus. „Es ist eine Drama-Komödie übers Erwachsenwerden. Levi ist einfach nur zart besaitet."

Shannon schaute auf zu Levi. „Wovon reden wir hier? Einer Packung Taschentücher oder einer ganze Vorratspackung?"

„Ich würde die Vorratspackung nehmen." Er beugte sich hinab, küsste sie auf die Wange und sagte dann: „Es war schön, dich wiederzusehen."

„Dich auch, Levi. Mach dich nicht rar, okay? Selbst wenn mein anrüchiger Bruder nicht da ist. Komm und besuch mich. Ich gebe dir was zu essen und schlage dich im Poker."

Er lachte, denn auf gar keinen Fall würde sie ihn im Kartenspielen schlagen. Seine Geistmagie sorgte dafür, dass er die Gefühle der Leute lesen konnte. Das bedeutete, er wusste, wenn sie bluffte. Es war eine schrecklich nützliche Gabe. „Du kannst es versuchen, aber wir wissen beide, dass du erniedrigt werden wirst."

„Erniedrigt?" Sie schnaubte. „Oh, du traust mir überhaupt nichts zu. Ich krieg das hin. Jetzt raus mit euch. Ich habe offensichtlich zu arbeiten."

„Ruf mich an, wenn du fertig bist", erklärte ihr Silas. „Und red nicht um den heißen Brei. Wenn du es magst, toll, aber ich bin mehr an dem interessiert, was dir nicht gefällt. Das wird mir helfen, es aufzupolieren, bevor du es einreichst."

„Ich halte mich nicht zurück. Verstanden." Sie scheuchte sie fort. „Holt lieber mal Frankie, bevor sie denkt, ihr habt sie sitzen lassen. Und Levi, sag Hope Grüße von mir. Wir sehen uns später, wenn ihr Cappy abholen kommt."

„Bis später." Levi nahm Silas' Hand und zog ihn sanft zur Tür.

Silas wollte eigentlich wie angewurzelt da bleiben, damit er die Reaktion seiner Schwester beobachten konnte, doch als Levi ihm ins Ohr flüsterte, dass es Zeit zum Gehen war, ging ein Beben über sein Rückgrat, sodass er machtlos war, etwas anderes zu tun, als seiner großen Liebe überallhin zu folgen, wohin es auch ging.

KAPITEL 15

„Endlich!", rief Frankie, die die Stufen heraufkam. „Ich dachte schon, ihr würdet gar nicht mehr kommen."

Levi schaute auf seine Armbanduhr. „Wir sind fünf Minuten zu früh." Wenn man an ihren umtriebigen Vormittag dachte, war die Tatsache, dass sie rechtzeitig zu Frankie gekommen waren, ein kleineres Wunder.

Hope erschien aus der Küche, eine Kaffeetasse in der Hand. „Sie hat gesehen, dass ihr beiden heute Vormittag am Strand wart, und hat sich Sorgen gemacht, dass ihr nicht rechtzeitig zurückkommen würdet."

Mit einem Stöhnen rieb sich Levi den Nacken. „Ich glaube, es sollte zur Regel werden, dass mich niemand mehr googelt."

„Habe ich nicht!", behauptete Frankie. „Aber eine Schulfreundin hat mir die Nachricht geschickt. Schau." Sie hielt ihr Handy vor Levis Nase. „Glaubst du, ich will sehen, wie mein Bruder in der Öffentlichkeit rumknutscht? Igitt."

Silas konnte nicht verhindern, dass ihm ein Lachen über die Lippen kam. Frankie war schon eine Nummer, und er war voll dafür. Levi brauchte jemanden mit Feuer in seinem Leben, um auf Trab zu bleiben.

„Wir haben nicht rumgeknutscht!", sagte Levi, der die Augen verdrehte.

Hope schaute ihn skeptisch an.

„Haben wir nicht!", behauptete Levi und klang in diesem Moment ziemlich wie Frankie.

Silas räusperte sich. „Wir hatten offensichtlich keine Ahnung, dass Fotografen um uns rum waren."

„Offensichtlich", erwiderte Hope trocken. „Braucht jemand Kaffee?"

„Ja", sagten Silas und Levi gleichzeitig. Sie nickte und ging zurück in die Küche. Levi folgte ihr, mit Silas hinter sich.

Sobald sie ihre Tassen in der Hand hatten, schaute Hope zu Levi und dann zu Silas. „Wollt ihr mir erzählen, was los ist?"

Levi presste die Lippen fest aufeinander und schüttelte den Kopf. Er wollte das nicht mit seiner Schwester besprechen, besonders nicht, wenn Silas dabei war. Was dachte sie sich bloß?

Silas hingegen hatte keine Probleme. „Wir haben gestern Abend eine emotionale Szene geübt, und ich glaube, man kann fairerweise behaupten, dass einige alte Gefühle an die Oberfläche gespült wurden. Das ist alles. Mehr gibt es nichts zu berichten."

Levi drehte sich um und schaute ihn völlig entgeistert an.

Silas zuckte nur mit den Schultern. „Es ist die Wahrheit, oder?"

„Ja, aber …" Levi kniff die Augen zusammen und schüttelte den Kopf, bevor er sich zu seiner Schwester wandte. „Können wir jetzt aufhören, darüber zu reden?"

„Klar", sagte sie mit einem leisen Lachen. „Es ist nur so, dass ich dich nicht mehr ausquetschen kann, da du nicht mehr hier wohnst. Das habe ich vermisst." Sie zwinkerte und reichte ihnen dann eine braune Papiertüte. „Ein Stück Kuchen zu eurem Kaffee."

„Ich hasse dich und bewundere dich zugleich." Levi beugte sich nach unten und küsste sie auf die Wange. „Schaffst du es heute zur Talentshow?"

„Chad und ich werden da sein und euch zujubeln", sagte sie und grinste an ihm vorbei zu Frankie, die gerade hereingekommen war.

„Bitte. Neiiiin", jammerte Frankie. „Ihr seid viel zu peinlich."

„Ich bin peinlich?", fragte Hope, die so tat, als wäre sie beleidigt. „Du verletzt mich." Sie legte sich die Hand aufs Herz und benahm sich, als hätte sie schwache Knie. „Vielleicht also kein Jubeln. Nur ein paar Scherze."

Frankie verdrehte die Augen und zog sich aus der Küche zurück, murmelte etwas darüber, wie alte Menschen einfach überhaupt nichts verstanden.

Silas stieß ein lautes Lachen aus. „Mit der wird es auch echt nie langweilig."

„Da liegst du richtig", stimmte Hope zu. „Ich würde sie aber um nichts in der Welt ändern wollen." Sie drehte sich zu Levi. „Ernsthaft, Chad und ich werden kommen, aber wir sind vielleicht ein bisschen spät dran. Er hat heute Morgen ein Meeting für ein neues Projekt. Wir kommen rüber, sobald er fertig ist."

„Was für ein neues Projekt?", fragte Levi. Chad war der Besitzer von *Magical Notes*, einem Musikladen an der Hauptstraße.

Hope schaute an ihm vorbei ins Wohnzimmer. Als sie Frankie sah, sagte sie: „Ich erzähle es dir später, wenn wir zwei allein sind. Ich will es noch niemandem sonst sagen, bis wir wissen, ob es wirklich so kommt."

Was immer es war, Levi verstand sofort, weshalb sie Frankie noch nichts davon erzählen wollten. „Darauf komme ich zurück."

Sie salutierte vor ihm, dann schickte sie alle los.

„Was habt ihr so lange gebraucht?", beschwerte sich Frankie unterwegs zum Auto. „Wie lange dauert es denn, überhaupt eine Tasse Kaffee zu trinken? Ich habe vermutlich inzwischen graue Haare."

Silas blieb abrupt stehen, sodass sie in ihn hineinstolperte. Er drehte sich um und machte ein großes Gewese darum, ihren Haaransatz zu begutachten. „Oh. Das wird dir nicht gefallen."

„Was? Hast du ein graues Haar gefunden?" Frankie drehte den Kopf, als könne sie irgendwas sehen. Dann griff sie nach oben, um die Stelle zu ertasten, die er sich angeschaut hatte. „Auf gar keinen Fall. Ich kann doch noch nicht grau sein. Ich bin erst dreizehn!"

„Du bist wohl eine dieser Glücklichen, die schon früh im Leben so eine schicke graue Strähne kriegen", erwiderte er völlig ungerührt. „Wenn ich du wäre, würde ich das einfach mitnehmen. Oder, Levi?"

Der entsetzte Ausdruck auf Frankies Gesicht sorgte fast dafür, dass Levi in lautes Lachen ausbrach, doch er hielt sich zurück. Ohne auch nur leicht zu lächeln, sagte er: „Entweder das, oder du steckst viel Zeit und Geld in den Versuch, es zu färben. Ich höre, dass es echt schwierig ist, graue Haare Farbe annehmen zu lassen. Es ist womöglich auch gar nicht so leicht, diesen rotbraunen Farbton von dir zu treffen. Lass es vielleicht einfach lieber so."

„Ich habe keine grauen Haare!", kreischte sie und zog ihr

Handy heraus. Sie öffnete die Kamera-App und drückte darauf, damit sie ein Selfie machen konnte. Dann schoss sie ein paar Bilder, auf denen sie ihre Haaransätze begutachten konnte.

Silas warf den Kopf in den Nacken und lachte, dann öffnete er die hintere Tür seines Tesla für sie. „Steig ein, Frankie. Du kannst nach grauen Haaren suchen, während wir zum Bauernmarkt fahren."

Der Teenager funkelte ihn finster an. „Ich sehe da kein Grau. Du bist fies."

„Bist du sicher?", fragte er und nervte sie noch etwas mehr.

Frankie wandte ihre aufgerissenen Augen Levi zu. „Sag ihm, er soll aufhören!"

„Silas, hör auf, sie zu quälen", tadelte Levi. „Es ist schon schlimm genug, dass sie im zarten Alter von dreizehn bereits grau wird."

Sie schaute aus zusammengekniffenen Augen ihren Ziehbruder an. „Du bist böse."

„Das ist einer meiner vielen Reize." Levi stieg vorne auf den Beifahrersitz. Als Silas sich auf den Fahrersitz setzte, grinsten sie einander an.

„Klar. Habt ihr zwei nur Spaß. Ich räche mich, wenn ihr es am wenigsten erwartet", sagte Frankie vom Rücksitz aus.

„Das möchte ich doch annehmen", sagte Levi. „Heb es dir auf für nach dem Talentwettbewerb, was?"

Sie verschränkte die Arme vor der Brust und wölbte die Unterlippe. „Keine Versprechungen."

„Auch gut."

Der Parkplatz auf dem Bauernmarkt war so voll, dass Silas zwei Blöcke entfernt parken musste.

„Kommen wir zu spät?", fragte Frankie zum dritten Mal. „Wir schaffen es nicht, oder?"

Levi nahm sowohl seine als auch Frankies Gitarre aus dem Kofferraum des Tesla und sagte: „Wir haben ausreichend Zeit. Keine Sorge."

„Ich glaube, wir müssen uns anmelden. Was, wenn sie voll sind, und wir keinen Platz kriegen?", fragte sie, ging zwei Schritte schneller als Levi und Silas.

„Ich habe uns bereits angemeldet. Unser Platz ist garantiert. Jetzt entspann dich doch einfach. Das soll Spaß machen", sagte Levi, der versuchte, ihre Nervosität zu beruhigen.

„Kann ich nicht." Sie hob die bebenden Hände zum Gesicht und schüttelte den Kopf. „Ich glaube, ich übergebe mich gleich."

„Hey", sagte Silas, der vor ihr in die Hocke ging. „Schau mich an. Konzentriere dich darauf, hier zu sein."

Sie öffnete die Finger, damit sie ihn anschauen konnte. „Ich kann das nicht."

„Sicher kannst du das. Es braucht nur ein bisschen Mut und ein wenig Selbstvertrauen. Das hast du doch beides, oder?", fragte er.

Sie schüttelte den Kopf. „Nicht gerade jetzt. Ich bin der größte Feigling, den es je gab."

Levi musste sein Grinsen unterdrücken. Ihr Drama war so überzogen, es ließ sich nicht leugnen, dass sie fürs Showbusiness geschaffen war. Er wusste einfach, wenn sie es nur wollte, würde sie eines Tages groß rauskommen.

„Nö. Mich kannst du nicht verarschen. Ich sehe es", sagte Silas, der den Kopf zur Seite legte, als würde er ihre Augen mustern. „Dieser Mut, der ist gleich da, er strömt aus dir hervor. Mich kannst du nicht auf den Arm nehmen."

Frankie zuckte mit einer Schulter. „Ich kann mutig sein … wenn ich muss."

„Ganz genau. Es ist da drin." Er tippte ihr auf die Brust gleich über dem Herzen. „Du wirst doch nicht so was wie deine albernen Nerven gewinnen lassen, oder? Willst du nicht da oben stehen, mit mir und Levi, und uns beiden zeigen, wie es geht?"

„Ich könnte Levi niemals zeigen, wie es geht. Er ist zu gut", sagte sie, lächelte Levi schüchtern an. „Er ist ein Genie."

„So weit würde ich nicht gehen", sagte Levi, der verlegen war. Es war immer seltsam, wenn jemand, der ihm nahestand, Levi wie einen Rockstar behandelte, anstatt wie Levi, den normalen Menschen.

„Ich glaube, du hast recht", sagte Silas, der nickte. „Er hat diese Geistmagie, die ihm etwas Besonderes verleiht. Aber ich? Ich habe nur Luftmagie. Das wird mir beim Singen nicht helfen. Also sei getröstet durch das Wissen, dass du mich im besten Fall wie einen Amateur klingen lässt. Tatsächlich bitte ich vielleicht sogar darum, dass mein Mikro runtergeregelt wird, damit keiner hört, wie ich den Ton nicht treffe."

Frankie ließ die Hände sinken und kicherte. „Das kannst du nicht machen. Das würde allen auffallen."

Er öffnete den Mund und stieß einen Ton aus, der so daneben lag, dass Levi die Ohren wehtaten. Aber sein Herz war ganz voll. Silas lenkte sie meisterhaft von ihrem Auftritt ab und beruhigte sie. Dafür liebte Levi ihn.

„Hör auf!" Frankie legte sich eine Hand über den Mund. „Das ist furchtbar."

„Siehst du? Ich habe es dir gesagt." Er richtete sich wieder auf und hielt ihr eine Hand hin. „Halt dich an mich, Kleine, und du wirst wie ein Engel klingen, den der Himmel geschickt hat."

„Ernsthaft, du kannst schon singen, oder?", fragte Frankie, die besorgt wirkte.

Silas machte ein besorgtes Gesicht. „Ich schätze, das finden wir raus."

„Levi!" Frankie fuhr zu ihm herum. „Wo hast du mich da reinmanövriert?"

Levi lachte. „Er kann singen. Er verarscht dich nur. Du vertraust mir, oder nicht?"

„Nein. Ich vertraue im Moment keinem von euch", erwiderte sie, schwang die Haare über die Schulter und drehte sich dann um, um zur Talentbühne zu laufen.

Silas wechselte einen heiteren Blick mit Levi, bevor sie losmarschierten, um auf sie aufzuholen.

Während Levi zuhörte, wie sie Silas mit einem Dutzend Fragen über die Filmindustrie bombardierte, war er ewig dankbar für Silas' Geduld. Er beantwortete alles mit Aufrichtigkeit und etwas Humor, was sie davon abhielt, zu sehr an ihren bevorstehenden Auftritt zu denken.

„Also, bist du mehr am Singen oder am Schauspielern interessiert?", fragte Silas sie.

„An der Musik, aber es ist gut, sich Optionen offen zu halten, oder?"

Er lachte leise. „Klar. Das ist auf jeden Fall eine kluge Art, darüber nachzudenken. Du wirst nie ahnen, welche Möglichkeiten sich dir bieten, oder wann du herausfindest, dass es noch was anderes gibt, für das du eine Leidenschaft hegst."

„Stimmt doch? Ich meine, vielleicht werde ich am Ende YouTube-Star. Einer von den Leuten, die sich dabei filmen, wie sie sich die Zehennägel schneiden."

„Was? Warum?", warf Levi ein und fragte sich, wo zum Teufel das herkam.

„Ich habe gehört, da haben manche Leute groß abgeräumt. Ich weiß nicht, warum irgendjemand sich Videos von den

Füßen anderer Leuten anschauen möchte, aber ich bin dafür zu haben", sagte sie mit einem Schulterzucken.

Silas schnaubte. „Frankie, weißt du, was ein Fußfetisch ist?"

„O nein", murmelte Levi.

„Fußfetisch. Was meinst du denn mit Fetisch?", fragte sie, die Augenbrauen zusammengekniffen.

„Viel Glück damit", sagte Levi, der darauf wartete, zu sehen, wie Silas das bewältigen würde.

„Ein Fetisch ist, wenn jemand erregt wird durch …"

„O nein! Nein, nein, nein. Nö." Frankies Gesicht wurde leuchtend rot. „Das mache ich auf keinen Fall. Igitt."

Levi ließ einen Arm um ihre Schultern gleiten und zog sie zu einer seitlichen Umarmung heran. „Die Welt des ein seltsamer Ort, oder, Kleine?"

„Auf jeden Fall." Sie erschauerte übertrieben.

„Komm schon", sagte Levi, der sie zur Bühne zog. „Zeigen wir diesen Leuten, was eine Show ist."

KAPITEL 16

*S*ilas stand mit Levi auf der Bühne, beide flankierten sie Frankie, während sie mit Leib und Seele sang und die Menge wie ein Profi unterhielt. Er hatte keinen Zweifel daran, dass sie eines Tages ein Star sein würde. Er hoffte nur, dass es nicht so bald passierte. Jedes Kind verdiente es, erst mal das eigene Ich zu finden, bevor man sich kopfüber in eine so öffentliche Karriere stürzte.

Wenn er es alles nochmals tun müsste, würde er sich auf jeden Fall ein paar Jahre mehr als Kind gönnen. Nicht, dass seine Mutter das gestattet hätte.

Zusammen sangen Levi und Silas die Back-up-Stimmen. Silas musste zugeben, dass er nicht mal so schlimm klang. Er war nicht bereit, eine Platte aufzunehmen oder so was, aber er machte sich auf jeden Fall nicht zum Affen.

Der Wind nahm zu, sodass Silas' Haare ihm in die Augen fielen. Während er es zurückschob, fiel ihm auf, dass Frankie Mühe hatte, zu verhindern, dass ihr Rock hochflog. Sie drückte ihn weiter nach unten, aber offensichtlich war sie nicht erfahren genug, um rauszukriegen, wie man mit einer solchen Ablenkung fertig wurde.

Levi warf Silas einen besorgten Blick zu.

Silas sagte tonlos: *Ich kriege das hin.* Obwohl er in diesem Augenblick mit Levi singen sollte, trat Silas einen Schritt vor, war ganz auf Frankie konzentriert. Dann rief er geistig nach seiner Magie, richtete sie auf Frankie und bat sie, eine Art Barriere um sie zu errichten. Sofort beruhigte sich die Luft um sie herum, und sie musste ihren Rock nicht länger zähmen.

Sobald sie nicht mehr vom Wind abgelenkt war, war sie wieder hundertprozentig mit dem Publikum im Austausch, brachte es dazu, mit den Händen in der Luft zu wedeln und den beliebten Song mit ihr zu singen.

Als Frankie ihren letzten Ton sang, trat sie auf der Bühne vor und hob die Arme in einem tosenden Applaus. Silas schaute hinüber zu Levi. Er wirkte wie ein stolzer Vater, während er beobachtete, wie sie das Lob in sich einsinken ließ.

„Danke, Keating Hollow. Ihr seid die besten!" Sorgsam stellte sie das Mikro zurück auf den Ständer und lief in Levis Arme, der sie dann rundherum wirbelte. Ihr aufgeregtes Kreischen ließ ein Lachen in der Menge aufkommen, auf das noch mehr Applaus folgte.

Frankie verbeugte sich ein letztes Mal und ließ sich dann von Levi und Silas von der Bühne eskortierten. Sobald sie aus dem Scheinwerferlicht raus waren, warf sie sich in Silas' Arme. „Vielen Dank!" Sie vergrub das Gesicht an seiner Brust und drückte ihn so fest, dass es ihm etwas schwerfiel, zu atmen.

„Gern geschehen. Ich hoffe, ihnen ist nicht aufgefallen, wie meine Stimme gebrochen ist", scherzte er.

„Du und Levi wart perfekt", murmelte sie in sein T-Shirt. „Vielen Dank, dass du mich gerettet hast."

„Ich habe nichts getan. Alles, was da oben passiert ist, warst du, Mädchen. Du warst unfassbar."

Sie zog sich zurück und schaute zu ihm auf. „Du hast mich beruhigt, und dann hast du mich davor gerettet, mich vor der ganzen Menge zu entblößen. Ich weiß, dass du deine Magie benutzt hast, um gegen mein Garderobenversagen zu kämpfen."

„Das liegt daran, dass er ein toller Freund ist", sagte Levi, der Silas anschaute, seine Augen weich und von etwas erfüllt, das so ziemlich nach Liebe aussah.

Silas erwiderte seinen Blick, das Herz schwoll ihm in der Brust.

„Okay, Silas. Du kannst mich es loslassen", rief Frankie, der offensichtlich nicht klar war, was gerade zwischen ihm und ihrem Bruder vorgegangen war.

„Stimmt." Er ließ sie los und schob sich die Hände in die Taschen.

Frankie stürzte sich ins Publikum, lief zu Chad und Hope, die sie anstrahlten, und ließ Silas und Levi stehen.

„Du bist unglaublich", sagte Levi.

Silas lächelte ihn schief an. „Das gebe ich an dich zurück."

„Ernsthaft, Si. So, wie du vorgetreten bist, um Frankie zu helfen, kann ich dir gar nicht genug danken. Heute war für sie magisch."

„Für mich war es das auch", gab Silas zu.

„Silas! Levi!", rief eine vertraute Stimme durch die Menge.

„August", sagte Levi, der ein wenig genervt klang.

Silas stieß Levi sanft an und flüsterte: „Du bist eifersüchtig."

„Nein", beharrte Levi, aber hinter der Leugnung stand keine wirkliche Hitze, sodass sie nicht überzeugend klang.

„Er ist ein Freund. Und hetero, weißt du noch?"

Bevor Levi antworten konnte, kam August bei ihnen an

und sagte: „Ihr beiden wart fantastisch. Ich glaube, ihr solltet als Trio auf Tour gehen."

„Danke, Mann. Aber Frankie hat echt die Show gestohlen", erwiderte Silas und bedeutete ihnen, an einem Tisch Platz zu nehmen, der gerade frei geworden war.

Silas setzte sich und August kam neben ihn, sodass der letzte Platz für Levi blieb.

August wandte sich an Levi. „Ich wusste, dass du Talent hast, Mann, aber das live zu sehen, war was ganz anderes."

„Äh, danke." Levi warf ihm ein erzwungenes Lächeln zu und drehte sich dann um, um den nächsten Auftritt zu betrachten.

August wandte sich mit erhobenen Augenbrauen fragend an Silas.

„Es liegt nicht an dir", sagte Silas, der den Kopf schüttelte. Obwohl es das irgendwie schon tat. Es war aber nichts, was August getan hatte. Levis Probleme hatten eher was mit dem zu tun, was zwischen ihm und Silas vorging. Aber das war nur zwischen ihnen, und Silas würde darüber nicht mit August reden.

Silas erhob sich. „Ich hole mal was zu trinken. Bin gleich wieder da."

„Ich komme mit", sagte August, der sofort aufsprang.

„Levi, willst du was?", fragte Silas.

Er schaute hinüber zu Silas und nickte. „Bring mir, was immer gut aussieht."

„Bin dabei." Während Silas und August hinüber zum Getränkestand gingen, fragte Silas ihn: „Was hast du am restlichen Wochenende geplant? Wie ich dich kenne, ist es vermutlich irgend so was wie Fallschirmspringen."

August lachte. „Tatsächlich arbeite ich morgen."

„Echt jetzt?"

„Ja. Ich kümmere mich um all die Einzelheiten, damit die Woche glatter läuft und wir fertig sind, wenn du und Levi am Montagvormittag auf das Set kommt."

Silas verzog das Gesicht. „Dadurch hast du nicht viel Freizeit."

„Keine Sorge meinetwegen. Sobald wir fertig sind, habe ich mindestens drei bis sechs Monate frei, bevor ich meinen nächsten Auftrag annehme. Da werde ich schon zum Leben kommen."

„Hast du nicht gleich was anderes danach?" Die Assistenten, die Silas kannte, arbeiteten fast immer durchgehend. „Wenn du was brauchst, bin ich sicher, ich könnte den Kontakt zu …"

„Nein, nein. Alles gut. Ich verspreche es. Ich arbeite eine Weile, dann nehme ich mir eine Weile frei. Wenn das Geld wieder knapp wird, gehe ich wieder arbeiten. Du weißt doch, dass es heißt, wer fest arbeitet, kann auch fest feiern? Ich nehme das ernst. Ich könnte sofort wieder einen neuen Job annehmen, ich habe mich einfach nur anders entschieden."

„Wow. Das ist ziemlich erstaunlich." Noch nie war es Silas in seinem Leben behaglich gewesen, wenn er sich freigenommen hatte, ohne zu wissen, dass er einen weiteren Job vor sich hatte. Es war kein Geldproblem. Es war seine Nervosität, was aus seiner Karriere werden würde, wenn er sich nicht im Blick der Öffentlichkeit hielt. „Du machst dir keine Sorgen, dass es keine Jobs mehr gibt?"

„Nö. Wenn ich keinen weiteren Job als Assistent kriegen könnte, würde ich halt was anderes machen, bis der richtige Job daherkommt."

„Weißt du", sagte Silas nachdenklich, „ich glaube, ich könnte tatsächlich neidisch auf dich sein."

August lachte ihn locker an. „Das habe ich schon mal gehört."

„Da möchte ich wetten." Silas trat an den Tresen und bestellte zwei Malzbier mit Eis. „Irgendwas für dich, August?"

„Ich kaufe es mir selber", sagte er, holte bereits seine Börse raus.

„Auf gar keinen Fall. Betrachte es als Vorauszahlung für den SUP-Unterricht."

Der Assistent nickte und steckte die Börse wieder weg. „Ich mag einen guten Tauschhandel. Ich nehme ein Schokoeis und einem Becher Wasser."

Silas bestellte und zahlte. Ein paar Minuten später waren sie zurück unterwegs zum Tisch.

Levis Augen leuchteten, als er das Malzbier mit Eis sah. Dann wechselte er einen Insiderblick mit Silas. Ohne Zweifel dachte er an das Date, auf dem sie gewesen waren und zwei Stunden lang oben im Riesenrad festgesessen hatten. Letztlich hatten sie in Silas' Küche Malzbier mit Eis gemacht, und Levi hatte es zum besten Date erklärt, das sie je gehabt hatten.

Als Levi sich umdrehte, um den nächsten Auftritt zu begutachten, nahm Silas Platz, und nur, um die Gedanken von diesem Date wegzubringen, die in seiner Erinnerung so lebendig waren, stellte er August weitere Fragen über sein Leben. „Was machst du denn, während du dir freinimmst?"

„Ein bisschen von allem, schätze ich", erwiderte er mit einem Schulterzucken. „Zum Großteil helfe ich meiner Oma mit sämtlichen Projekten in und ums Haus. Aber ich mache auch hin und wieder was für Freunde und andere Familienmitglieder. Ich wandere außerdem, paddle und bin im Garten, wenn es die richtige Jahreszeit dafür ist."

„Das ist toll", sagte Silas, er hörte den Mann kaum. Er war zu sehr damit beschäftigt, Levi zu mustern, wirkte zweifellos wie ein liebeskranker Hund.

Frankie erschien plötzlich direkt neben Silas. „Hast du den

Auftritt gesehen? Auf gar keinen Fall werden wir jetzt gewinnen. Ich kann es doch nicht mit Welpen aufnehmen!"

„Welpen?", fragte Silas, schoss aus seiner Levi-Trance hoch. „Jemand hat Welpen dabei?"

„Sieh mal!" Sie deutete auf die Bühne, wo eine Reihe von Shih Tzus stand, die den Applaus des Publikums genossen. „Sie hat ihnen allen möglichen Tricks aufgetragen … durch den Text des Songs. Es war genial."

Silas war es nicht mal aufgefallen.

„Sie war echt gut", beschied August ihr. „Aber du hattest eine sehr viel bessere Bühnenpräsenz."

„Wie sollte das denn möglich sein? Hast du gesehen, wie süß diese Hunde sind?", beharrte Frankie.

„Sie waren ziemlich süß", stimmte Levi zu. „Aber so ein Urteil ist was Subjektives. Wir müssen einfach abwarten und sehen, wie es ausfällt."

Frankie verschränkte die Arme vor der Brust marschierte zurück hinüber zu dem Tisch, wo Hope und Chad sich entspannten und einer Flötistin zuschauten, die offensichtlich der letzte Auftritt war.

Levi drehte sich um und sagte: „Also, August, wie lange kennst du Silas schon?"

August runzelte konzentriert die Stirn. „Ich weiß nicht. Vielleicht ein paar Jahre."

„Du wohnst in Befana Bay?"

„Ja. Der beste Ort der Erde", bestätigte August.

„Außer Keating Hollow", sagte Levi.

August lachte leise. „Ich schätze, das steht zur Debatte. Aber eines muss ich dir schon lassen. Keating Hollow ist etwas Besonderes. Wenn ich Befana Bay nicht schon so sehr lieben würde, würde ich sofort herziehen."

„Echt? Was liebst du denn daran?", fragte Levi.

„Die Frage sollte doch lauten, was liebe ich nicht daran." Augusts Lippen wölbten sich zu einem warmen Lächeln. „Befana Bay hat alles, was ich brauche. Meine Oma, meine Familie, Gemeinschaft, Magie und einen Zirkel, der für seine Verschrobenheit genauso bekannt ist wie für seine Sperenzchen. Nichts geht in dieser Stadt vor, ohne dass der Zirkel es mitkriegt. Sie halten uns die ganze Zeit auf Trab."

„Auf Trab mit was?", fragte Levi.

„Mit allem", erwiderte er und grinste diesmal. „Es sind Zauberwirker, Geisterjäger, Medien und Traumwandler. Jetzt stell dir vor, was das alles für Aufruhr verursacht. Das eine Mal haben sie meinen Großvater beschworen, nur dass sie ihn zu einem äußerst unpassenden Zeitpunkt erwischt haben, und er hatte die Zeitung in einer Hand und eine Zigarre in der anderen."

„Was stimmt denn damit nicht?", fragte Levi. „Was genau ist so besonders an diesem Zirkel?"

„Nichts. Bis auf die Tatsache, dass seine Unterwäsche um seine Knöchel hing, und alle – und ich meine alle – haben seine Kronjuwelen gesehen. Solche Dinge halten das Interesse hoch an dem, was im kleinen Befana Bay los ist."

„Klingt wie ein witziger Ort", sagte Levi, der vor sich hin lachte.

„Kann es schon sein", meldete sich Silas zu Wort. „Aber nicht so witzig oder so wunderbar wie Keating Hollow."

„O nein. Diese Worte treten einen Streit los", sagte August. „Nichts ist schöner als das westliche Washington im Frühling. Dafür nehme ich es mit euch auf."

Levi hob ergeben die Hände.

Silas stand auf und zwang seine Hände sanft nach unten. „Gib in dieser Sache niemals nach, Levi. Obwohl Washington schön ist, und Befana Bay seine eigene magische Kraftquelle hat, hast du recht. Keating Hollow ist der beste Ort der Erde."

Bevor August Silas herausfordern konnte, erschien Frankie wieder, diesmal zog sie an Levis Hand. „Komm schon, Levi. Sei doch nicht so eine Schlaftablette."

„Schlaftablette?", wiederholte Silas. „Wo hast du denn das aufgeschnappt?"

„Spielt doch keine Rolle. Im Augenblick bereiten sie sich darauf vor, zu verkünden, wer der Gewinner des Talentwettbewerbs ist. Steh auf. Komm mit mir, damit ich nicht allein bin, wenn sie meinen Namen rufen."

„Selbstbewusst?", fragte Levi. „Diese Ausstrahlung gefällt mir."

„Ich will nur vorbereitet sein." Sie zog Silas und Levi mit sich, bis sie direkt vor der Bühne standen.

Frankie legte die Hände aneinander, als würde sie beten, schloss die Augen, während der Ansager die Gewinner ausrief.

„Der diesjährige große Preis der Talentshow geht an … Trommelwirbel…"

Jemand tippte mit den Händen auf den Tisch, sodass es nach Trommeln klang.

„Okay, das reicht!", rief der Ansager und faltete dann das Blatt in seinen Händen auf. „Als heutiger Gewinner wurde von der Jury einstimmig … Terry Tinkerton mit ihren sieben Shih Tzus gekürt. Gratuliere, Terry. Du hast jeden Cent dieses Schecks verdient. Ich meine, es ist harte Arbeit, Hunde zu trainieren, oder?"

„Genau", murmelte Frankie, bevor sie so laut zu pfeifen begannen, dass Silas sicher war, er wäre auf einem Ohr halb taub geworden. „Gut gemacht, Terry!", rief Frankie, die offensichtlich begeistert war, dass die Hundefrau gewonnen hatte.

„Frankie, du musst doch nicht so tun, als wärst du nicht enttäuscht. Das weißt du, oder?", fragte Silas.

„Ich bin nicht enttäuscht", behauptete sie. „Terry und ihre Hunde waren erstaunlich. Außerdem ist es nur eine lokale Talentshow, oder? Keine große Sache."

„Aber junge Dame, es ist die größte Talentshow in drei Bezirken", sagte eine Frau mit einem großen, breitkrempigen Hut. „Jeder, der den Durchbruch in der Industrie schaffen will, fängt hier draußen an. So kann man Verbindungen aufbauen."

„Ich habe bereits …" Sie wollte *Verbindungen* sagen, aber die Frau schnitt ihr das Wort ab und reichte ihr eine Visitenkarte. „Tu dir einen Gefallen und ruf mich sobald wie möglich an."

„Warum?", fragte Frankie.

„Weil ich diejenige bin, die dir Auftritte verschaffen kann. Wir sehen uns, Kleine."

Als die Frau weg war, nahm Levi Frankie die Karte ab und runzelte die Stirn. Er knüllte die Karte zusammen und warf sie in einen Papierkorb in der Nähe.

„Warum hast du das getan?", rief Frankie, die ihr nachhechten wollte.

„Hör auf, Frankie", befahl Levi. „Sie ist keine gute Agentin. Diese Frau wird versuchen, dich unter Vertrag zu nehmen und sich dann Gebühren zahlen zu lassen. Sie ist jemand, den wir in unserer Branche einen Halsabschneider nennen. Sie suchen sich junge Leute und nehmen sie wegen ihrer Träume aus. Dann, wenn der Kunde aus dem Vertrag raus will, um was Neues zu probieren, wehren sie sich mit Zähnen und Klauen. Also jetzt. Ich lasse meine Schwester doch nicht bei so jemanden unterschreiben."

„Aber was, wenn das meine einzige Chance ist?", fragte Frankie, die auf ihre Füße hinabstarrte.

„Sie ist nicht deine einzige Chance", beharrte Levi.

„Niemand hat nur eine Chance beim Durchbruch ins Showbusiness. Es gibt mehrere Gelegenheiten. Du musst dich nicht auf jemanden wie sie einlassen. Vertraue mir."

„Wo genau sollte meine Chance dann herkommen, Levi?", fragte sie. „Es sieht auf jeden Fall nicht aus, als wäre sonst jemand interessiert."

„Dir ist schon klar, dass ich ein Rockstar bin, oder?"

Sie verdrehte die Augen. „Ach. Das heißt nicht, dass du mich mit deiner Band reisen lässt oder so was."

Er stieß ein lautes Lachen aus. „Vermutlich nicht, aber ich kenne Leute in der Musikindustrie. Wenn Chad und Hope glauben, dass du bereit bist, kannst du ein Demo aufnehmen. Ich reich es rum und sehe, was ich tun kann."

„Das würdest du tun?" Ihre Augen waren weit aufgerissen. „Ich dachte …" Sie schüttelte den Kopf und wischte sich eine einzelne Träne von der Wange.

„Was ist denn, Frankie? Warum weinst du?", fragte er sanft.

„Ich dachte, nachdem dieses Video viral ging, würdest du mir niemals mehr mit meiner Musik helfen wollen."

„Vergiss doch das Video", sagte Levi, der sie in die Arme zog. „Ich werde immer meine kleine Schwester beschützen wollen. Ich glaube, es ist Zeit, dass du dich dran gewöhnst."

Sie schaute durch nasse Wimpern zu ihm auf und grinste so groß, dass Silas dachte, sie würde gleich Grübchen entwickeln.

Silas ging hinter Levi und klopfte ihm auf den Rücken. „Machst du dasselbe für mich?", fragte er, versuchte die Laune etwas aufzuheitern. „Reichst du mein Demo rum?"

„Nein", sagte Levi und verdrehte die Augen. „Deine Stimme bricht doch, wenn du auf der Bühne bist, weißt du noch?"

Frankie kicherte und ließ dann eine Hand in jede von ihren gleiten. „Kommt schon. Wir haben eine Geschenkkarte für den zweiten Platz abzuholen."

„Eine Geschenkkarte für was?", fragte Levi.

„Den Bauernmarkt", sagte sie und ging mit voller Geschwindigkeit zum Tisch mit den Juroren. „Jetzt können wir an den Stand mit Karamelläpfeln gehen und auch ein paar magische Scherzartikel kaufen. Ich kann gar nicht erwarten, das Toilettenwasser zu holen. Ich habe gehört, da furzen die Leute den ganzen Tag lang."

Silas legte den Kopf zurück und lachte.

„Das ist nicht witzig", sagte Levi.

„Natürlich ist es das", beharrte Silas. „Das ist Toilettenhumor. Verstanden?"

Frankie warf sich weg vor Lachen, während Levi nur vor Silas den Kopf schüttelte.

„Keine magischen Scherzartikel", beharrte Levi.

„Aber …" Silas und Frankie sagten es gleichzeitig.

„Nein." Levi hob eine Hand, brachte sie beide zum Schweigen. „Keine Scherzartikel. Das war die Abmachung, oder, Frankie?"

Frankie nickte und deutete dann auf Chad und Hope.

Levi drehte sich um und sah, wie sie Jelly Beans rumreichten und dann hysterisch lachten, als die Leute, die sie aßen, Schluckauf in den höchsten Tonlagen bekamen, die er je gehört hatte. Er schloss nur die Augen und schüttelte verärgert den Kopf.

KAPITEL 17

Silas ging durch die Eingangstür seiner Schwester und rief: „Zieh dir was an!"

„Äh, gibt es was, wovon ich wissen sollte?", fragte Levi, der sich vorsichtig umschaute.

„Shannon und Brian haben da so eine Angewohnheit, im ganzen Haus rumzumachen. Es ist am besten, sie zu warnen, damit wir kein Trauma kriegen, weil wir die Mumu meiner Schwester sehen."

„Hast du gerade wirklich Mumu gesagt?", fragte Levi mit einem Lachen. „Wie alt bist du, acht?"

„Ich bin ein Mann, der sich schon öfter die Augen bleichen musste, als du dir vorstellen kannst." Silas legte sich eine Hand aufs Herz und verkündete dramatisch: „Vertrau mir. Da willst du nicht einfach reinlaufen."

„Augen bleichen?", fragte Brian, der die Stufen herabkam. „Ernsthaft?" Er blieb auf dem Absatz stehen und warf sich in Pose, ließ seinen Bizeps sehen und reckte den Hintern, um seine Muskeln zu zeigen. „Ich trainiere. Man möchte meinen, ihr könntet meine Bemühungen zumindest ein bisschen zu schätzen wissen."

„Igitt!" Silas legte sich die Hände aufs Gesicht. „Du bist der Mann meiner Schwester. Hör auf. Das ist so falsch."

„Falls es irgendein Trost ist, ich weiß deine Bemühungen zu schätzen", sagte Levi, der Silas überraschte.

Silas warf einen Blick zurück zu Levi und sah sein lockeres Lächeln und die Erheiterung in seinen Augen. Bei den Göttern, er hatte es vermisst, Levi so entspannt und glücklich zu sehen. „Dir ist klar, dass Shannon recht schnell eifersüchtig wird, oder? Ich würde aufpassen, wenn ich mit ihrem Mann flirte."

„Ach, komm schon, Silas." Brian legte einen Arm um Levis Schultern und zog ihn in die seitlichste brüderliche Umarmung, die Silas je mitbekommen hatte. „Shannon macht es doch nichts aus, wenn ich ein wenig Aufmerksamkeit von einem berühmten Rockstar kriege." Er schaute zu Levi hinab und sagte: „Sie ist harmlos. Zum Großteil."

Levi lachte und löste sich von Brian. „Dieser Großteil ist der Teil, der mir Sorgen bereitet."

„Ja. Ich verstehe das." Brian winkte zum Gang hin. „Shannon und Cappy sind in ihrem Büro. Bleibt ihr beiden zum Abendessen? Wenn ja, wird es vermutlich Tiefkühlpizza, denn ich bin mir nicht sicher, ob ich sonst was da habe."

Silas schaute Levi an. Er zuckte vor Silas leicht mit den Schultern, was nahelegte, dass das für ihn in Ordnung war, doch für Silas war es das nicht. Ihm blieben nur noch etwa sechsunddreißig weitere Stunden, in denen sie gezwungen waren, zusammen zu sein, und ganz eigensüchtig wollte er Levi nur für sich. „Nö. Danke für das Angebot, aber ich bin ziemlich fertig nach dem Tag, den wir hatten. Und ich bin auch sicher, dass wir was Besseres in meinem Kühlschrank finden als Tiefkühlpizza."

„Selbst schuld", sagte Brian, während er noch einmal die Muskeln anspannte und dann in die Küche verschwand.

„Brian hat sich verändert", sagte Levi. „Ich bin froh, dass Shannon ihn hat. Aber danke, dass du uns aus dem Abendessen rausgebracht hast. Alles, was ich will, ist nach Hause zu kommen, die Füße hochzulegen und ein wenig sinnlos fernzusehen."

Silas hatte eine Vision, dass sie sich auf dem Sofa zusammenringelten und einfach nur kuschelten. Verdammt. Das hatte er vermisst. „Ja. Kein Problem. Schauen wir bei Shannon vorbei und holen Cappy."

Die beiden gingen den Gang entlang. Silas klopfte kurz, bevor er die Tür zu ihrem Büro öffnete. „Hey, Schwester – was ist denn los?"

Shannon saß auf ihrem Schreibtischstuhl, Tränen liefen ihr übers Gesicht, während sie ein zerknülltes Taschentuch in der Hand hielt.

Silas eilte hinüber zu ihr und ging in die Hocke, sodass er nicht über ihr aufragte. „Was ist passiert?"

„Das ist passiert", sagte sie mit einem halben Schluchzen, halben Lachen, während sie auf ihren Computerbildschirm deutete. „Du hast das getan. Das ist deine Schuld."

Mit gerunzelter Stirn schaute Silas auf den Monitor. „Was habe ich denn – oh." Das Drehbuch für das Serienfinale, das er geschrieben hatte, war auf einem Reiter geöffnet, und sie war bis ganz zum Ende gekommen, als die beiden jungen Männer an einem Bootsanlegesteg saßen, Händchen hielten und sich versprachen, sich nächstes Jahr im Kunstcamp wiederzutreffen. „Es ist kein trauriges Ende, Shannon."

„Nein, aber es drückt auf die Tränendrüse", sagte Levi hinter ihm. „Was mit Kevin passiert, ist ein Schlag in die Magengrube. Und dann findet er raus, dass er quer durchs Land zieht, wo er doch eigentlich das ganze nächste Jahr lang nur dreißig Minuten von Matthew entfernt gewesen wäre. Außerdem hat Matthew seine eigenen Probleme. Was wird nun mit ihm passieren, da seine Großmutter in betreutes Wohnen gezogen ist und er mit seinem problematischen Dad zusammenleben muss? Die Jungs brauchen einander, und du hast sie auseinandergerissen bis zum nächsten Sommer!"

Silas blinzelte ihn an. „Dir ist klar, dass das nur eine Serie ist, oder? Irgendwann werden sie ihr echtes glückliches Ende kriegen."

„Es ist nicht nur eine Serie", sagte Shannon durch ihre Tränen hindurch. „Es ist genial. Ich bin auch nicht voreingenommen. Ich schwöre es. Ich wollte nur eine der Episoden lesen und mich dann direkt in meine Aufgaben stürzen, aber als ich mich mal hingesetzt habe, habe ich mich nicht mehr aus diesem Sessel wegbewegt. Ich habe jedes Wort gelesen. Zweimal. Es ist so gut, ich fürchte mich, es jemandem zu zeigen, ohne dass dich ein anständiger Agent vertritt."

„Was ist denn falsch daran, dass du mich vertrittst?", fragte er verwirrt. „Du hast es doch für mich bisher immer gut gemacht."

Sie wedelte ungeduldig mit der Hand. „Das ist was anderes. Es ist in Drehbuch. Die Standardbedingungen werden anders sein, und ich weiß nicht genug, um mich da zuversichtlich zu fühlen, dass ich für dich den besten Deal aushandeln würde. Ich will einfach nur sehen, ob ich mich mit jemandem zusammentun kann, damit ich das nicht falsch mache."

Silas ließ sich schwer in einem Ledersessel nieder. „Hast du jemanden im Kopf?"

„Ich will Miranda anrufen und mir ihren Rat holen", sagte Shannon, wischte sich noch einmal über die Augen.

„Das wirkt wie ein solider Plan", sagte Levi.

Silas musste zustimmen. „Ich vertraue Miranda. Ich würde zu gern hören, was sie zu sagen hat."

„Gut. Kann ich ihr das schicken?", fragte Shannon ihren Bruder.

„Äh, was?", fragte Silas, während sich Panik breitmachte. Er war nicht darauf vorbereitet, seine Arbeit schon sonst jemandem zu zeigen. Obwohl er annahm, wenn Shannon es verkaufen wollte, würden gewisse Produzenten es lesen.

„Miranda hat Erfahrung mit Drehbüchern, und ich will wissen, was sie glaubt, dass dafür am besten sein könnte. Außerdem war Gideon früher mal Produzent in einem Studio. Ich habe einfach das Gefühl, dass er echt gute Ratschläge für uns haben könnte."

„Stimmt schon. Natürlich", sagte Silas, dem allmählich schwindlig wurde. War es die Idee, das Drehbuch zu teilen, oder die Tatsache, dass er sich den ganzen Tag nur von Jahrmarktessen ernährt hatte?

„Silas?", fragte Shannon, die ihn ganz vorsichtig beäugte.

„Ja?" Er hielt ihren Blick fest, zwang sich dazu, sich normal zu benehmen.

„Ist das für dich in Ordnung?"

Levi trat hinter ihn und legte ihm beruhigend eine Hand auf die Schulter. Er sagte nichts; es war nur seine Art, seine Unterstützung zu zeigen. Ohne Zweifel spürte er, dass Silas gerade ausflippte. Aber Levis Berührung beruhigte ihn, und Silas nickte seiner Schwester zu. „Ja. Das geht klar für mich. Danke ihr für mich, machst du das? Lass sie wissen, wie sehr ich ihre Zeit und ihre Ratschläge zu schätzen weiß."

„Natürlich." Shannon kam hinter dem Schreibtisch vor und

legte die Arme um Silas, drückte ihn fest. „Ich bin so stolz auf dich. Weißt du das?"

„Das habe ich schon mal gehört", sagte er mit einem Lächeln. Sie war die einzige Person in seinem Leben, auf die er sich immer verlassen konnte, und ihre Unterstützung bedeutete ihm alles.

„Na ja, es stimmt." Sie zog sich zurück, aber nicht, bevor sie ihm noch einen Kuss auf die Wange gegeben hatte. „Jetzt raus hier, damit ich mich wieder zusammennehmen kann, bevor ich Miranda anrufe."

„Rufst du sie heute Abend an?", fragte Silas. „Es ist Samstag."

„Ich rufe sie heute Abend an", erwiderte Shannon bestimmt. „Wenn sie zu beschäftigt ist, um zu plaudern, mache ich einen Termin aus, an dem sie mich treffen kann."

„Du bist besessen", sagte Silas mit einem leisen Lachen.

„Nein. Ich bin echt gut in meinem Job." Sie zwinkerte ihm zu, dann nickte sie zu Levi hin, der einfach nur im Hintergrund stand und ihre Unterhaltung beobachtete. „Levi, bring ihn nach Hause, schenk ihm ein Getränk ein, und finde dann einen Weg, seine Gedanken heute Abend abzulenken. Schaffst du das?"

Levis Ohren wurden dunkelrosa, während er Shannon anstarrte, sein Mund bewegte sich, aber es kamen keine Worte.

Silas spielte ein Hüsteln vor, damit sein Lachen nicht sichtbar wurde.

Levi warf ihm einen verärgerten Blick zu, bevor er sich wieder an Shannon wandte und sich räusperte. „Ja. Das kriege ich hin." Levi zog an Silas' Hand, zerrte ihn zur Tür. „Komm schon, Cappy. Wir fahren nach Hause."

Der Golden Retriever sprang von seinem luxuriösen

Hundebett, das Shannon für ihn gekauft hatte, und lief an ihnen vorbei, sein Schwanz wackelte wie wild.

„Schönen Abend euch", rief Shannon ihnen nach.

„Schönen Abend noch", riefen Levi und Silas gleichzeitig zurück.

Als sie wieder ans Auto kamen, nahm Levi den Schlüssel und sprang auf den Fahrersitz. Nachdem Silas Cappy auf dem Rücksitz verstaut hatte, stieg er vorne ein und schaute hinüber zu Levi. „Hast du irgendwelche Ideen, wie du mich heute Abend beschäftigt halten willst?"

„Hör auf, mit mir zu Flirten." Levi legte beim Tesla den Gang ein und fuhr rückwärts aus der Zufahrt.

„Mit dir kann man keinen Spaß haben." Silas schob betont die Unterlippe zu einer übertriebenen Schnute vor.

„Mit mir kann man schon Spaß haben", behauptete Levi.

„Gerade jetzt nicht, nein. Gerade jetzt bist du der verantwortungsbewusste Levi, der oft von mir genervt ist. Aber bald habe ich dich mürbe gemacht, und du wirst mit mir flirten, ohne es auch nur zu merken."

„Das glaubst du wirklich, was?", fragte Levi, sein Gesicht war plötzlich ausdruckslos.

„Ja. Du wirst es gar nicht verhindern können, wenn ich meine Schürze anziehe und dir deine Lieblingskekse backe."

Levi starrte ihn an. „Du willst backen?"

„Ohne Oberteil", fügte Silas nur zur Sicherheit an. „Damit kriege ich dich entweder zum Flirten, oder du bist sprachlos. Und für beides bin ich zu haben."

„Du bist im Augenblick ziemlich dreist."

„Ich kann noch dreister sein", sagte Silas mit einem rauchigen Tonfall.

„Dessen bin ich mir bewusst", sagte Levi, der den Kopf schüttelte. „Hör auf. Du machst Cappy ganz verlegen."

Silas drehte sich um, um zu seinem Hund zu schauen, der quer über dem Rücksitz lag und fest schlief. „Ah ja. So sieht er aus."

Levi warf einen raschen Blick in den Rückspiegel und stieß ein überraschtes Lachen aus. „Was hat Shannon gemacht? Ihn Runden im Pool drehen lassen?"

„Das würde sie, wenn sie könnte. Wahrscheinlich hat sie ihn mit Leckerlis vollgestopft und ihn dann zu einem Spaziergang durch die Nachbarschaft mitgenommen."

„Na, das ist ja ganz alltäglich", sagte Levi, der auf die Bergstraße abbog, die sie nach Hause bringen würde.

„Ziemlich. Aber deswegen vergöttert er sie."

„Da ist er nicht der Einzige", sagte Levi, der plötzlich ernst klang. „Ich habe es vermisst, sie in den letzten paar Jahren zu sehen."

Silas beäugte ihn, versuchte das Ziehen in den Eingeweiden zu ignorieren. „Ich bin sicher, sie hätte dich auch gern gesehen."

„Klar. Es ist nur …" Levi stieß einen langen Atemzug aus. „Es wäre echt schwer gewesen, ohne dich dorthin zu gehen."

Als Levi das Auto vor Silas' Haus zum Stillstand brachte, legte Silas ihm eine Hand auf den Arm und sagte: „Ich verstehe das. Darum bin ich auch nur selten hierhergekommen." Er wedelte mit der Hand zum Haus hin. „Es war schwer, hier zu sein, ohne dich."

Levis Stimme brach, als er fragte: „Und jetzt?"

Silas hielt seinem Blick fest. „Jetzt? Jetzt, da du hier bist, fühlt es sich wieder wie zu Hause an."

„Sí", hauchte Levi, plötzlich umwölkte Traurigkeit seine umwerfenden Augen.

„Du musst nichts sagen", sagte Silas. „Du hast gefragt. Ich

habe beschlossen, ehrlich zu sein. Gehen wir rein. Die Kekse wollen gebacken werden." Er schlüpfte rasch aus dem Auto, bevor er noch etwas Dummes tat, wie Levi zu küssen oder seine unendliche Liebe zu gestehen. Nach dem perfekten Tag, den sie erlebt hatten, konnte Silas sich vorstellen, dass er beides tat.

Levi war derjenige, der Cappy herausließ und die Stufen hinaufjagte.

Silas folgte ihm, ließ sich Zeit und genoss den Moment. Er wollte keine Augenblicke mit Levi mehr als gegeben nehmen. Schon bald würde er zurück in seine Mietwohnung ziehen, und es würden nur noch Silas und Cappy sein. Und obwohl Silas damit fertig wurde, würde er Levi sogar noch mehr vermissen, als er das vorher getan hatte. In den paar Jahren, die sie getrennt gewesen waren, fühlte es sich an, als wären sie beide reifer geworden und hätten sich bis an einen Punkt entspannt, an dem die Dinge sich zwischen ihnen einfach leichter anfühlten. Überlegter. Oder vielleicht war das nur, weil sie beide ihr bestes Verhalten an den Tag legten. Silas wusste es nicht, aber er war glücklicher damit, Zeit mit Levi zu verbringen, als er es sehr lange Zeit gewesen war.

„Kommst du?", fragte Levi, der am Eingang stand.

„Ja." Silas war nicht klar gewesen, dass er unten an den Stufen stehen geblieben war.

Levi wartete auf ihn, und als Silas zur Tür kam, ließ Levi die Hand in seine gleiten und zog ihn sanft nach drinnen.

Silas schaute auf ihre verbundenen Hände hinab und dann zu Levi zurück. „Ist das noch so ein Probelauf für den Film?"

„Nicht unbedingt", sagte Levi. Aber anstatt das weiter auszuführen, ließ Levi seine Hand sinken und ging in die Küche.

Silas folgte ihm, beobachtete, wie er Cappy fütterte, und dann wartete er, während Levi sich zwei Bier aus dem Kühlschrank schnappte. Wortlos drehte er sich um und ging zur Couch. Mit der Fernbedienung in der Hand stellte er Netflix an und wartete darauf, dass Levi sich ihm anschloss.

KAPITEL 18

*L*evi nahm einen großen Schluck von seinem Bier und versuchte, zu entscheiden, was er sagen wollte. Seine Gedanken waren weit verstreut. Er wusste, dass es eine schlechte Idee war, mit Silas wieder was anzufangen. Er wusste auch, dass er sich in den letzten sechsunddreißig Stunden glücklicher und ruhiger gefühlt hatte als je zuvor.

Der Mann, der neben ihm saß, war alles, was er je gewollt hatte. Freundlich, rücksichtsvoll, freigiebig, klug, talentiert und vor allem liebevoll. Levi sehnte sich nach seiner Gesellschaft.

Aber konnte er damit fertig werden, wenn Silas unvermeidlich seine Karriere wieder an den ersten Platz stellte und Levi in irgendeinem Hotel oder Flughafen oder sogar diesem Haus warten ließ?

Er wusste es nicht. Vielleicht? Wäre es besser, als ihn die ganze Zeit zu vermissen, weil sie nicht mal redeten?

„Du denkst da drüben über eine Menge nach", sagte Silas auf seine stille, ruhige Art.

„Ich schätze schon", stimmte Levi zu.

„Willst du sagen, was dir durch den Kopf geht?"

Levi lächelte ihn trocken an. „Ich möchte meinen, das ist ziemlich offensichtlich."

Silas lächelte träge. „Du wartest darauf, dass ich entweder mit dir flirte oder mein T-Shirt ausziehe?"

Das brachte ihm ein Schnauben von Levi ein.

„Beides?", fragte Silas. „Denn das lässt sich einrichten."

Während er sich zurück in die Kissen lehnte, zog Levi eine Augenbraue hoch. „Ich bin mir zwar sicher, dass ich beides sehr genießen würde, aber können wir zuerst ein bisschen reden?"

Silas lehnte sich zurück, ahmte Levis Haltung nach und nickte. „Klar. Reden wir."

Levi wusste, dass es sein Stichwort war, alles rauszulassen, was er sagen wollte, aber er war sich nicht sicher, wo er anfangen sollte. Schließlich stieß er einfach hervor: „Können wir es noch mal versuchen?"

Silas' Augen wurden groß, und dann blinzelte er Levi langsam an. „Es noch mal versuchen? Meinst du, wieder zusammenkommen?"

Levi nickte, fühlte sich, als würde er sich gleich übergeben müssen, wenn Silas ihn ablehnte.

„Erst vor ein paar Tagen hast du darauf bestanden, dass wir nur Freunde sein würden", sagte Silas. „Nur aus Neugier, kann ich dich fragen, was sich verändert hat?"

„Ernsthaft, Silas?" Levi schoss hoch und fing an, auf und ab zu gehen. „Du warst in den letzten beiden Tagen hier. Du hast gesehen, dass keiner von uns irgendwie drüber weg ist. Es ist zwei Jahre her, und wir schwärmen immer noch füreinander."

„Du schwärmst noch für mich?", fragte Silas, der sich vorbeugte und jede von Levis Bewegungen musterte.

Verdammt. Warum hatte er denn diese Phrase benutzt?

Silas würde das niemals wieder vergessen. „Du bist nicht über mich hinweg."

Silas' Grinsen verschwand, während er langsam den Kopf schüttelte.

Levis Herz begann schneller zu schlagen, während er zurück zum Sofa ging, weil er näher an Silas sein musste. „Ich bin auch niemals über dich hinweg gekommen."

Sie sahen einander an, keiner sagte etwas, dieses eine Mal war auch nicht nötig, dass jemand etwas sagte. Silas war nicht derjenige gewesen, der sich überhaupt erst hatte trennen wollen. Das war alles Levi. „Ich weiß ja, dass wir zusammen funktionieren und so, aber was sagst du? Können wir es noch mal versuchen?"

Silas rückte auf dem Sofa näher an Levi, sodass sich nur ihre Knie berührten. „Ich werde niemals Nein zu dir sagen." Er ließ die Finger in die von Levi gleiten, hielt sie fest, während er seine nächste Frage stellte. „Was passiert, wenn ich meine Versprechen an dich nicht halten kann, wegen meiner Arbeit?"

Levi holte scharf Luft. „Ich wünschte, ich wüsste die Antwort darauf. Ich will sagen, dass wir das schon hinkriegen, aber selbst mit der ganzen Therapie, die ich gemacht habe, werde ich immer Probleme mit dem Verlassenwerden haben. Es bedeutet, dass wir vermutlich beide irgendwie Kompromisse eingehen müssen."

„Ich kann das." Silas legte eine Hand an Levis Wange, hielt sie zart. „Weißt du, wie lange ich darauf gewartet habe, dass du diese Worte sagst? Mich fragst, ob wir es noch mal versuchen?"

„Seit du gesehen hast, wie ich vor zwei Abenden das Geschirr spüle?", fragte Levi.

Silas grinste und beugte sich dann vor, küsste ihn zart. „Ich habe dich vermisst."

„Ich weiß", sagte Levi, der die Tatsache erkannte und

akzeptierte, dass er sich gerade der Gefahr ausgesetzt hatte, sich wieder das Herz brechen zu lassen. Aber die Wahrheit war, er konnte einfach nicht um Silas herum sein und nicht mit ihm zusammen sein. War es besser, für wahre Momente des Glücks zu leben, oder sich davor zu schützen, jemals wieder verletzt zu werden? Er hatte in seinem jungen Leben eine Menge durchgemacht. Wenn er irgendwas wusste, dann, dass er überleben konnte. Es mochte ihn vielleicht fast umbringen, wenn er Silas noch einmal verlor, aber er würde es schaffen.

Irgendwie.

„Hey", sagte Silas, der Levis Gesicht drehte, um ihn besser zu sehen. „Was ist gerade passiert? Du siehst … na ja, verstört aus. Bist du sicher, dass du das willst?" Silas' Stimme war brüchig, als er hinzufügte: „Dass du mich willst?"

„Ich bin mir sicher", sagte Levi rasch und ging vor, um die Arme um ihn zu legen. Er drückte seinen Kopf an Silas' Brust. „Du bist der Einzige, den ich jemals wollte. Das weißt du doch. Ich habe nur Angst, schätze ich. Wenn das nicht funktioniert …"

„Es wird funktionieren", erwiderte Silas betont. „Das wird es."

Die Worte klangen gut. Zu gut. Und bei Levi blieb das ernüchternde Gefühl in den Eingeweiden zurück, dass, ganz gleich, wie sehr sie das wollten, sie verdammt waren, bevor sie auch nur anfingen.

Weil er verzweifelt im Augenblick leben wollte, schob er diese Gedanken zur Seite, schnappte sich die Fernbedienung und sagte: „Was willst du anschauen?"

„Dich." Silas hielt Levi fester und lehnte sich auf die Sofakissen zurück, sodass Levi sich oben an ihn schmiegte.

Levi drückte Silas die Hand aufs Herz, scrollte durch

Netflix, bis er eine süße romantische Komödie mit zwei Männern fand, und dann drückte er auf Play. „Hast du die schon gesehen?"

„Nein. Ich habe romantische Komödien eine Weile einfach verbannt. Zu … optimistisch."

„Und jetzt?" Levi schaute zu ihm auf, nahm den Augenblick in sich auf. Wieder in Silas' Armen zu sein, gab ihm das Gefühl, er wäre endlich nach Hause gekommen.

„Jetzt glaube ich, dass es genau die richtige Wahl ist." Silas gab Levi einen Kuss auf den Kopf, und in den nächsten beiden Stunden schauten sie dann den Film an, hielten einander einfach nur fest.

Als der Film aus war, schaltete Levi den Fernseher ab und lachte leise, als er Silas' leises Schnarchen hörte. Anstatt ihn zu wecken, rollte er sich herunter und brachte Cappy noch einmal für den Abend nach draußen, füllte den Wassernapf auf und schaltete das Licht aus. Er hatte vorgehabt, Silas aufzuwecken, sodass sie ins Schlafzimmer gehen konnten, aber als er Silas' Schulter anstieß, regte er sich nicht mal. Er war einfach eingeschlafen.

Da er wusste, dass Silas manchmal Schlafschwierigkeiten hatte, verabscheute er den Gedanken, ihn aus einem tiefen Schlaf zu wecken, und kroch stattdessen einfach aufs Sofa, um sich an seine Brust zu schmiegen. Silas murmelte etwas Unverständliches im Schlaf, während er die Arme um Levi legte, hielt ihn wieder ganz fest. Sofort entspannte Silas' Atmung sich, was nahelegte, dass er wieder tief schlief.

Levi drückte seinem Freund einen sanften Kuss auf die Brust, schloss die Augen und schlief besser, als er es in den letzten Jahren je getan hatte.

KAPITEL 19

Silas' Lider fühlten sich an, als wären sie zugeklebt, als er versuchte, sie blinzelnd zu öffnen. Als er sich bewegen wollte, kooperierte sein Körper nicht, und er fragte sich allmählich, ob es sich so anfühlte, wenn jemand langsam aus dem Koma erwachte.

Sonnenlicht brannte in seinen Augen, sodass sie tränten, während er schnell blinzelte und versuchte, sich zu orientieren. Als er den Mann auf seiner Brust liegen sah, strömten die Erinnerungen vom letzten Abend zurück.

Levi hatte ihn um einen weiteren Versuch gebeten. Das war also ehrlich passiert und kein verrückter Fiebertraum gewesen.

Panik fing an, sein Nervensystem zu fluten. Nicht, weil er nicht mit Levi zusammen sein wollte, sondern weil er sich so fürchtete, dass er es wieder versauen würde.

Cappy lief herüber und stieß Silas an den Arm. Vorsichtig, weil er Levi nicht wecken wollte, glitt Silas unter ihm heraus. Levi regte sich und rollte sich auf dem Kissen zusammen, öffnete die Augen aber nicht.

Gut. Silas brauchte einen Augenblick, um alles zu verarbeiten.

Still bedeutete er Cappy, ihm zu folgen. Während sie draußen waren, spürte er, wie sein Handy in der Tasche summte. Er zog es heraus und runzelte die Stirn, als er die Uhrzeit und den Anrufer sah. Es war noch nicht mal acht, aber Shannon rief bereits an? Irgendwas stimmte nicht. Ansonsten hätte sie niemals so früh an einem Sonntag angerufen.

„Was ist denn?", sagte er in sein Handy, nachdem er auf Annehmen gedrückt hatte.

„Du hast die Regenbogenpresse noch nicht gelesen, oder?"

Er kniff die Augen zusammen, wollte gerade nicht daran denken. „Nein. Wie schlimm ist es?"

Shannon stieß ein tiefes Seufzen aus. „Ich weiß es noch nicht. Aber sie versuchen, eine Geschichte zu verkaufen, dass du und Levi wieder zusammen seid, und du ihn bereits betrügst."

„Was? Woher zum Teufel wissen sie, dass ich wieder mit Levi zusammen bin? Das ist erst gestern Abend passiert", stieß er aus, ohne es zu durchdenken.

„Du bist wieder mit Levi zusammen?" Shannon kreischte es fast ins Handy. „Echt jetzt? Also habt ihr darüber geredet und seid wieder zusammen, wirklich zusammen? Habt den anderen nicht nur abgeschleppt, weil ihr den Film macht?"

„Ja. Und wir haben uns nicht nur abgeschleppt. Verdammt, Shannon. Was für ein Schlamassel wäre das denn gewesen?"

„Nicht abgeschleppt, einfach nur am Strand geküsst. Ich verstehe schon", sagte sie trocken.

„Das ist was anderes. Wir waren … weißt du was? Ist egal. Das ist nicht richtig. Was ich wissen muss, ist, wie sie die Bestätigung bekommen haben, dass wir wieder zusammen sind."

Sie lachte ins Handy. „Das kannst du jetzt nicht ernst meinen, Silas. Wie viele Jahre bist du schon in diesem Geschäft? Und du kannst dir nicht denken, dass der Kuss alles ist, was sie brauchen, um anzunehmen, dass ihr wieder zusammen seid?"

„Ach. Ja." Er strich sich mit der Hand durch die Haare und rieb sich dann seine immer noch müden Augen. „Tut mir leid. Ich bin gerade erst aufgewacht und verarbeite noch alles. Okay, also nehmen sie an, dass Levi und ich wieder zusammen sind. Aber was ist das, dass ich ihn bereits betrüge? Mit wem? Wie in aller Welt sind sie denn darauf gekommen?"

„Sie haben dich mit irgendeinem Assistenten in Verbindung gebracht, der am Film arbeitet. In den Artikeln wird er nicht beim Namen genannt, aber es gibt ein Bild, wie ihr euch beide gestern umarmt, und das lässt es aussehen, als hättest du für ihn richtig Herzchen in den Augen. Die Schlagzeile heißt: *Du brauchst einen Mann, der dich ansieht wie Silas Ansell seinen mysteriösen Mann.* Ich sage dir, das läuft richtig heiß. Die Memes sind bereits in den sozialen Medien, und es geht viral."

Silas schloss die Augen und schnappte nach Luft, konzentrierte sich auf den Holzgeruch der Morgenluft. „Das ist das letzte, mit dem wir uns gerade jetzt rumschlagen müssen."

„Ich weiß, wie deine Antwort lauten wird, aber ich muss trotzdem die Frage stellen", sagte Shannon zurückhaltend.

„Mach dir keine Mühe. Es stimmt nicht. Der Name des Assistenten lautet August. Er lebt in Befana Bay, und ich kenne ihn schon seit Jahren. Er ist hetero und nur ein Freund. Das ist Klatschspalten-Schwachsinn. Mach schon und gib eine Aussage raus, dass er nur ein Freund ist."

„Was ist mit Levi? Willst du, dass ich bestätige, dass ihr wieder zusammen seid?"

Silas zögerte, wusste nicht, was er sagen wollte. Einerseits wollte er nicht, dass irgendjemand sich mit diesen Gerüchten vom Fremdgehen herumschlagen musste. Andererseits wollte er seine Beziehung mit Levi eine Weile für sich behalten. Er wollte sie nicht mit der Welt teilen. Konnten sie nicht einfach ein wenig Privatsphäre haben, ein wenig Zeit für sich, um ihre Beziehung zu begreifen, bevor sie sie der ganzen Welt erklären mussten? Außerdem sollte Levi bei dieser Unterhaltung dabei sein. „Gib noch keinen Kommentar zu uns ab. Oder sag irgendwas Vages, dass wir unsere Zeit genießen, zusammen den Film zu drehen."

Shannon schnaubte. „Das klingt, als wäre das so was wie Freunde mit gewissen Vorzügen. Das würde euch keinen Frieden bringen. Aber keine Sorge, ich verstehe, was du sagst, und werde es hinkriegen."

„Danke, Shannon."

„Gern geschehen. Dafür bin ich doch da. Und Si?"

„Ja?"

„Ich freue mich echt für dich und Levi. Sag ihm, dass ich ihn vermisst habe."

Silas spürte, wie seine Lippen sich zu einem schwachen Lächeln wölbten. „Er hat dasselbe gestern Abend über dich gesagt. Ich richte es ihm aus. Danke."

Nachdem er sich das Handy wieder in die Tasche geschoben hatte, warf Silas für Cappy ein paarmal den Ball, bevor sein Hund zur Hintertür lief und verlangte, hinein gelassen zu werden. Ohne Zweifel war er mehr als bereit für ein Frühstück. Genauso wie Silas. Erst da wurde ihm klar, dass alles, was er gestern zum Abendessen gehabt hatte, eine Flasche Bier gewesen war. Obwohl das nach dem Junkfood-

Festival auf dem Talentwettbewerb vielleicht nicht so schlecht war.

Zwanzig Minuten später kam Levi in die Küche, seine Locken standen in jede Richtung ab, und er schnüffelte, bevor er sagte: „Du bist ein Gott unter Männern."

Silas grinste, sein Herz war voll. „Bacon hat so eine Art, selbst den Status des einfachsten Mannes zu erhöhen."

„Da hast du recht." Levi kam herüber und küsste ihn sanft auf die Lippen. „Guten Morgen."

„Guten Morgen." Silas beugte sich vor, bedeckte Levis Mund mit seinem und küsste ihn, bis Levi praktisch an ihm schmolz. Das Drama des Vormittags verblasste, und alles, worauf es ankam, war der Mann, der vor ihm stand. Silas ließ die Hand in Levis zerraufte Locken gleiten und vertiefte den Kuss, versuchte zu zeigen, wie sehr er ihn wirklich wollte.

Levi schlang die Arme um Silas und sprang plötzlich zurück, als das Fett in der Pfanne mit dem Bacon spritzte. Er schlug auf seinen Arm und zischte. „Autsch!"

„Verdammt", murmelte Silas und stellte den Herd ab. Der Bacon war fertig, er hatte ihn nur ganz vergessen, als Levi in die Küche gekommen war. „Das tut mir echt leid."

„Ist nicht deine Schuld", sagte Levi und ging rasch zur Spüle, um sich Wasser über den Arm laufen zu lassen. „Ich hätte dich nicht ablenken sollen."

Silas trat hinter ihn, musterte vorsichtig Levis Arm. „Alles in Ordnung?"

„Alles gut." Er hob den Arm hoch. „Ich war nur überrascht. Das ist alles." Levi drehte sich um und sah die beiden Teller auf dem Tresen stehen, die bereits mit perfektem Rührei und Sauerteig-Toast gefüllt waren. „Ich kann nicht glauben, dass du uns Frühstück gemacht hast. Wie lange bist schon wach?"

„Eine knappe Stunde." Silas legte den Bacon auf die Teller

und trug sie dann hinüber zum Tisch. „Kannst du den Kaffee einschenken? Er sollte jetzt fertig sein."

„Bin dabei." Levi schnappte sich zwei Becher und machte sich an die Arbeit. Als er fertig war, reichte er einen Becher Silas und nahm dann neben ihm Platz.

Silas nippte daran und murmelte zustimmend: „Das ist perfekt. Genau die richtige Menge Sahne. Vielen Dank."

„Das gilt auch für das Frühstück." Levi nahm eine Gabel voller Ei. „Daran könnte ich mich gewöhnen."

„Ich auch", sagte Silas, seine Stimme brach ein wenig, als die Panik sich allmählich breitmachte. Jedes Mal, wenn er an die Zukunft dachte, drehte sein Nervensystem völlig durch. Es war, als könnte er nicht zulassen, dass er glaubte, irgendwas davon würde halten. Ihre Beziehung funktionierte nur im Augenblick wegen ihrer Umstände. Sobald der Film gedreht war, war Silas sicher, dass die Probleme wieder anfangen würden. Wie könnte das nicht so sein? Sicher würde Silas einen Job mit Dreh irgendwo anders bekommen, während Levi wieder auf Tour gehen würde. Sie wären wieder Schiffe, die nachts aneinander vorüberfuhren, und das war, was sie früher schon dem Untergang geweiht hatte.

„Hey", sagte Levi leise. „Hör auf, so heftig nachzudenken."

Silas wandte sich an Levi, seine Lippen fest aufeinandergepresst. „Es gibt da was, das ich dir sagen muss."

Levi legte seine Gabel ab, wandte Silas seine volle Aufmerksamkeit zu. „Okay. Leg los."

Zweifellos konnte er die ängstliche Energie von Silas ausströmen spüren. Er war immer gut darin gewesen. Zu gut. Als Silas und Levi im selben Haus gewohnt hatten, hatten sie sehr gut kommuniziert. Silas wusste, das lag daran, dass Levi seine Gefühle spüren konnte, was bedeutete, dass er keine

Angst hatte, zu fragen, was los war. Da Silas normalerweise ein offenes Buch war, hatte er jedes Mal alles dargelegt. Es war tatsächlich irgendwie toll, denn nichts schwärte jemals lange vor sich hin. Mit dem Abstand zwischen ihnen waren die Dinge schwierig geworden.

„Ich habe heute Vormittag einen Anruf von Shannon bekommen. Alle Käseblättchen haben Geschichten über uns."

„Das war nach gestern zu erwarten, oder?", sagte Levi mit gerunzelter Stirn. „Wir haben die Paparazzi gesehen, also …"

Silas räusperte sich. „Schon. Sie bringen auch Geschichten, dass wir wieder zusammen sind."

Er zuckte mit den Schultern. „Schon gut. Es war gestern noch nicht wahr, aber jetzt ist es wahr." Levi legte die Hände auf die von Silas und drückte sie fest. „Es ist doch okay, wenn Leute das wissen, oder?"

„Ja. Schätze schon."

„Du schätzt?" Levis Augenbrauen gingen hoch bis an den Haaransatz. „Gibt es irgendeinen Grund, weshalb wir das geheim halten wollen? Ich kann mir nicht vorstellen, dass das Studio damit ein Problem hätte. Wenn überhaupt würde es bei der Werbung helfen, oder?"

„Ja. Würde es." Silas stand auf und ging auf und ab. „Das ist Teil des Problems."

„Ich verstehe hier ganz eindeutig irgendwas nicht", sagte Levi, der ein wenig streitlustig klang. „Warum ist es ein Problem, wenn die Leute wissen, dass wieder zusammen sind?"

„Weil ich nicht will, dass unsere Beziehung zum öffentlichen Konsum bereitsteht, darum!" Silas mahlte mit den Zähnen und lehnte sich wieder an den Tresen, verabscheute es, dass er mit Levi darüber stritt. Warum stritten sie? Vermutlich, weil Silas Schwierigkeiten hatte, auszudrücken, was genau ihn nervte. „Arrgh. Können wir diese Unterhaltung noch mal neu anfangen?"

„Ist in Ordnung. Ich bin nicht derjenige, der sich aufregt."

Das stimmte nicht ganz. Silas konnte den kleinen Tick in Levis Kiefer sehen, der nahelegte, dass er genervt war.

Silas nahm wieder neben Levi Platz und drehte den Stuhl herum, sodass er ihn anschaute. „Ich habe das ganz falsch gemacht."

„Du meinst, als du gesagt das, du würdest mit mir zusammenkommen, und dann beschlossen hast, dass du nicht willst, dass die Öffentlichkeit davon erfährt? Gibt es einen Grund, dass es dir vor der Welt peinlich ist?" Levis Ausbruch kam so plötzlich, dass Silas zurückfuhr. Früher war er niemals so schnell hochgekocht.

„Nein. Mir ist überhaupt nichts peinlich. Levi, bitte, ich bin stolz darauf, dich meinen Freund zu nennen. Ich bin nur nicht verrückt danach, das mit der ganzen Welt zu teilen. Mit der Regenbogenpresse. Wir haben gerade erst wieder zueinandergefunden. Ich wollte das genießen. Du und ich zusammen, bevor die ganze Welt da draußen einen Kommentar dazu abgibt oder sie spekulieren oder versuchen, uns auseinanderzureißen. Ist es zu viel verlangt, nur ein ganz kleines bisschen Privatsphäre zu haben? Ich weiß, dass wir uns entschieden haben, unser Leben unter dem Blick der Öffentlichkeit zu führen, aber ich wollte dich wirklich einfach nur eine Weile für mich, bevor der ganze Wahnsinn wieder anfängt."

Die ganze Streitlust hatte Levi verlassen, und Verständnis glänzte in seinen umwerfenden Augen. „Das ist nicht zu viel verlangt", sagte er und griff nach Silas' Hand. „Es tut mir leid, dass ich zu voreiligen Schlüssen gesprungen bin. Aber ist es nicht zu spät, unsere Beziehung noch verdeckt zu halten? Sie haben uns doch schon zusammen gesehen."

„Das haben sie, aber ich habe Shannon aufgetragen, Fragen über uns auszuweichen und eine vage Aussage rauszuhauen. Ich kann ihr sagen, sie soll es ändern, wenn du das anders siehst." Silas spürt Schmerz in seinen Eingeweiden bei dem Gedanken, dass er Levi vielleicht verletzt hatte. „Ich will nicht, dass du das Gefühl hast, ich würde dich verstecken. Das würde ich niemals tun. Es ist nur, dass alles noch so frisch ist, und ich wollte festhalten, was wir haben, mit beiden Händen, und es eine Weile genießen, bevor wir die Öffentlichkeit bei unserer Beziehung mitreden lassen."

„Das können wir tun", sagte Levi. „Das können wir auf jeden Fall tun." Er griff nach oben und strich eine Haarsträhne aus Silas' Augen. „Mir würde es gefallen, einfach nur eine Weile uns zu genießen. Mir ist allerdings eigentlich egal, ob die Leute wissen, dass wir zusammen sind. Wenn wir draußen in der Öffentlichkeit sind, will ich nicht die ganze Zeit über die Schulter schauen, um sicherzugehen, dass wir nicht fotografiert werden."

„Das ist fair. Mir macht es nichts aus, wenn die Leute es wissen oder annehmen, dass wir zusammen sind. Ich will nur nicht, dass das wieder zu so einem Rund-um-die-Uhr-Nachrichtenkreislauf wird. Wenn wir ein Statement herausgeben, dass wir zusammen sind, wird genau das passieren. Wir werden Bitten um Interviews bekommen, und mehr und mehr Geschichten werden über uns geschrieben. Es wäre nett, wenn wir unsere Versöhnung ohne den ganzen Druck hinkriegen könnten."

„Sehe ich auch so", sagte Levi mit einem Nicken. „Ich bin da völlig dabei. Zusammen, aber wir halten uns darüber momentan bedeckt. Klingt machbar." Er küsste Silas auf die Wange und wandte dann seine Aufmerksamkeit dem Rührei zu.

„Da ist noch mehr", sagte Silas mit verzogenem Gesicht.

Levi stöhnte. „Das klingt nicht gut."

Anstatt es zu erklären, holte Silas einen Nachrichtenartikel auf seinem Handy hoch und reichte ihn ihm. „Sie bringen auch das."

Levi nahm sich Zeit, die Geschichte zu lesen. Als er schließlich fertig war, legte er das Handy ab und sagte: „Du siehst auf diesem Bild aus wie ein liebestoller Narr. Bist du sicher, dass du nicht für einen Hetero-Typen schwärmst?"

Erst sagte Silas nichts, und dann warf er den Kopf in den Nacken und lachte.

„So eine lächerliche Frage ist das doch nicht. Ich habe diesen Ausdruck auf deinem Gesicht schon mal gesehen. So hast du früher mich angesehen."

„So sehe ich dich *jetzt* an", erwiderte Silas, seine Augen glitzerten erheitert. „Siehst du, wo wir auf diesem Bild sitzen? Ich schaue nicht August an. Ich schaue dich an."

Levi musterte das Bild noch einmal. Sobald ihm die Erkenntnis kam, wölbten sich seine Lippen zu einem schwachen sexy Lächeln. Als er das Handy ablegte, stand er auf und hielt Silas seine Hand hin.

„Wo gehen wir hin?", fragte Silas, während Levi ihn aus seinem Stuhl zog.

„In dein Zimmer. Ich zeige dir, was genau passiert, wenn du mich so ansiehst."

„Also kein Frühstück?", fragte Silas, warf einen Blick zurück auf den Tisch, wo ihr Essen stand, zum Großteil noch nicht angerührt.

„Ich glaube, was ich vorhabe, wird deinen Hunger mehr als nur befriedigen." Auf dem Weg den Gang entlang zog Levi sein T-Shirt aus, und bis sich Silas ihm in seinem Zimmer anschloss, waren alle Gedanken an das Frühstück weg.

KAPITEL 20

„Und Cut!", rief Marcus.

Levi und Silas standen zusammen, ihre Stirnen berührten sich. Es war ein zarter Augenblick, gleich nachdem sich ihre Figuren geküsst hatten, um zu vereinbaren, dass sie endlich zusammen waren.

Levi grinste Silas an. „Ich schätze, das Wochenende hat letztlich doch funktioniert."

„Ich würde sagen, wir sind Marcus einen Obstkorb oder so was schuldig", sagte Silas.

Einer der Nebenfiguren hörte ihre Unterhaltung mit und schnaubte. „Obst. Auf jeden Fall passend."

Levi warf einen Blick hinüber und stellte fest, dass der Typ sie anlächelte, und beschloss, dass er nicht homophob war. Er war einfach nur erheitert. Der Schauspieler reckte die Daumen vor Levi. „Tolle Szene, Leute."

„Danke", sagten Silas und Levi gleichzeitig, als sie sich schließlich voneinander lösten.

„Brillant", sagte Marcus, der klatschte, während er zu ihnen kam. „Einfach brillant. Ich hätte nicht um eine bessere

Darbietung bitten können. Gut gemacht. Ich schätze, ihr beiden könnt mir später danken, dass ich euch ein wenig Zeit zusammen verordnet habe. Sieht aus, als hätte das für uns alle funktioniert, was? Vielleicht hätte ich mich schon vor ein paar Jahren einmischen sollen. Dann hätten wir womöglich eine Promi-Hochzeit vor uns."

Levis Gesicht wurde ganz heiß. Ihm war es egal, ob der Regisseur wusste, dass er und Silas wieder zusammengekommen waren, aber er wollte auf gar keinen Fall mit ihm darüber reden oder sich anhören, wie er die Lorbeeren dafür einheimste, dass es funktioniert hatte. Genauso wenig hielt er es für angemessen, dass er es zur Sprache brachte, während sie mit einem Haufen ihre Kollegen am Set waren.

„Ich schicke dir einen Geschenkkorb mit der Post", sagte Silas mit einem lockeren Lächeln und ließ es wirken, als wäre für ihn diese Unterhaltung in Ordnung, aber Levi erkannte, dass sie ihm unbehaglich war. Es war die Art, wie er an einer Naht seiner Jeans herumspielte. Silas zappelte nur, wenn er aus einer Unterhaltung raus wollte.

„Meine Frau liebt Käsekuchen von Harry und David. Was die Frau froh macht, macht auch mich froh, oder?" Er schaute zwischen den beiden hin und her. „Für Männer gilt allerdings dasselbe. Wir sind ja hier auf Inklusivität gepolt. Offensichtlich."

„Offensichtlich", sagte Silas trocken. „Es ist ein Film mit zwei Männern als Hauptfiguren."

„Genau. Das führt mich zu meinem nächsten Programmpunkt. Könnt ihr beiden euch mir in ein paar Minuten im Büro anschließen? Es gibt was, über das wir reden müssen."

Levi runzelte die Stirn, versuchte, die Warnglocken zu

ignorieren, die in seinem Kopf losgingen. Er spürte nur ganz tief in den Eingeweiden, was immer Marcus zu besprechen hatte, Levi würde es nicht gefallen.

Silas hatte dasselbe Stirnrunzeln auf, aber keiner sagte etwas, während sie Marcus in seinen Trailer folgten.

Levi setzte sich neben Silas und wartete auf die schlechten Nachrichten.

Zumindest war Marcus diesmal nicht wütend auf ihn, wie am vorigen Freitag. Er fing damit an, ihnen was zu trinken anzubieten.

„Ich brauche nichts", sagte Levi, der einfach nur wollte, dass er es hinter sich brachte.

„Ich könnte etwas Wasser vertragen", sagte Silas.

„Alles klar. Mit Kohlensäure oder ohne?"

Levi musste verhindern, dass er die Augen verdrehte. Wenn er auf Tour war, fragte ihn nie jemand, was für ein Wasser wollte. Man bekam eine Flasche von dem, was da war, und das auch nur, wenn man Glück hatte. Oft musste man sich das Wasser aus dem Hahn in der Ankleide holen.

„Ohne. Keine Zitrone oder Limette", sagte Silas.

Marcus holte eine kleine Flasche aus dem Kühlschrank, reichte sie Silas und setzte sich dann hin, die Hände vor sich aneinandergelegt. Er setzte sich ein Lächeln auf und ging direkt ans Eingemachte. „Ich serviere es euch einfach, wie es ist. Eure Beziehung bekommt gerade eine Menge Presse. Große Medienhäuser schreiben darüber und bringen das, was dieses Wochenende passiert ist."

Weder Silas noch Levi sagten etwas.

„Ich möchte offen mit euch sein. Es ist ein PR-Albtraum für den Film", sagte Marcus, sein Blick bohrte sich in den von Silas. „Diese Gerüchte mit dem Fremdgehen muss man echt irgendwie einhegen."

„Shannon hat bereits ein Statement abgegeben", sagte Silas. „Das ist völlig falsch, und der Müll, den sie abdrucken, ist unbegründet."

Levi beugte sich vor, ahmte die Pose des Regisseurs nach. „Sie haben doch nur ein Foto von zwei Freunden, die sich umarmen. Es ist ja nicht, als wären sie zusammen in einem Hotelzimmer erwischt worden oder so."

„Stimmt", sagte Marcus, der zustimmend nickte. „Aber ihr wisst beide, dass es in Hollywood nicht um Fakten geht. Es geht um die Wahrnehmung. Und gerade jetzt heißt es im Internet, dass einer meiner großen Stars den anderen betrügt. Niemand wird diesen Film ernst nehmen, wenn alle glauben, dass einer der Hauptdarsteller dem anderen fremdgeht. Wir müssen aber Eintrittskarten verkaufen. Und wisst ihr, was Karten verkauft?"

„Sex", sagte Silas ganz gelangweilt.

Marcus grinste. „Ja. Aber auch Fantasien. Und keiner wird euch beiden glauben, wenn eure Beziehung wie ein Schlamassel aussieht. Gerade jetzt sieht sie sehr daneben aus."

„Nur, weil Leute Lügen abdrucken", sagte Levi. „Hier geht doch nichts Zwielichtiges vor."

„Das höre ich gerne." Marcus lächelte sie bevormundend an. „Ich brauche von euch beiden nur ein oder zwei Interviews, damit alles wieder ins richtige Licht gerückt wird."

„Nein", sagte Silas. „Unsere Beziehung ist doch nicht für den öffentlichen Konsum."

Levi warf ihm meinem Blick zu. Sein Freund hatte eine todernste Miene aufgesetzt.

„Also, Silas, ich weiß, dass die Leute heutzutage nicht gern über ihr Privatleben reden. Fans können so aufdringlich sein, und niemand will die Anmerkungen von anderen zu seinem Privatleben lesen. Aber wir reden doch nur über ein Interview mit *Insiders*. Das ist so respektabel, wie man in der Unterhaltungsindustrie nur sein kann. Oder, wenn es dir lieber ist, ein Einzelinterview mit Maggie Hall. Das wäre so ein Gute-Laune-Stück, damit eure Fans eure neue Beziehung feiern können und damit die Leute sich darauf freuen können, dich und Levi wieder zusammen zu sehen."

„Wir machen unsere Beziehung jetzt gerade nicht öffentlich", sagte Silas. „Also tut es mir leid, aber wir müssen ablehnen."

„Das ist nicht akzeptabel", sagte Marcus, der aufstand. „Ihr habt eine PR-Klausel unterschrieben, die besagt, dass ihr Werbung für diesen Film machen müsst. Ihr werdet die Interviews geben."

Levi hatte genug. Der Regisseur strahlte etwas aus, das Levi eine Gänsehaut bescherte. Alles an dieser Unterhaltung war unangemessen und aufdringlich. Er erhob sich. „Es tut mir leid, Marcus, aber die Antwort lautet Nein. Wir werden dir nicht gestatten, unsere Beziehung auszunutzen, nur um Eintrittskarten für diesen Film zu verkaufen. Natürlich machen wir die PR-Interviews, die von uns gefordert werden, aber wir werden allen Beziehungsfragen ausweichen. Bei allem Respekt, unsere private Beziehung steht nicht zur Debatte und geht niemanden etwas an, nur uns. Falls es sonst nichts mehr gibt, würde ich gern zurück in meinen Trailer gehen, damit ich mich auf die nächste Szene vorbereiten kann."

Marcus' Gesicht hatte allmählich eine Farbe angenommen, die so ziemlich nach Aubergine aussah. Levi war es egal. Silas hatte recht. Sie wollten Zeit, um sich auf ihre Beziehung einzulassen. Ein Medienzirkus war das letzte, was sie brauchten.

Silas stand auf. „Gibt es noch irgendwas, was du von uns brauchst?"

„Wir werden das besprechen, nachdem du Zeit hattest, darüber nachzudenken, was dieser Skandal mit dem Fremdgehen für deine Karriere bedeutet. Niemand will mit jemandem arbeiten, der immer nur schlechte Presse bringt, Silas."

„Bedrohst du Silas?", fragte Levi, der sich nicht die Mühe machte, das Gift in seinem Tonfall abzumildern. „Was machst du denn dann, setzt du ihn auf die schwarze Liste?" Levi wandte sich an Silas und bemerkte, wie blass er war. Er hatte den starken Drang, Marcus einen Tritt in die Eier zu geben. Der Mann hatte Silas dort getroffen, wo es am meisten wehtat, um zu bekommen, was er wollte. Wenn es irgendwas gab, was Silas motivieren würde, zu tun, was sie wollten, dann war es, nahezulegen, er würde keine Arbeit mehr bekommen.

„Schwarze Liste? Wo sind wir denn, in der McCarthy-Ära? Nein. Ich sage nur, wie die Fakten aussehen. Das ist ein Geschäft, und Geschäft bedeutet, dass man mitspielt. Wir müssen alle Opfer für den Erfolg bringen. Das sieht für mich nach was ganz Einfachem aus, das man machen kann, damit der Film sich ordentlich verkauft. Ihr wollt doch nicht, dass das Studio keine Filme mit gleichgeschlechtlichen Paaren mehr dreht, oder?"

„Das ist ja ein Schlag nach dem anderen, was?", fragte Silas, der angeekelt wirkte. „Ich werde meine Beziehung nicht für Ticketverkäufe ausnutzen lassen. Such dir doch einen anderen Ansatz, um den Verkauf anzukurbeln."

„Ausnutzen." Marcus schnaubte. „Warum, glaubst du denn, haben wir Levi überhaupt gecastet? Das war auf jeden Fall nicht wegen seiner Schauspieltalente."

Levi wurde allmählich schlecht. Er schnappte sich den Arm seines Freundes und sagte: „Okay, gehen wir, Silas. Ich glaube, wir müssen uns alle mal abkühlen."

„Ja, geht ihr beiden euch abkühlen. Sagt mir einfach, wann ich einen Fotografen schicken kann!", rief ihnen Marcus nach.

Silas war so wütend, dass er vor unterdrückten Gefühlen vibrierte. Aber er hielt sich zurück, bis sie in der Privatsphäre von Levis Trailer waren. „Dieser elende Ba..."

„Vergiss ihn", sagte Levi, der ihm das Wort abschnitt. „Marcus hat sich daneben benommen. Er hat sich so daneben benommen, dass er eigentlich schon im nächsten Bezirk steht. Denk nur dran, er kann uns nicht dazu zwingen, uns ausnutzen zu lassen, um den Film zu bewerben, selbst wenn das seine Absicht war. Die Leute werden ihn sehen wollen, weil sie sehen wollen, wie du so genial bist wie immer, und sie werden sehen wollen, wie furchtbar ich bin."

„Du lebst noch nicht mal im selben Universum wie furchtbar", sagte Silas, der ihn zu einer Umarmung heranzog. „Wenn die Leute dich in dem Film sehen, werden sie ihre ganzen doofen Kommentare zurücknehmen wollen, die auf dieses Video hin kamen. Denk an meine Worte, Baby, du wirst der Star dieses Films sein."

„Da machst du dir was vor", sagte Levi, hielt ihn aber fester, um auszudrücken, wie sehr er dieses Bekenntnis zur Zuversicht zu schätzen wusste. „Ich werde mich aber freuen, wenn ich nicht scheiße bin."

Silas lachte leise. „Danke, dass du mich bei diesem Meeting unterstützt hast."

„Immer." Levi zog sich zurück und schaute ihn neugierig an. „Kann ich dich was fragen?"

„Du kannst mich alles fragen."

„Warum ist es wichtig für dich, dass wir nicht über unsere Beziehung reden? Ich weiß, du hast gesagt, du willst nicht, dass die Medien um uns herumstehen, aber dir ist klar, dass ich inzwischen mit den Medien fertig werde, oder? Wenn es also ist, um mich zu schützen, ist es unnötig. Ich reise durch die ganze Welt und kümmere mich um die Presse, während wir auf Tour sind. Ich weiß, wie es funktioniert."

Silas setzte sich auf einen der Stühle und stieß ein mattes Seufzen aus. „Ich weiß, dass du damit klarkommst. Hier geht es um mich." Er schaute zu Levi auf, ungefilterte Gefühle in den Augen. „Ich habe Angst. Das ist der Grund. Beim letzten Mal, als ich in dieses Spiel mit den Medien verwickelt wurde, habe ich dich verloren. Ich habe die falschen Sachen an die erste Stelle gesetzt. Ich will einfach nur, dass du und unsere Beziehung an erster Stelle stehen. Ich will sie schützen."

„Du bist wegen eines Medienauftritts auf diese Party gegangen?", fragte Levi, der sich auf dieses eine Detail stürzte. „Als du mich hättest treffen sollen, hast du mich versetzt wegen … was, einer Fotogelegenheit?" Sein verletzter Tonfall ließ sich nicht leugnen. „Ich dachte, du warst dort, um einen Regisseur zu treffen."

„Das war ich, aber es war nur ein Gerücht, dass er dort sein würde. Das Studio wollte, dass wir alle fotografiert werden, um die Serie zu hypen. Ich hätte vermutlich Nein sagen können, aber du weißt, wie wichtig es mir war, dass diese Serie ein Erfolg wird. Ich habe eine Menge Zeit damit verbracht, zu tun, was die Studios von mir wollten. Diesmal will ich, dass die Dinge so laufen, wie ich es will."

Levi stellte sich vor ihn, streckte beide Hände aus. „Ich verstehe es. Aber denk dran, wenn du das Spiel ein bisschen mitspielen musst, um dort hinzukommen, wohin wir wollen, dann glaube ich, sollten wir es tun. Versetz mich nur nicht, außer es ist was wirklich Wichtiges."

„Werde ich nicht", versprach Silas und beugte sich vor, küsste Levi noch einmal.

„Fünf Minuten!", rief jemand und klopfte laut an der Tür.

„Zeit für die Arbeit", sagte Levi, der mit der Hand durch seine Locken strich, nur um zu versuchen, sich wieder zu sammeln.

Silas' Blick wanderte über ihn. „Dir ist klar, dass du gerade deine Haare vermasselt hast, oder? Sie werden dich wieder auf den Stuhl setzen, damit es natürlich zerrauft aussieht, nur dass es alles auf den Zentimeter genau hingestylt wird."

Levi stöhnte. Er hasste den Frisier- und Schminksessel. Alles dauerte ewig. „Du hättest mich vermutlich in Handschellen legen sollen, damit ich das nicht mehr mache."

In Silas' Blick kam Hitze auf, als er sagte: „Das kann man auf jeden Fall einrichten."

Levi lächelte ihn träge an. „Mach mir doch keine Versprechungen, die du nicht halten willst." Dann zwinkerte er und zog los, um seine Stylistin zu finden.

KAPITEL 21

„*E*ndlich", sagte Silas, als er und Levi in seinen Tesla stiegen. „Ich dachte, diese Woche würde niemals enden."

„Ging mir auch so. Jetzt haben wir das ganze Wochenende, um uns in einen Whirlpool zu setzen und zu entspannen."

Silas lachte. „Wenn es nur so wäre. Ich habe heute Abend ein Treffen mit Miranda Moon, und wir haben August gesagt, wir würden mit ihm morgen Vormittag Stehpaddeln."

„Warum haben wir das gemacht?", fragte Levi, der den Kopf zurücklegte und die Augen schloss. „Was haben wir uns dabei gedacht? Wir brauchen eine Zeitmaschine, damit wir zurückreisen und uns sagen können, dass wir nichts planen sollen. Besonders nicht mit August. Marcus wird den Verstand verlieren, wenn die Paparazzi uns mit ihm sehen."

Levi hatte recht. Marcus würde ein riesiges Problem mit ihnen haben, falls irgendwelche neuen Fotos in der Klatschpresse auftauchten, bei denen August eine Rolle spielte. Obwohl geleugnet worden war, dass Silas sich mit August traf, hatten ein paar Zeitschriften die Geschichte gebracht und Bilder von Silas und August ausgegraben, von damals, als sie zusammen in Befana Bay gedreht hatten. Keines der Bilder zeigte irgendwas anderes außer die Tatsache, dass zwei Typen miteinander redeten, aber das reichte den Klatschblättchen, um eine Geschichte auszumalen. Es wurde genug spekuliert, dass sie alle drei pausenlos verfolgt wurden. Silas, Levi und August.

Silas fuhr die Straße zu Shannons Haus entlang. Sie mussten Cappy abholen, dann konnte das Wochenende starten. „Vielleicht, wenn sie uns alle drei zusammen beim Paddeln sehen, werden sie endlich glauben, dass August nur ein Freund von uns ist."

„Glaubst du wirklich, sie würden jetzt einen Rückzieher machen?", fragte Levi. „Du bist sehr viel optimistischer als ich. Im besten Fall werden sie Fan-Fiction über uns alle drei schreiben."

„Klingt irgendwie sexy", scherzte Silas.

„Hör auf. Als nächstes finden wir heraus, dass sie das Auto verwanzt haben."

Silas warf ihm einen entsetzten Blick zu. „Spar dir das."

Levi zuckte mit den Schultern. „Du bist derjenige, der sagt, sie würden alles tun, um zu bekommen, was sie wollen."

Da hatte er nicht unrecht. Die Woche war eine Hölle aus Bedrohungen und passiv-aggressiven Scherzen von Marcus gewesen. Er beharrte immer noch darauf, dass sie ein Interview geben mussten, um die Gerüchte aus der Welt zu schaffen. Aber was sollte Silas denn sonst noch sagen? Shannon und Dawson hatten bereits mehrere Anrufe der Medien entgegengenommen, die nach Silas' Beziehungsstatus mit August gefragt hatten. Die Standardantwort lautete, dass sie nur Freunde waren, aber niemand druckte das ab. Sie ließen es klingen, als würde Silas sich einen Fauxpas leisten, weil er einen Freund hatte, während er zusammen mit seinem Ex Levi Kelley lebte. Nichts davon war falsch. Oder zumindest nicht falsch genug, um sie zu verklagen, aber die Klatschpresse wusste, was sie tat. Sie blieben vage genug, um auf der sicheren Seite zu sein, wussten aber, wie man den Text verfasste, damit die Leute etwas zwischen den Zeilen lesen konnten.

Trotzdem war es Silas egal. Sie konnten schreiben, was immer sie wollten. Das änderte nichts an der Tatsache, dass er und Levi schließlich wieder zusammen waren und die letzte Woche magisch gewesen war. Er kam jeden Abend zu Levi nach Hause und wachte mit ihm in den Armen auf. Für Silas war jeder Tag himmlisch, und er versuchte, nicht an den Tag zu denken, an dem sie sich wieder trennen mussten.

Eines, worüber Marcus sich nicht beschwert hatte, war die Schauspielerei. Levi und Silas hatten alle ihre Szenen mit Bravour gemeistert. Die, die sie heute gefilmt hatten, hatte damit geendet, dass der Rest der Besetzung ihnen einen heftigen Applaus gegeben hatte, nachdem Levi eine emotionale Szene mit seiner Mutter abgeliefert hatte. Er war gerade dabei gewesen, sie als seine Managerin zu feuern, als sie einen Herzinfarkt erlitten und in seinen Armen verstorben war. Eine solche Szene wäre für jeden verstörend, aber wenn die Figur hauptsächlich erleichtert sein musste, war das ein heftiger Balanceakt, um sicherzustellen, dass das Publikum ihn nicht verabscheute. Niemand hätte sich Sorgen machen müssen. Levi hatte es mit so viel Feingefühl und Tiefe dargestellt, dass Silas nicht überrascht gewesen wäre, wenn er nur auf der Basis dieser Szene für einen Preis nominiert werden würde. Er war phänomenal gewesen.

Sobald der Film rauskam, würde es allen egal sein, wer mit wem zusammen war. Jeder würde ihn sich ansehen, weil er einfach so *gut* war. Oder?

„Was macht Shannon draußen auf ihrer Veranda in ihrem Bademantel?", fragte Levi, während sie zum Haus von Silas' Schwester kamen.

„Ehrlich, sie und Brian treiben es vermutlich im Gebüsch oder so", sagte Silas.

„Im Gebüsch?", wiederholte Levi. „Nein, nicht mal Shannon würde eine Zecke riskieren, nur um mal draußen einen Quickie zu kriegen."

„Das weißt du doch nicht", sagte Silas. „Du warst doch nicht derjenige, der acht Trillionen mal bei ihnen rein geplatzt ist."

„Nein. Nur zweimal", bestätigte Levi. „Das erste Mal war vor ein paar Jahren. Ich habe sie in der Waschküche gefunden, wo sie den Schleudergang genossen haben."

Silas lachte laut. „Ach, bei den Göttern. Shannon mag diese Waschmaschine echt."

Levi lachte so fest, dass ihm die Tränen in die Augen traten. Während er sich die Augen wischte, fügte er an: „Das zweite Mal war vor zwei Tagen, als ich Cappy abgeholt habe."

„Lass mich raten, im Pool?", fragte Silas.

„Nö. Versuche es noch mal", forderte Levi ihn auf.

„Auf dem Küchentresen?"

„Nein, den Babyeinhörnern sei es gedankt."

Silas grinste. „Dann auf jeden Fall auf Shannons Yogamatte. Brian kann sich einfach nicht von ihr fernhalten, wenn sie Stretching macht."

„Ach, so dicht dran", sagte Levi dramatisch. „Es war auf dem Fitnessrad."

Silas brachte den Tesla abrupt in der Zufahrt seiner

Schwester zum Stillstand und drehte sich dann zu Levi um. „Was hast du gerade gesagt?"

„Du hast mich doch gehört."

„Aber wie? Und noch wichtiger, warum?", wollte Silas wissen. „An einem Fitnessrad ist doch überhaupt nichts sexy."

„Enge Fahrradshorts sind sexy", erklärte Levi.

„Ach, verdammt", sagte Silas, der irgendwie sowohl erheitert als auch entsetzt klang. „Was hast du getan?"

„Ich bin rausgelaufen und habe dann Aktien für Augenbleiche gekauft."

„Ich verstehe noch immer nicht, wie Sex auf einem Fitnessrad physisch funktioniert", sagte Silas.

„Willst du das denn verstehen?", fragte Levi.

„Nein." Die Antwort kam betont, während Silas den Kopf schüttelte. „Wirklich nicht. Ich sage dir, sie hätten Warnschilder im ganzen Haus aufstellen sollen. *Achtung, liebe Gäste, die Besitzer sind verrückt nach Sex.*"

„Silas!", rief Shannon, die zum Auto gelaufen kam. „Warum habt ihr so lange gebraucht?"

„Wir haben über die Logistik von Sex auf dem Fitnessrad gesprochen", rief Silas durch das offene Fenster zurück.

„Ach, na, wenn du Tipps brauchst, können wir später drüber reden. Jetzt steig erst mal aus dem Auto. Ich habe Neuigkeiten."

Silas wandte sich an Levi und flüsterte: „Glaubst du, es sind gute Neuigkeiten oder schlechte Neuigkeiten?"

„Gute Neuigkeiten. Sieh sie dir an. Sie strahlt."

„Das kommt vermutlich nur von dem nicht jugendfreien Training auf dem Fitnessrad", entgegnete Silas trocken.

Levi stieß ein lautes Lachen aus. „Das werden wir nie erfahren."

Shannon zog die Tür auf und riss Silas mehr oder weniger

aus dem Auto. „Es liegt für deine Fernsehserie bereits ein Angebot auf dem Tisch. Ein ernsthaftes!"

„Was?" Silas' ganzer Körper wurde taub vor Schock. „Von wem denn?"

„Ich bin mir nicht sicher, aber Fallon, die Agentin, mit der Miranda uns in Verbindung gesetzt hat, hat gerade angerufen und gesagt, wir sollen uns bereit zum Feiern machen!" Sie schnappte sich seinen Arm und drückte ihn. „Das ist so aufregend!"

Silas legte seine Hände auf ihre und nahm sie sorgsam ab, versuchte es immer noch zu verarbeiten. Die Agentin hatte die Drehbücher erst seit einer knappen Woche. Es war sehr schwer zu glauben, dass ein tatsächliches Angebot auf dem Tisch lag. In der Filmindustrie war doch niemand so schnell.

„Du weißt genauso gut wie ich, dass man über nichts in Aufregung verfallen sollte, bis ein Vertrag reinkommt."

„Den gibt es aber. Sie bringt ihn zum Abendessen mit." Sie grinste ihn an. „Ich habe doch gesagt, dass dieses Projekt etwas Besonderes ist."

Silas wandte sich an Levi, der neben ihm stand. Als er die unverstellte Freude in seiner Miene sah, wurden Levis Augen trüb, da ihn die Gefühle übermannten. Das war einer der vielen Gründe, weshalb er Levi liebte. Wegen seines Erfolges gab es niemals Eifersucht oder kleinliches Drama, nur Stolz und unnachgiebige Unterstützung. Silas umarmte Levi, versuchte, in dieser einen Geste rüberzubringen, wie viel es ihm wirklich bedeutete, Levis Unterstützung zu haben.

Levi hielt sich fest und flüsterte: „Ich bin so stolz auf dich."

Weil er Angst hatte, dass er wegen der ganzen Gefühle, die ihn zu überwältigen drohten, zu weinen anfangen würde, nickte Silas und trat dann zurück. Er zwang sich dazu, sich zusammenzureißen. Als er seine Aufmerksamkeit wieder seiner Schwester zuwandte, sah er sie von oben bis unten an, betrachtete ihren Bademantel und sagte: „Das ist eine interessante Wahl als Outfit. Trägst du das, damit du nicht so viel ausziehen muss, wenn du nach Hause kommst?"

Shannon verdrehte die Augen. „Sehr witzig, kleiner Bruder. An einem gesunden Sexleben ist doch nichts falsch."

„Natürlich nicht", sagte Silas, der sich plötzlich wunderte, ob sie glaubte, er würde versuchen, ihr ein schlechtes Gewissen einzureden. „Ich veräpple dich doch nur. Das weißt du."

Ihre Miene wurde weicher. „Ich weiß." Dann schaute sie zu Levi. „Ich hoffe, ihr beiden habt das Glück, dass zwischen euch das Feuer genauso heiß brennt."

Levis Gesicht wurde ganz rot, während er Silas in die erheiterten Augen schaute.

Shannon lachte leise. „Ich glaube, ich habe meine Antwort. Schön für euch." Sie drehte sich um und eilte zur Tür. „Gebt mir zwei Minuten, und ich bin fertig."

Levi ließ eine Hand in die von Silas gleiten und drückte sie. „Ich bin sehr stolz auf dich, das weißt du doch."

„Ohne dich würde das nicht passieren", sagte Silas, und er hatte das Gefühl, als würde sein Herz gleich platzen. Er hatte im Lauf der Jahre eine Menge Karrierehöhepunkte gehabt, aber das hier war anders. Er fühlte sich ... vollständig.

Levi musterte Silas' Blick, bevor er antwortete. „Ich verstehe, was du sagst. Aber du musst wissen, dass das alles du warst. Deine harte Arbeit und dein Talent haben dich an diesen Punkt gebracht. Und ich bin so froh, dass unsere Geschichte eine Inspiration war, aber irre dich da bloß nicht, das ist keine einmalige Sache für dich. Wenn du weiterhin Fernsehserien machen oder zu Filmen weiterziehen willst, hast du das Talent und den Antrieb, es zu tun. Und ehrlich, ich kann es nicht erwarten, zu sehen, was als nächstes von dir kommt."

Die Gefühle, die Silas zurückgehalten hatte, überwältigten ihn schließlich, und er konnte nicht verhindern, dass eine einzelne Träne über seine Wange lief. „Ich liebe dich. Das weißt du, oder?"

„Ja."

„Gut. Jetzt küss mich", verlangte Silas.

Levi grinste ihn an, und dann trat er vor, um ihn zu küssen, als gerade das unverkennbare Klicken einer Kamera hörbar wurde.

Sie erstarrten beide. Ohne auch nur zu sehen, welcher Fotograf ihnen nachstellte, schnappte Silas sich Levis Hand und sagte: „Gehen wir rein."

Levi folgte ihm ohne Kommentar und lachte dann, als Silas die Tür aufschob und rief: „Weg mit den Sextoys. Dein kleiner Bruder ist da."

Von irgendwo weiter hinten im Haus erschien Brian. „Perfektes Timing. Ich habe gerade die Dildos wieder in die Küchenschublade geschoben."

Levi stieß ein verlegenes Lachen aus. „Du weißt schon, es ist ziemlich witzig, dass ich keine Ahnung habe, ob du das ernst meinst oder nicht."

Brian zuckte nur mit den Schultern. „Ich schätze, du musst vorsichtig sein, wenn du nach einem Flaschenöffner suchst."

Silas lachte. „Hör auf, Brian. Er hält das für ernst."

Brian hob eine Augenbraue. „Was bringt dich auf die Idee, dass es das nicht ist?"

„Ach, verdammt", murmelte Silas, als gerade Shannon auftauchte, die einen schicken weißen Anzug und passende Stilettos trug. „Du siehst unfassbar aus, Schwester."

„Das ist alles der Sex", scherzte sie. „Davon strahle ich."

„Okay. Es reicht mit dieser Unterhaltung. Jetzt machst du mich verlegen", sagte Silas.

Brian kicherte, wären Shannon ganz zufrieden mit sich wirkte. Sie sagte: „Missionsziel erreicht. Gehen wir. Wir haben einen Vertrag zu unterschreiben."

KAPITEL 22

„Silas, es ist mir eine Ehre, dich zu treffen", sagte Fallon Featherstone, die ihn anstrahlte. „Ich kann dir gar nicht sagen, wie aufgeregt ich wegen deines Projekts bin."

„Vielen Dank. Das bedeutet mir eine Menge", sagte Silas, der ihr die Hand schüttelte. Sie warteten vor dem *Woodlines*, einem Restaurant an der Hauptstraße, während ihr Tisch vorbereitet wurde.

Levi hielt sich zurück, beobachtete, wie die Agentin seinen Freund anhimmelte, und fühlte sich sowohl erheitert als auch ein wenig unbehaglich. Er war sich nicht sicher, weshalb. Es war nichts faul an Fallons Energie. Sie wirkte aufrichtig. Nein, es war die von Silas. Er war nervös und zögerlich, was in dieser Art Situation normal war, schätzte Levi. Aber für Silas war es ungewöhnlich. Normalerweise war er sehr selbstsicher und zuversichtlich, wenn er mit Leuten aus der Branche zu tun hatte.

Fallon wandte sich an Levi. „Ich bin ein großer Fan. Ich liebe deinen Song ‚Secrets in my Scars'. Echt rührend."

„Danke", sagte Levi, der verlegen wurde. Würde er sich jemals daran gewöhnen, wenn Leute ihn mit Lob für seine Kunst eindeckten? Er fragte sich immer, was er sagen sollte, wenn jemand ihm ein Kompliment zu seinen Songs machte. Sie waren so persönlich, wenn er sie schrieb, dass er kaum je über sie redete, und wenn er es tat, blieb er stets vage. Es war besser, Leute durch ihren eigenen Blickwinkel eine Verbindung zum Text eingehen zu lassen, anstatt durch seinen.

„Ich freue mich auf eine Zeit, wenn ich dich mal auf Tour sehen kann", fügte sie an, während sie an den Wartetisch kam. „Hast du eine Ahnung, wann du wieder unterwegs sein wirst?"

„Da gibt noch nichts zu sagen", erklärte er. „Nachdem der Film fertig gedreht ist, werden Seth und ich unsere nächsten Schritte überlegen."

„Das klingt sinnvoll. Es ist sehr aufregend. Für euch beide passiert so viel."

„Ja, es ist ziemlich geschäftig. Aber Silas ist derjenige mit den aufregenden Neuigkeiten. Ich bin sicher, er kann es nicht erwarten, die Einzelheiten wegen des Angebots zu hören, seine Fernsehserie zu produzieren", sagte er und versuchte die Unterhaltung über seine Musik zu beenden. Sie waren wegen Silas hier, nicht wegen seiner Band Silver Scars.

„Ach, ja. Die aufregenden Neuigkeiten", sagte sie, wandte ihre Aufmerksamkeit Silas und Shannon zu. „Ich habe die Einzelheiten zum Vertrag gleich hier." Sie tätschelte ihre Umhängetasche. „Ich glaube, ihr werdet echt zufrieden sein."

„Ich bin da. Ich habe es geschafft", sagte Miranda Moon, die zu ihnen kam, in einem langen, romantischen schwarzen Kleid mit Schnürstiefeln. Levi liebte es, dass sie immer ihren Hexenstil auf die nächste Ebene brachte. Als Autorin von paranormalen Liebesromanen umarmte sie diese Seite ihrer Persönlichkeit wirklich.

„Miranda, Hi", sagte Fallon, die sie auf die Wange küsste. „Wie schön, dich zu sehen." Silas und Shannon hatten Miranda gebeten, sich ihnen anzuschließen. Die Schriftstellerin und Drehbuchautorin hatte erst kürzlich Erfahrung damit gemacht, Abmachungen mit Filmstudios zu treffen, und sie wollten, dass sie sich das Angebot mal ansah.

„Das gebe ich gerne zurück." Sie drückte Fallon die Hände, bevor sie sich an Silas wandte und ihn fest umarmte. „Herzlichen Glückwunsch, Kleiner. Ich habe ein echt gutes Gefühl dabei." Es war weithin bekannt, dass Miranda ein Talent dafür hatte, manchmal einfach Dinge zu wissen, daher war es für Levi keine Überraschung, als Silas anfing, sich ein wenig zu entspannen.

Gut. Levi wollte, dass Silas diesen Augenblick genoss. Er hatte es verdient.

Die Tür ging auf, und die Platzanweiserin winkte sie herein, um sie zu einem privaten Tisch in der Nähe des hinteren Teils des Restaurants zu bringen. Sie bestellten Getränke und ein paar Vorspeisen, und dann legten sie die Speisekarte zur Seite.

Fallon holte einen Schreibblock und eine Brille mit schwarzem Rahmen heraus. Mit ihren blonden Haaren, die ordentlich hochgesteckt waren, wirkte sie ganz geschäftlich. „Steigen wir mal ein. Ich fange mit der Tatsache an, dass das vermutlich der beste Vertrag ist, den ich je für ein Drehbuch gesehen habe. Und das ist auf jeden Fall eine Überraschung, denn er kommt von den Salish Sea Studios."

„Wirklich?", fragten Silas und Levi gleichzeitig. Das war genau das Studio, mit dem sie gerade am Dreh ihres Films arbeiteten.

„So ist es. Sie scheinen Silas zu lieben." Sie grinste und ging rasch die Einzelheiten durch, betonte die erhebliche

Vorauszahlung, die Namensnennung bei der Produktion und die Klausel mit den Optionen.

„Das klingt tatsächlich ziemlich anständig", sagt Shannon, die die E-Mail auf ihrem Handy las. Fallon hatte den Vertrag an sie geschickt, damit sie ihn selbst durchlesen konnte.

„Ist es. Und das Studio will es sich unbedingt schnappen. Die Absicht dahinter ist, dass es nicht zu einer Auktion kommt, und dafür geben sie einiges aus", sagte Fallon.

„Was ist mit Kontrolle?", fragte Silas. „Hätte ich als Autor die kreative Kontrolle?"

Das war der entscheidende Punkt. Levi konnte es an der Anspannung erkennen, die von Silas ausströmte. Er machte sich Sorgen, wenn er den Vertrag einfach annahm, würden sie zu viel an der Geschichte verändern.

Fallon runzelte die Stirn. „Es ist unfassbar selten, dass ein Studio einem unbekannten Autor die kreative Kontrolle überlässt."

„Aber ich bin ja nicht irgend so ein Neuling von der Straße. Ich habe praktisch mein ganzes Leben in der Branche gearbeitet", sagte Silas. „Ich weiß, wie es in der Branche läuft. Ich weiß, was eine Serie ausmacht."

„Ja, ich weiß. Aber Silas, diese Abmachung ist eine echt gute. Wenn du sie annimmst und die Serie ein Hit wird, dann kannst du dir fortan jeden neuen Vertrag einfach selbst aussuchen", erklärte Fallon.

Miranda runzelte die Stirn. „Ich bin da ganz bei Silas. Er sollte die Kontrolle behalten. Man sehe sich an, was mit meinem Werk passiert ist, als ich es zum ersten Mal verkauft habe. Sie haben den wichtigsten Teil der Geschichte geändert. Ich war jahrelang wütend."

Fallon nickte. „Ja. Das gibt es immer mal wieder. Ich werde das auf jeden Fall in den Verhandlungen erwähnen und sehen, was ich tun kann. Wenn sie so scharf darauf sind, sich die Rechte zu schnappen, dann sind sie vielleicht offen dafür."

„Das machen sie", sagte Miranda zuversichtlich.

Alle drehten sich um, um die Autorin anzustarren.

Sie lächelte schüchtern. „Vertraut mir."

Fallon lachte. „Okay, das tue ich. Mögen die Spiele beginnen!"

Die Kellnerin kam, um ihnen allen ihre Getränke zu bringen.

„Perfektes Timing", sagte Fallon, die ihr Weinglas hob. „Auf energische und heftige Verhandlungen."

Sie stießen alle an, und nachdem Miranda einen Schluck von ihrem Cocktail genommen hatte, beugte sie sich zu Silas. „Du weißt schon, ich bin eifersüchtig, dass ich daran nicht teilhaben kann. Es ist ein so tolles Projekt. Ich kann nicht erwarten, es bei mir auf dem Bildschirm zu sehen."

„Danke", sagte Silas und schaute dann Levi in die Augen. Dort stand Glück, doch Levi konnte das Gefühl nicht abschütteln, dass irgendetwas mit Silas noch immer nicht stimmte.

Levi schaute ihn finster an und sagte tonlos: *Was ist los?*

Silas schüttelte den Kopf und erwiderte ebenso tonlos: *Später.*

Trotz Silas' eindeutigem Zögern wurde der Abend zu einer tollen Feier, und als sie gingen, grinste Silas über beide Ohren.

„Wann dachte Fallon noch mal, dass sie was vom Studio hören würde?", fragte Levi, nachdem sie Shannon rausgelassen und Cappy abgeholt hatten.

„Sie weiß es nicht. Wenn sie verzweifelt eine Auktion verhindern wollen, glaubt sie, ziemlich bald. Wenn nicht, könnte es Wochen dauern." Er lehnte sich auf dem

Beifahrersitz zurück und schloss die Augen. „Es scheint wirklich surreal, weißt du?"

„Wie das denn?", fragte Levi, der das Auto den Berg hochfuhr. Da Silas das Interesse an seiner Serie gefeiert hatte, hatte Levi beschlossen, der Fahrer zu sein.

„Nur der Gedanke, dass ich die Rechte an meinem Projekt verkaufen könnte. Es war jetzt lange Zeit das Ding, das ganz mir gehörte, und ich schätze, ich habe ein Problem mit dem Vertrauen. Ich habe zu viel gesehen, um zu glauben, dass sie es nicht vermasseln oder zu etwas ganz anderem hindrehen werden." Er seufzte. „Ich weiß, dass ich da irgendwie dramatisch bin. Ich kann mich einfach nicht davon losmachen."

„Es ist doch okay, dramatisch wegen etwas zu sein, das dir sehr wichtig ist", sagte Levi. „Das Gefühl habe ich auch bei den Songs, die ich schreibe. Zum Glück habe ich die komplette Kontrolle. Ich weiß nur nicht, wie ich damit fertig werden würde, wenn die Produzenten sich einmischen und meine Texte umschreiben oder mir sagen würden, was ich singen soll."

„Vielen Dank dafür. Ich versuche, meinen Kopf fürs Geschäftliche zu nutzen, aber wenn es um dieses Projekt geht, bin ich einfach nur mit dem Herzen dabei."

Levi parkte das Auto vor Silas' Haus und wandte sich zu ihm. „Es ist okay, einen Beschützerinstinkt für dein Projekt zu haben. Vergiss das nicht."

„Wie habe ich auch nur ein paar Tage lang ohne dich leben können?", fragte Silas.

Die Liebe, die von ihm ausströmte, drohte Levi zu überwältigen. Er griff vor, strich mit den Fingerspitzen über Silas' Lippen. „Ich habe keine Ahnung. Ich war auch kein Fan."

Silas nahm Levis Hand und küsste seine Handfläche.

„Versprich mir, dass wir am Ende nicht wieder getrennt sind. Das ist das Leben, das ich will. Das, in dem du bist."

Levi wollte keine Versprechungen machen, die sie vielleicht nicht halten konnten. Mit ihren Karrieren standen die Zeichen gegen sie. Gleichzeitig stimmte er Silas zu. Er wollte ein Leben, in dem er war. „Ich verspreche, wir werden immer versuchen, es zum Funktionieren zu bringen. Was immer es ist."

„Geht mir genauso."

Scheinwerferlicht blitzte am Ende der Zufahrt auf.

Levi warf einen Blick nach hinten, sah den weißen Van und stieß einen Fluch aus. „Wieder die Paparazzi."

Sie eilten aus dem Auto und ins Haus. In dem Augenblick, in dem sich die Tür schloss, zog Silas sein Handy heraus und wählte. „Shannon, vor meinem Haus stehen Fotografen." Er hielt kurz inne. „Okay. Danke." Er beendete den Anruf. „Sie ruft jetzt im Büro des Sheriffs an. Sie sollten diese Typen bald vertrieben haben."

„Glaubst du, das wird jemals enden?", fragte Levi.

„Vermutlich nicht, bis der Hype für den Film durch ist", sagte Silas.

Levi ließ sich auf das Sofa sinken. „Es ist ziemlich eindeutig, dass wir zusammen sind. Was wollen sie denn noch? Ein Foto, wie wir uns gegenseitig die Klamotten vom Leib reißen?"

Silas schnaubte. „Ich wette, dafür würden sie Millionen zahlen."

„Igitt. Du hast recht." Levi warf einen Blick auf das Fenster. Schon tagelang waren die Jalousien wegen hochauflösender Linsen und skrupelloser Fotografen unten. „Zumindest stehen wir das zusammen durch."

Silas setzte sich neben ihn und legte den Kopf auf Levis Schulter. „Anders möchte ich es auch gar nicht."

KAPITEL 23

„*A*ction!", rief Marcus.

Levi grub tief, um sich auf die Persönlichkeit seiner Figur einzulassen. River Ramon hatte Streit mit seinem Management wegen der Tourdaten und Auftritte, und sie hatten ein Meeting. Ezra war bereits zurück nach Seattle gezogen, und River war frustriert, dass sie einander mindestens einen Monat lang nicht würden sehen können.

„Ich bin hier", sagte Levi, der ins Büro marschiert kam. „Was ist denn jetzt das Problem? Ich habe doch bereits gesagt, dass ich diese Interviews oder dieses Festival am Ende des Monats nicht machen kann. Ich habe Pläne, die ich nicht absagen kann."

„Das können Sie und das werden Sie, sagte der Musikproduzent, knallte ihm einen braunen Umschlag hin. „Ihr Vertrag zwingt Sie dazu. Wenn Sie das nicht machen, rufen wir die Anwälte."

Levi ignorierte den Umschlag. „Sie können mich nicht zwingen, Ihr Arbeitstier zu sein. Wollen Sie mich wirklich wegen Vertragsbruch verklagen, wegen eines Fünf-Tage-

Wochenendes? Sie wissen, dass Sie das nicht gewinnen können."

„Nein. Wir werden Sie wegen des Albums verklagen, das Sie uns schulden. Das war vor sechs Monaten fällig."

„Wollen Sie mich verdammt noch mal auf den Arm nehmen? Wir waren uns doch einig, dass wir das hintanstellen, damit ich diesen Film machen kann, von dem Sie wollten, dass ich ihn mache."

„Haben wir das?", fragte der Produzent unschuldig. „Haben wir das irgendwie schriftlich?"

Levi runzelte die Stirn. „Also werden Sie mich verklagen, um was zu tun? Dafür zu sorgen, dass es schneller rauskommt? Was ist das Problem? Kommen keine Profite rein oder was?"

„Ganz im Gegenteil. Sie sind unser Künstler mit den höchsten Einnahmen, und Sie müssen diese Pressetermine wahrnehmen, um das bevorstehende Album zu bewerben, das noch nicht fertig ist, und das Festival machen, das wir bereits zugesagt haben."

„Ich habe niemals zugesagt, dass ich dieses Festival mache. Ich habe Ihnen doch gesagt, dass ich mich mit Ezra treffen werde." Levi verschränkte die Arme vor der Brust und funkelte sie an.

„Also gut. Bereiten Sie sich darauf vor, dass Sie Verzugsgebühren bezahlen, und Strafen für jeden Tag, den das Album überfällig ist. Entweder schlagen Sie sich mit den Anwälten rum, oder Sie gehen einfach nach Austin und sind im Geschäft."

Die eisige Kälte des Produzenten vom Studio ließ Levi vor Wut schäumen. Er hatte von Silas Geschichten gehört, dass so etwas in der Branche geschah, aber er hatte niemals wirklich verstanden, wie schwer es tatsächlich war, mit Studio- und Musikproduzenten zu streiten, wenn sie mit riesigen

Anwaltsteams bewaffnet waren. Weil es ein Film war, konnten die Drehbuchautoren schreiben, wie sie wollten, und trotzdem noch ein glückliches Ende bekommen. Aber im echten Leben? Wer könnte denn ganz ehrlich gegen so etwas ankämpfen? Wenn Levi das wirklich passieren würde, würde er seine Pläne absagen und tun müssen, was sie wollten, ganz gleich, wie ausgebrannt er war. Aber da River Ramon nur erfunden war, konnte er tun, was er wollte.

Levi stand auf, funkelte den Schauspieler an, der den Produzenten spielte, und sagte: „Lassen Sie doch von der Leine, wen immer Sie wollen. Wir sind hier fertig." Dann ging er hinaus, schaute sich kein einziges Mal um. Im Drehbuch erwies es sich, dass sein Manager etwas Problematisches über den Prozenten wusste, und es niemals zu einer Klage kommen würde. Später, nachdem das Album fertig war, löste sich River von dem Produzenten und ging zu einem anderen Plattenlabel, das ihm völlige kreative Freiheit und das Recht einräumte, zu tun, was immer er an Auftritten und Presse tun wollte. Er bekam sogar das Recht, überhaupt nicht zu werben, falls es das war, was er wollte.

Es war ein Märchenende, das nur selten, falls überhaupt, im echten Leben zustande kam.

„Cut! Damit haben wir es für heute", sagte Marcus, dann marschierte er weg, ohne ein Wort zu irgendwem zu sagen. Er hatte Silas und Levi in der letzten Woche die kalte Schulter gezeigt. Das war für Levi in Ordnung. Er hatte sowieso nichts zu dem Mann zu sagen, der ihn und Silas ausnutzen wollte.

„Gut gemacht, Levi", sagte August, der ihm eine Flasche Wasser reichte. „War es das für dich? Bist du fertig mit dem Drehen?"

„Ich glaube schon. Ich muss mich verfügbar halten, falls

irgendwas noch mal gedreht werden soll, aber soweit ich weiß, bin ich jetzt frei."

„Hervorragend. Ich weiß, dass Silas noch ein paar Tage hat. Danach sollten wir uns alle treffen und noch mal zum Paddeln gehen, aber diesmal oben in Befana Bay. Die Hexen dort haben einen Zauber, der die Bucht verbirgt, darum können die Paparazzi die Stars nicht nerven, die in die Stadt kommen."

„Das würde mir gefallen." Der Samstag, an dem sie vorgehabt hatten, sich mit August noch mal am Strand zu treffen, war schnell schief gegangen, als sie nicht nur von einem, sondern drei SUVs verfolgt worden waren. Sie hatten ihre Pläne ziemlich rasch aufgegeben und waren zurück nach Keating Hollow gefahren, wo Silas und Levi sich in Silas' Haus eingebunkert hatten. Obwohl es keinen Spaß machte, Tag und Nacht verfolgt zu werden, war es nicht allzu anstrengend für Levi gewesen, Zeit allein mit Silas zu verbringen. Nachdem sie so lange getrennt gewesen waren, hatte er die Privatsphäre ihres Liebesnests begrüßt. Schon bald würden sie wieder getrennter Wege gehen, um sich mit ihrer eigenen Karriere zu befassen. Vorerst würde Levi die Zeit genießen und versuchen, sich keine Sorgen um die Zukunft zu machen.

Er ging in seinen Anhänger und stellte fest, dass auf seinem Handy ein Anruf summte. Seths Name blitzte auf dem Bildschirm auf.

„Hey, Mann! Wie geht's?", sprach Levi ins Handy. Seth war sein Partner in seiner Band Silver Scars. Er hatte wochenlang nicht mit ihm geredet.

Seth lachte leise. „Ich glaube, das sollte ich dich fragen. Sieht so aus, als würden du und Silas alle möglichen Internetschwierigkeiten machen."

„Arrgh, erinnere mich bloß nicht daran." Levi setzte sich

schwer in einen der Stühle. „Warum können wir Paparazzi nicht illegal machen?"

„Weil sich viel zu viele Stars in ihrer Öffentlichkeitsarbeit auf sie verlassen. Dir ist klar, dass du einer der ganz wenigen bist, die nicht gerne in den Schlagzeilen stehen, oder?"

„Du doch auch nicht", schoss Levi zurück. Das war mit der Grund, weshalb sie sich so gut verstanden. Keiner von ihnen liebte das Drama, das normalerweise mit Geld und Ruhm einherging. Sie wollten nur Songs schreiben und auftreten. Bisher hatte das für sie funktioniert. Zumindest hatte es das, bis Levi aus einem Impuls heraus beschlossen hatte, in einem Film mit Silas die Hauptrolle zu spielen.

„Schon wahr. Aber es gibt Erwartungen. Gelegenheiten, die man einfach nicht sausen lassen kann."

Levis Alarmglocken gingen los. Seth rief mit Neuigkeiten an, nicht nur, um sich über die Klatschpresse auf den neuesten Stand zu bringen. Diese tiefe Grube in seinem Magen öffnete sich wieder. „Was ist denn, Seth? Will deine alte Band dich zurück oder was?"

„Was? Verdammt, nein. Wie kommst du denn auf diesen Gedanken?"

„Ich weiß auch nicht. Ich glaube, ich bin in letzter Zeit einfach besonders nervös wegen dieses Medienrummels. Ich warte wohl einfach darauf, dass irgendwas schrecklich schiefläuft."

„Du meinst was mit dir und Silas? Wie sehr seid ihr denn wieder zusammen? Ist das nur so eine Filmaffäre und dann trennt ihr euch wieder, oder versucht ihr es noch mal auf lange Sicht?", fragte Seth, seine Stimme sehr besorgt. Er wusste, wie wichtig Silas Levi gewesen war, und er war während der Trennung da gewesen, um zu sehen, wie mies es Levi damit gegangen war.

„Wir sind wieder ganz zusammen. Auf lange Sicht", sagte Levi, und in seinem Herzen wusste er, dass es stimmte.

„Wow. Ich hoffe, das funktioniert für dich, Bro", sagte Seth, der etwas sehnsüchtig klang.

„Das tut es lieber mal, oder du hast sonst einen richtig elenden Bandkollegen vor dir", sagte Levi mit einem ironischen Lachen.

„Solche Gedanken wollen wir doch überhaupt nicht hören", erwiderte Seth und räusperte sich dann. „Was das angeht, es gibt einen Grund, warum ich anrufe. Der *Rolling Stone* will uns … auf dem Cover."

„Ernsthaft? Diesmal echt?" Man hatte sie schon mal kontaktiert, aber in letzter Minute waren sie fallen gelassen worden, als die Megagruppe Mystic aus dem Ruhestand gekommen war.

„Diesmal echt. Sie wollen ein ausführliches Interview mit uns beiden. Das wird für die Dezemberausgabe. Das Label will, dass wir gleichzeitig eine Single rausbringen. Wir müssen also nicht nur das Interview und ein Fotoshooting machen, sondern auch an unserem nächsten Song arbeiten."

Dezember war nicht mehr so weit, also würde das Magazin sie sicher so bald wie möglich vor die Linse kriegen wollen, was bedeutete, dass er vermutlich nach New York fliegen musste. Schon der Gedanke, seine Blase mit Silas zu verlassen, ließ Levis Nervosität hochschießen. Aber er konnte nicht Nein sagen. Der begehrte Platz auf dem Cover des *Rolling Stone* war nichts, was man ablehnte. Besonders nicht, wenn er noch an einen Bandkollegen zu denken hatte. „Okay. Lass mich wissen, wann sie sich treffen wollen. Ich sollte hier Anfang nächster Woche fertig sein."

„Hast du an irgendwelchen Songs gearbeitet, während du gefilmt hast?", fragte Seth.

„Ein paar. Ich schicke dir, was ich habe. Du?"

Seth stöhnte. „Nicht wirklich. Alles, was ich in letzter Zeit geschrieben habe, scheint wie eine schlechtere Version von etwas, das ich schon mal geschrieben habe."

„So was nervt. Keine Sorge. Wir treffen uns und machen ein bisschen Magie."

„Danke, Levi. Ich melde mich bald wieder."

Nachdem Levi den Anruf beendet hatte, nahm er ein paar Sprachaufnahmen von dem Song auf, an dem er gearbeitet hatte, und schickte sie an Seth. Er wusste, dass er sie sich anhören und damit ein bisschen rumspielen würde, bevor er sie zurückschickte. Dann würden sie von da aus weitermachen.

Die Tür schwang auf, und Marcus kam rein, ohne auch nur zu klopfen.

„Gibt es ein Problem?", fragte Levi. „Werde ich wieder am Set gebraucht?"

„Wir sind mit dem Dreh für heute fertig." Marcus setzte sich gegenüber von Levi hin. „Ich wollte nur reden."

Die Energie, die von dem Regisseur ausströmte, war toxisch und sorgte dafür, dass Levi aus der Haut fahren wollte. Mehr als alles andere wollte er aufstehen und gehen, aber das tat er nicht, nur für den Fall, dass er immer noch mit dem Mann arbeiten musste. „Worüber willst du denn reden?"

„Das." Er zog einen Stapel Papiere aus dem Inneren seiner Jacke und legte sie auf den Tisch vor Levi.

Levi schaute sie sich an und stellte fest, dass das oberste ein Ausdruck von einem der vielen Onlineartikel war. Dieser spekulierte, dass Levi, Silas und August eine Dreierbeziehung hatten. Er knirschte mit den Zähnen. Es gab einen Grund, weshalb Berühmtheiten dazu angehalten wurden, sich nicht zu googeln. „Es gibt nichts, was ich oder Silas tun können, um diese Art Gerüchte aufzuhalten, und das weißt du auch."

„Ihr könntet ein Interview geben, und in fünf Minuten hätte diese ganze Spekulation ein Ende", sagte er. „Die Erzählung wird sich darauf verlegen, dass alle sich anschauen wollen, wie ihr beiden euch im Film verliebt, anstatt diesen Müll hier."

„Das weißt du doch nicht", sagte Levi, der die Augen vor dem Mann zusammenkniff. Er konnte eine Unterströmung des Verrats spüren, hatte aber keine Ahnung, was der Regisseur vorhatte. „Zu viel Zurschaustellung wird einfach nur weiteres Interesse bringen, immer mehr. Es wird nichts aufhalten."

„Ihr würdet diese Erzählung steuern. Außerdem wird es den Film in einen Blockbuster verwandeln. Was ist also das Problem?"

Ah, also war es das. Marcus dachte, wenn Levi und Silas eine Medientour über ihre Beziehung machten, würde das den Film, den er gedreht hatte, in einen riesigen Erfolg verwandeln. Die Klatschblätter waren ihm eigentlich egal. Er versuchte, seine eigene Karriere voranzutreiben. Levi erhob sich. „Wir machen es nicht. Wir machen die Presseauftritte, wenn es Zeit ist, den Film zu bewerben, aber das nicht." Er ging zur Tür und blieb stehen, als Marcus ihn am Arm nahm. Levi schaute hinab auf die Hand des Mannes und sagte in eisigem Tonfall: „Lass los."

Marcus ließ Levis Arm locker fallen und erwiderte in einem genauso eisigen Ton: „Diese Entscheidung werdet ihr bedauern."

„Das bezweifle ich." Levi griff nach dem Türknauf.

„Du wirst es, wenn Silas' Projekt verstaubt." Der Mann lachte höhnisch über Levi, dann streifte er ihn auf dem Weg zur Tür hinaus ab. Er blieb stehen und warf einen Blick zurück. „Denk drüber nach, was wichtiger ist, Levi. Erfolg oder deine kostbare Privatsphäre." Dann marschierte er weg, murmelte etwas von undankbaren Schauspielern und ihrer Arroganz.

KAPITEL 24

Silas hatte gerade Cappy fertig gefüttert, als die Eingangstür sich öffnete und Levi hereinkam, der leicht zerzaust und himmlisch süß aussah, seine Wangen gerötet vom kühlen Herbstabend. „Hi, Schöner", sagte Silas. „Wie stehst du zum Ausgehen heute Abend?"

Levis Augenbrauen schossen nach oben. „Du willst ausgehen? Und von Fotografen gehetzt werden?"

„Kling doch nicht so entsetzt. Ich habe einen Plan, der uns helfen wird, uns dem Auge der Öffentlichkeit zu entziehen." Er lotste Levi zum Schlafzimmer. „Mach schon. Mach dich fein. Unsere Buchung ist in dreißig Minuten."

„Silas, ich weiß nicht ..."

„Nein." Silas drückte ihm zwei Finger auf die Lippen, schnitt ihm das Wort ab. „Ich bin es leid, mich zu verstecken, und ich will dich zu einem echten Date ausführen. Falls du andere Pläne hast oder sonst was vor, lass es mich wissen, aber ich habe mir etwas Mühe damit gegeben, das auf die Beine zu stellen. Wirst du mir den Gefallen tun und dich von mir einen Abend lang verwöhnen lassen?"

Levi nickte einmal.

„Gut." Silas beugte sich vor und küsste ihn sanft. „Jetzt los. Die Zeit läuft."

Zehn Minuten später waren sie in einem schwarzen SUV, das Candy Pelsh fuhr, eine Freundin von Levi, die im *Incantation Café* arbeitete. „Ihr beiden seht toll aus", sagte sie, während sie einen Blick in den Rückspiegel warf.

„Danke, Candy", sagte Levi, der Silas anlächelte.

„Ach, ihr zwei seid zu süß! Kann ich einfach mal sagen, wie es mich freut, dass ihr wieder zusammen seid? Wenn es je zwei Leute gab, die füreinander bestimmt waren, dann seid ihr es", schwärmte sie.

Silas griff nach Levis Hand. „Da könnte ich gar nicht mehr zustimmen."

Levi spähte aus dem Rückfenster des SUV. „Euch ist klar, dass wir von ein paar Fotografen verfolgt werden, oder?"

„Keine Sorge", sagte Candy. „Jetzt können sie uns folgen, aber zu unserem Ziel werden sie keinen Zutritt erlangen."

„Wohin sind wir denn unterwegs? Zum Mond?", scherzte Levi.

„Vielleicht", sagte Candy mit einem frechen Grinsen. „Lehnt euch einfach zurück und entspannt euch. Wir haben das im Griff."

„Wer ist wir?", fragte Levi.

Silas nahm einfach nur seine Hand und hielt sie in seinen beiden. „Die kleinen Helferlein von Keating Hollow. Jetzt genieß es einfach."

Levi stieß ein genervtes Schnauben aus, hatte aber ein sanftes Lächeln auf dem Gesicht, darum wusste Silas, dass er nicht wirklich wütend war. Nur leicht frustriert, dass er nicht wusste, was vorging. „Ich habe heute einen Anruf bekommen."

„Einen guten Anruf oder einen schlechten Anruf?", fragte

Silas, der die Stirn runzelte. In letzter Zeit waren alle Anrufe bei Levi von seinem Agenten gekommen, um ihm von den lächerlichen Geschichten zu erzählen, die die Runde machten, und zu fragen, wie er reagieren sollte. Levi hatte zu allem direkt Nein gesagt.

„Ein guter. Er kam von Seth. Er sagte, der *Rolling Stone* will uns für das Cover der Dezemberausgabe."

„Ernsthaft?", fragte Silas mit einem Grinsen. „Das ist riesig, Levi. Wieso hast du es mir nicht gleich gesagt?"

„Du hast mir irgendwie keine Chance gelassen."

„Stimmt schon. Na, jetzt haben wir ehrlich was zum Feiern. Schade auch, dass wir keinen Sekt haben."

Er wollte sich treten, weil er diese Einzelheit übersehen hatte. Obwohl es nicht direkt legal war, mit einer offenen Flasche herumzufahren, also war es auch gut, dass sie warteten, bis sie an ihr Ziel kamen.

„Ich werde vermutlich nach New York müssen, um das Interview und das Shooting zu machen", sagte Levi.

„Ich liebe New York. Wann fliegen wir?"

Levi blinzelte ihn an. „Du willst mich begleiten?"

Silas warf ihm einen fragenden Blick zu. „Willst du mich nicht dabei haben?"

„Natürlich will ich dich dabei haben." Levis Augen leuchteten vor Glück. „Es ist nur so, dass wir noch nie miteinander reisen konnten, und ich habe einfach angenommen, dass du vermutlich bereits andere Verpflichtungen hast."

Das fühlte sich in wenig an wie ein Schlag in die Magengrube, aber nur, weil es stimmte. Als sie früher zusammen gewesen waren, war Silas' Terminplan verrückt gewesen. Jedes Mal, wenn er vorgehabt hatte, mit Levi zu reisen, war er durch ein Meeting oder ein eigenes Interview oder einen Pressetermin, zu dem er verpflichtet war, weggezogen worden. Einmal hatte er sogar in letzter Minute eine Rolle in einer extrem beliebten Fernsehserie angenommen, die sich am Schluss in eine wiederkehrende Rolle verwandelt hatte. Kein Wunder, dass sie es nicht geschafft hatten. Levi musste sich gefühlt haben wie ein völliger Nachklapp. „Ich bin nach diesem Film für keine Rollen mehr gebucht, Levi. Das Einzige, was noch läuft, sind die Verhandlungen wegen der Drehbücher. Die kann ich doch immer übers Telefon machen. Shannon kann an meiner Stelle hinfahren. Mein Kalender ist wunderbar frei. Ich würde nur zu gerne mitkommen und deine Begleitung sein."

Das kam zum ersten Mal vor. Als Silas zugab, dass er keine Jobs mehr vor sich hatte, spürte er nicht mehr diese schreckliche Nervosität wie früher. Er war nicht mal versessen darauf, dass Shannon ihm sein nächstes Projekt suchte. Wann hatte sich das verändert? Warum hatte sich das verändert? Lag es an dem Mann, der neben ihm saß, oder an dem Interesse an seiner Fernsehserie? Er war nicht sicher. Er wusste nur, dass es das erste Mal in einer Ewigkeit war, dass er sich zufrieden fühlte. Er fühlte sich vollständig, anstatt zu versuchen, etwas in sich auszufüllen.

Es war seltsam, und es war echt, echt gut.

„Meine Begleitung, was?" Levi strahlte ihn an. „Ich kann es gar nicht erwarten."

„Oh. Mein. Gott!", rief Candy vom Fahrersitz. „Könnt ihr zwei eigentlich noch süßer sein? Ich schwöre, mir birst gleich das Herz. Wo finde ich denn jemanden, der meine Begleitung wird? Ich muss mir immer noch einen Silas besorgen. Sofort."

„Keinen Levi?", fragte Silas, der eindeutig erheitert war.

„Bloß nicht, keinen Levi. Levi ist mein Bruder. Ich kann mir nicht vorstellen, mit ihm zusammen zu sein. Du andererseits … sexy, hochgewachsen, dunkel und gut aussehend. Das ist doch alles super. Und verstehe mich nicht falsch, ich will nicht wie irgendeine Goldgräberin klingen oder so was, aber das Auto und das Haus? Die sind auch echt verlockend."

„Candy", tadelte Levi. „Hör auf."

„Tu doch nicht so, als würdest du Silas' Haus nicht lieben", sagte Candy mit mehr als nur etwas Keckheit. „Du hast mir mal gesagt, du könntest dir nicht vorstellen, irgendwo anders zu leben."

„Klar, denn da lebt Silas."

Candy schnaubte. „Nein, du hast gesagt, es wäre wegen der großen Fenster und der Dielenböden. Aber ich akzeptiere, dass du auch Silas gern dort hattest."

Levis Gesicht war wieder rot geworden, aber er verbesserte sie nicht.

Und Silas liebte es. Er konnte nicht anders, als dem Mann die Hände an die Wangen zu drücken. „Du magst meine harten Böden?"

Candy kicherte. „Die mag er auch."

„Wenn wir nicht über die Straße rasen würden, würde ich darum beten, dass der Boden sich auftut und mich jetzt gleich verschlingt", sagte Levi lachend. „Falls meine Gebete aber jetzt erhört werden, habe ich Angst, schlimme Asphaltabschürfungen zu kriegen."

„Das können wir nicht zulassen." Silas zog ihn näher heran und legte den Arm um ihn. „Aber es ist okay, wenn du mich für mein Haus datest. Da weiß ich wenigstens, wo ich stehe."

„Hör auf", sagte Levi milde. „Hör nicht auf Candy. Sie macht nur Ärger."

„Ich mache Ärger, der euch hilft, eine magische Nacht außerhalb der Stadt auf die Beine zu stellen", sagte sie mit einem königlichen Unterton. Das SUV fuhr auf einem Privatweg, der von Bäumen gesäumt war, in denen kleine Lichter hingen.

„Das ist das Townsend-Grundstück", sagte Levi, der sich umschaute.

„Ja", erwiderte Silas. „Es ist auch magisch verhüllt, also werden sogar diese hochauflösenden Linsen uns heute Abend nicht erwischen können."

„Ernsthaft? Wer hat denn diesen Zauber gewirkt?", fragte Levi.

„Das war eine gemeinsame Anstrengung", erklärte Candy, während sie vor dem großen Haus der Townsends im Blockhüttenstil stehen blieb.

„Bereit?", fragte Silas Levi.

„Ich habe keine Ahnung", erwiderte er.

„Guter Punkt." Silas stieg aus dem Auto und wartete dann, bis Levi sich ihm anschloss. Mit dem Arm um Levis Taille führte er ihn um das Haus und in den Hinterhof, wo der ganze Townsend-Clan zusammen mit allen in Keating Hollow versammelt war, die Levi liebte.

Das Geplauder wurde leiser, sobald Levi und Silas gesehen wurden. Ein Jubel kam auf, und alle gratulierten ihnen.

Levi stand einfach da, betrachtete alles, und dann wandte er sich mit Panik auf dem Gesicht an Silas. „Was ist denn das?"

„Was meinst du damit?" Silas runzelte die Stirn. „Es ist eine Party."

„Ich meine, was für eine Party?", flüsterte Levi mit bebender Stimme. „Es ist doch nicht irgend so eine Überraschung, wo du mich irgendwas fragst, und mich bloßstellst, oder?"

Silas' Augen wurden groß, als ihm klar wurde, was Levi ausflippen ließ. „Bei den Göttern, nein", stieß er hervor. „Das würde ich nie tun. Das ist eine Party, um mal unsere Freunde zu treffen, da wir uns mehr oder weniger die ganze Zeit versteckt haben, während wir hier gedreht haben. Ich dachte, es würde Spaß machen, alle zu treffen."

Die Anspannung fiel sichtlich von Levis Schultern ab, und er stieß einen langen Atemzug aus. „Den Göttern sei es gedankt."

„Aber nur, damit das klar ist", sagte Silas, der den angespannten Ball in seinen Eingeweiden zu ignorieren versuchte, „Heiraten ist nichts für dich?"

Levi riss den Kopf herum, damit er Silas in die Augen schauen konnte. „Das habe ich nicht gesagt."

„Du willst einfach nur nicht einen Antrag vor allen, die du kennst?" Silas hatte nicht übers Heiraten nachgedacht. Noch nicht auf jeden Fall, aber nun, da sie beim Thema waren, wollte er unbedingt wissen, wie sein Partner dazu stand. Denn ohne Zweifel hatte Silas sie sich in der Zukunft verheiratet vorgestellt.

„Na, einmal das, aber es ist auch viel zu früh, um daran zu denken, meinst du nicht?" Es ließ sich nicht verhehlen, dass Levi zu diesem Thema unsicher war. „Ich sage nicht, dass ich niemals heiraten will oder dass ich dich nicht heiraten wollen würde", stammelte er weiter. „Ich will nur … Ach, verdammt. Ich bin ganz aus dem Tritt."

„Das sehe ich", sagte Silas, der ihn in die Arme zog. „Ist okay, Levi. Du hast recht. Es ist viel zu früh, und ich würde dich niemals vor einem Publikum fragen. Wenn oder falls wir beschließen, dass Heiraten was für uns ist, beschließen wir das zusammen, ganz privat, weg von all den Handys und Kameras und elektronischen Geräten jeglicher Art."

Levi schaute zu ihm auf, Erleichterung strömte in Wogen von ihm aus. „Ja. Das klingt perfekt."

„Silas! Levi!", rief Frankie, während sie zu ihnen lief. „Endlich. Ich dachte, ihr würdet gar nicht mehr kommen."

Levi umarmte sie, dann legte er den Arm um ihre Schultern. „Wie geht's dir, Kleine?"

„Ich bin nicht klein", sagte sie hochnäsig, eindeutig genervt.

„Das stimmt. Du bist ein Teenager", bemerkte Silas.

Sie nickte weise und ging dann zu ihm, umarmte ihn fest. „Du bist jetzt mein Liebling."

„Punkt für mich!" Silas stieß die Faust in die Luft. „Ich bin hier fertig."

Frankie kicherte.

„Ich entschuldige mich", sagte Levi. „Aber du weißt, du bist meine kleine Schwester, darum nehme ich mir das Recht heraus, dich von jetzt bis in alle Ewigkeit Kleine zu nennen. Das ist das Bruderprivileg."

„Na ja", sagte sie und schaute ihn von der Seite an, „wenn du das so ausdrückst, schätze ich, passt das schon."

Levi zwinkerte ihr zu. „Jetzt erzähl mir alles, was bei dir los ist. Wie läuft das Singen? Arbeitest du noch daran? Hast du noch weitere Auftritte, damit Silas und ich dir aus der ersten Reihe zujubeln können?"

Sie schnaubte. „Bitte. Ihr werdet ewig meine sexy Back-up-Sänger sein. Ich mache schon Pläne für die Choreografie, während wir hier reden."

„Choreografie. Jetzt wird es ernst", sagte Levi zu Silas.

„Ich bin raus. Ich wackle nicht mit den Hüften oder mit dem Hintern. Dafür bin ich zu alt. Ich brech mir vielleicht was."

Sie lachten alle, als Chad und Hope dazu kamen, Hand in Hand, und sie anstrahlten.

Hope umarmte ihren Bruder und fragte: „Hat Frankie euch unsere Neuigkeiten gesagt?"

„Neuigkeiten? Was für Neuigkeiten?", fragte Levi.

„Ich wollte es, aber dann haben wir uns vom Thema entfernt", erklärte Frankie, die Chad ansah, als hätte er gerade den Mond vom Himmel geholt.

„Ach, also dann Nein." Chad winkte sie zu einem leeren Tisch. „Setzen wir uns hin, und ich erzähle euch alles."

„Ich kann nicht erwarten, es zu hören. Bekommen wir ein Kleines?", fragte Silas. „Hope, bist du schwanger?"

„Silas!", rief Hope. „Bei der Göttin, nein. Bei mir ist doch viel zu viel los für so was."

Er lachte leise, genoss es, Hope zu drangsalieren. Er wusste, dass sie nicht vorhatte, irgendwelche leiblichen Kinder zu bekommen. Der Plan war, Pflegekinder und Adoptivkinder aufzunehmen, um ihre Familie zu vergrößern.

„Hör bloß auf mit diesen Gedanken", sagte Hope, die mit dem Finger vor ihm wackelte. „So eine Energie brauche ich jetzt gerade nicht."

Levi lachte leise. „Reinige mal besser mit etwas Salbei die Luft, Silas. Das meint sie ernst."

„Ich schau mal schnell nach einem Salbeistift in meiner Tasche", sagte er und legte sich dann ins Zeug, um sie alle zu durchsuchen, ohne etwas zu finden.

„Zieh mich nicht auf, Silas. Ich wette, Abby hatte irgendwo einen", sagte sie und stand dann auf und ging zu dem Tisch, wo Abby mit ihrem Mann Clay saß.

Chad schüttelte den Kopf. „Jetzt habt ihr es geschafft."

„Okay, warum macht sie sich so viele Sorgen über eine versehentliche Schwangerschaft?", fragte Levi. „Ich meine, ich weiß, dass sie das nicht vorhat, aber das ist ziemlich übertrieben, oder?"

„Chad eröffnet eine Musikbühne", stieß Frankie hervor.

„Wirklich? Wo?", fragte Levi.

„Hier in Keating Hollow. Sie ist am Ende der Hauptstraße in einem alten Lagerhaus, das vor ein paar Wochen zum Verkauf stand", erklärte Chad. „Es gibt eine Menge Leute, die derzeit Musikstunden im Laden nehmen, aber nicht viele Orte, wo man live spielen und sein Talent vorführen kann, außer man fährt nach Eureka. Also eröffnen wir einen Pub, planen einen Familientag einmal die Woche, und Livemusik, Nächte mit offenem Mikrofon, und an anderen Abenden Karaoke."

„Wow", sagte Silas, der Frankie anschaute. „Heißt das, du wirst regelmäßig auf dem Familientag auftreten?"

„Ja." Frankie nickte heftig. „Ich werde euch meinen Terminplan schreiben, damit ihr es euch auf den Kalender setzt. Wir werden zweimal die Woche abends üben."

Silas warf den Kopf zurück und lachte. „Du weißt, wie man arbeitet, Kleine … äh, Frankie. Ich frage mal meine Managerin und melde mich bei dir. Zahlst du nach Standardgebühren?"

„Wenn die Standardgebühr ein Treffen mit mir ist, dann Ja." Sie warf ihnen allen ein selbstzufriedenes Lächeln zu.

„Okay, Miss Diva", sagte Levi, der ihr durch die Haare fuhr. „Lass dir den ganzen Ruhm bloß nicht zu Kopf steigen", fügte er trocken an.

„So werde ich nicht", schoss sie rasch zurück. „Ich verarsche nur Silas. Wenn ich je berühmt bin, will ich wie du sein. Du bist immer so nett zu deinen Fans. Ich werde mich total ins Zeug für sie legen."

Silas beobachtete, wie sie einander noch einmal umarmten, dann musterte er die Menge, um nach seiner Schwester zu suchen. Shannon und Brian hätten schon da sein sollen, aber falls einer von ihnen die Hände nicht bei sich behalten konnte, während sie sich anzogen, wer wusste schon, wann diese Notgeilen auftauchen würden. Er wollte gerade schon die Suche nach ihnen aufgeben, als er sah, als sie in den Hinterhof kamen und beide hinter vorgehaltenen Händen kicherten und wie schuldbewusste Teenager aussahen.

Er stemmte die Hände in die Hüften und wartete darauf, dass sie ihn bemerkten.

„Verflixt", sagte Shannon kichernd.

Silas verdrehte die Augen. „Macht ihr niemals eine Pause?"

„Nö. Warum sollten wir das tun?", fragte Brian, der eine Hand auf die Schulter seines Schwagers legte. „Der Tag, an dem ich aufhöre, deine Schwester zu wollen, ist der Tag, an dem ihr mich unter die Erde bringt, verstanden?"

Shannon warf ihm einen Luftkuss zu, dann marschierte er weg, um mit Chad zu reden.

Silas schüttelte den Kopf über sie. „Ihr könnt nicht mal rechtzeitig zur Party kommen?"

Sie schob einen Arm durch seinen und sagte: „Krieg dich mal in den Griff, Si. Wir haben nicht rund um die Uhr Sex. Wir ärgern dich nur. Ich war zu spät, weil ich einen Anruf von Fallon bekommen habe. Sie hat ein neues Angebot von Salish Sea. Sie sagte, sie haben dir alles gegeben, wonach du gefragt hast, nur dass sie den Vorschuss gesenkt haben und es dann später ausgleichen werden. Sie sagten, wenn sie das Risiko eingehen, dir die kreative Kontrolle zu überlassen, dann müsstest du dich durch die Zahlen beweisen. Wie stehst du dazu?"

Silas war starr vor Schock. Hatte er sie gerade richtig verstanden? Würde das Studio ihm wirklich die kreative Kontrolle überlassen? Das ganze schlechte Gefühl, das er wegen des Verkaufs des Projekts mit sich herumgetragen hatte, fiel von ihm ab, und es war, als würde ihm ein großes Gewicht von den Schultern genommen.

„Si?", drängte sie.

„Ja, Shannon. Ja. Auf jeden Fall ja." Silas fühlte sich

allmählich regelrecht aufgedreht. „Mir ist der Vorschuss sogar egal. Solange diese andere Abmachung nicht nur eine Möglichkeit ist, mich um meine Profite zu bringen, bin ich dabei. Ganz dabei."

In Shannons Augen funkelte reines Glück. „Ich werde von einem Anwalt den Vertrag durchgehen lassen. Ich möchte, dass er richtig durch die Mangel genommen wird, bevor ich dich unterschreiben lasse."

Er nickte, dann nahm er sie und umarmte sie fest. „Habe ich dir je gesagt, wie sehr ich dich zu schätzen weiß?", flüsterte er.

„Ja", flüsterte sie zurück. „Ich will nur das Beste für dich."

Er zog sich zurück, nahm sie an den Schultern. „Ich weiß. Nicht einmal hast du diesen Job darum kreisen lassen, wie viel du verdienst. Du stellst einfach immer, *immer* das an erste Stelle, was für mich am besten ist. Weißt du, wie selten das ist?"

„Du vergisst, dass ich auch mit unseren Eltern aufgewachsen bin, Silas", sagte sie mit einem traurigen Lächeln. „Ich habe das alles leider gesehen. Es ist mir eine Freude, alles zu tun, was in meiner Macht steht, um das Beste aus deiner Karriere zu machen. Es hilft auch, dass das, was am besten für deine Karriere ist, auch das Beste für mein Bankkonto ist. Das hat Mom so richtig versaut, oder?"

„So sieht es aus." Seine Mutter, die ultimative Promimutter, hatte ihn für jeden Job gebucht, der ihm angeboten wurde. Je schneller die Überweisung kam, umso besser. Ihr war es egal gewesen, ob es seine Karriere vorangetrieben hatte oder ob er Interesse an dem Job gehabt hatte; sie wollte einfach nur, dass die Schecks weiter angeflattert kamen. Sobald er nach Keating Hollow gezogen war, hatte er die Verbindung zu ihr gekappt, und Shannon hatte seither seine Angelegenheiten geregelt. Er glaubte wirklich, ohne sie hätte er sich nicht diese Karriere aufbauen können.

Er drückte seiner Schwester die Hand. „Du bist unbezahlbar, Shannon."

„Ich weiß." Sie stieß ihn mit der Hüfte an. „Erzählen wir Levi die tollen Neuigkeiten."

KAPITEL 25

Obwohl Levi es liebte, dass Silas für sie eine Party auf die Beine gestellt hatte, um Zeit mit Freunden und Familie zu verbringen, hatte er ein Problem damit, seine besorgte Haltung abzuschütteln. Er hatte vorgehabt, nach Hause zu kommen und Silas alles über das Treffen zu erzählen, das er mit Marcus gehabt hatte, aber er war von dem Date abgelenkt worden. Er hätte es ihm im Auto erzählen können, aber er wollte vor Candy nicht über das Drama mit dem Regisseur reden. Klar, sie war eine Freundin, der man vertrauen konnte, aber er war schon zu lange im Geschäft, um zu wissen, dass solche Dinge nur selten privat blieben, wenn die Gerüchteküche mal heiß lief. Candy musste es ja nur einem Menschen erzählen, dem sie vertraute, und so weiter.

Nein, er musste es ihm unter vier Augen sagen, wo man nicht mithören konnte. Das letzte, was sie brauchten, waren weitere Gerüchte in der Klatschpresse, besonders etwas über Schwierigkeiten zwischen den beiden Stars und dem Regisseur. Falls irgendwas den Film verdammen würde, dann wäre es das.

„Levi, ich möchte, dass du jemanden kennenlernst", sagte Chad.

Er schaute sich um, um eine umwerfende Frau mit welligem, goldbraunem Haar neben seinem Schwager stehen zu sehen. Levi stand auf und streckte die Hand aus.

„Harlow Thane, ich hätte gern, dass du meinen Schwager Levi Kelley kennenlernst", sagte Chad.

„Schön, dich zu treffen, Levi." Harlow schüttelte den Kopf. „Ich muss schon sagen, es ist ziemlich aufregend, einen der Sänger meiner Lieblingsband zu treffen."

„Wie nett, dass du das sagst", sagte Levi, schob die Hände in die Taschen seiner Jeans, während er die Frau musterte. An ihr wirkte irgendwas echt vertraut. „Begegnen wir uns wirklich zum ersten Mal? Ich habe das Gefühl, dass ich dich von irgendwoher kenne."

„Sie hat früher mal diese Serie *Paranormal in der Kleinstadt* moderiert", erklärte Chad.

„Genau", sagte Levi mit einem Nicken. „Jetzt weiß ich es. Du bist ein Medium, oder?"

Harlow nickte, sie wirkte aber leicht unbehaglich. Ihre Energie passte zu ihrer Haltung, und Levi beschloss, dass ihre Vergangenheit etwas war, über das sie nicht unbedingt reden wollte.

Um ihretwillen wechselte Levi schnell das Thema. „Was bringt dich nach Keating Hollow?"

„Sie wird das Pub für uns führen", erklärte Chad.

„Ganz genau", sagte sie mit einem Nicken. „Nachdem ich aus dem Geschäft mit der Geisterjagd ausgestiegen bin, habe ich drüben in Eureka im Pub meiner Großmutter gearbeitet, bis sie es verkauft hat. Ich hatte irgendwie noch nichts Neues, als ich Chads Anzeige sah, dass er eine Geschäftsführerin sucht. Und jetzt bin ich da." Sie warf Levi ein gezwungenes

Lächeln zu, was ihn zu der Frage brachte, was bei ihr wirklich los war.

„Klingt, als wäre das tolles Timing für euch beide. Ist deine Großmutter noch in Eureka?", fragte Levi. „Es ist schön, Familie in der Nähe zu haben."

„Das wäre es, aber sie hat alles gepackt und ist nach Arizona gezogen. Sie sagte, sie wäre bereit für Pickleball und Sonne an dreihundertfünfzig Tagen im Jahr." Harlows Energie änderte sich völlig, als sie über ihre Großmutter sprach. Sie war leicht und voller Freude. Interessant.

„Ich wette, sie genießt es", sagte Levi.

„Tut sie. Danke, dass du dich nach ihr erkundigst."

Levi spürte, wie Silas hinter ihm herankam, und lächelte, als die Hand seines Freundes auf seiner Schulter landete. „Hey", sagte er, schaute mit einem sanften Lächeln zurück. „Wo warst du denn?"

„Habe mit Shannon geredet." Silas beugte sich hinüber und küsste Levi auf die Wange. Levi legte den Arm um Silas' Taille und stellte ihn dann Harlow vor.

„Willkommen in Keating Hollow", sagte Silas. „Ich kann nicht erwarten, was du und Chad im neuen Pub zusammenstellt."

„Ich bin selbst ziemlich aufgeregt", sagte sie. „Ich freue mich auch auf diesen Film, an dem ihr beiden arbeitet. Ich habe echt tolle Sachen darüber gehört."

Levi und Silas wechselten einen verwirrten Blick, und dann lachten sie beide.

„Was? Habe ich was Falsches gesagt?" Sie verzog das Gesicht. „Tut mir leid, wenn ich mich daneben benommen habe."

„Hast du nicht", versicherte Levi ihr schnell. „Achte gar nicht auf uns. Es gab ein Menge Medienrummel, der uns in letzter Zeit verfolgt hat, der nichts mit dem Film zu tun hat, also wissen wir gar nicht, was die Presse darüber sagt."

„O nein. Ich habe es nicht in der Presse gelesen. Ich habe eine Freundin, die auf dem Set arbeitet. Carrie Mason. Sie …"

„Macht die Haare", schloss Levi für sie. „Sie war diejenige, die meine ganzen Locken in den letzten Wochen gebändigt hat."

„Ja. Carrie hat so was erwähnt." Harlow wippte kurz auf den Füßen zurück. „Sie sagte, ihr beiden habt es echt gebracht, und solange der Schnitt es nicht versaut, wird das die Romanze des Jahres."

„Das macht Mut", sagte Silas. „Obwohl ich sagen möchte, dass wir bereits die Romanze des Jahres haben." Er zwinkerte Levi zu.

Harlow schaute zwischen ihnen hin und her und sagte dann mit leiser Stimme: „Wow. Bei euch beiden hat sie sich aber auch nicht geirrt."

„Was hat sie denn über uns gesagt?", fragte Silas neugierig.

„Nur dass das Zeug in der Klatschpresse Müll wäre, und dass sie ziemlich sicher wäre, dass ihr beiden echt zusammen seid."

„Sind wir", bestätigte Levi. „Sag Carrie, dass sie ein Genie ist. Meine Haare haben sich noch nie so gut benommen wie mit ihrer Magie."

„Mache ich", sagte Harlow.

Shannon erschien plötzlich. „Silas, Levi, ich will euch ja nicht entführen, aber Hope sucht euch."

Sie verabschiedeten sich von Harlow und folgten Shannon durch den Hof.

„Hast du Levi die Neuigkeiten erzählt?", fragte Shannon.

„Neuigkeiten?", erwiderte Levi. „Was für Neuigkeiten?"

„Ich hatte noch keine Zeit, Shannon, immer langsam mit

den jungen Pferden." Silas hielt inne und drehte sich um, damit er vor Levi stand. „Das Studio hat meinen Bedingungen zugestimmt. Ich bekomme alles, was ich will. Sobald mein Anwalt alles ganz genau durchgekämmt hat, unterschreibe ich. Ich darf meine kreativen Rechte behalten, Levi. Kannst du das glauben?"

In Levis Augen brannten Tränen. Er freute sich so für Silas. Er konnte das Gefühl des Friedens spüren, das ihn umgab, und das war alles, was er je für den Mann gewollt hatte, den er liebte. Er warf die Arme um Silas, hielt ihn fest. „Ich bin so, so stolz auf dich. Gratuliere."

Silas holte Levi dicht heran, hielt ihn einfach fest, und Levi wollte, dass dieser Moment niemals endete.

„Was hältst du davon, den Soundtrack für den Film zu schreiben?", fragte Silas.

Levi zog sich zurück, mehr als nur etwas überrascht. „Ernsthaft? Warum? Ich meine, du hast noch nicht mal angefangen, und du denkst bereits darüber nach, von wem du die Musik geschrieben haben willst?"

„Weißt du noch diesen Song, an dem wir zusammen gearbeitet haben?"

„Ja."

„Den höre ich irgendwie immer als Eröffnungssong", sagte Silas. „Ich weiß, dass es viel zu früh ist, um wirklich über solche Einzelheiten nachzudenken, aber ich wollte dich einfach nur mal festnageln, bevor du ihn in die Freiheit entlässt."

Levi lachte. „Klar. Ich werde ihn für dein Projekt aufheben. Er ist einfach perfekt, oder?"

„Ist er", stimmte Silas zu.

„Bei der Göttin. Könntet ihr beiden noch süßer sein? Ich hab schon Bauchweh von dem ganzen Süßkram, den ich gerade verdaut habe", sagte Shannon mit übertriebenem Augenrollen, während sie ihre Erheiterung nicht verstecken konnte. „Ich meine, Leute sollen doch gar nicht so liebevoll und unterstützend sein, oder? Ihr beiden statuiert da echt ein schlechtes Exempel."

„Sei still, Shannon. Dass du uns aufziehst, macht uns nicht verlegen", sagte Silas. „Hast du nicht gesagt, dass Hope nach uns sucht?"

„Tut sie. Kommt schon."

Sie folgten Shannon dorthin, wo Hope mit den ganzen Townsend-Schwestern und Hanna Pelsh-Silver saß.

„Da seid ihr ja", sagte Hope, die aufsprang und zu ihnen kam. „Hört mal, Jungs, ich weiß, dass dieser Abend nichts Großes sein soll, aber alle fragen, ob Frankie singen wird, und sie ist ein bisschen nervös. Ich dachte, wenn sie euch als Back-up-Sänger hätte, fühlt sich damit vielleicht besser?"

„Ich bin dabei", sagte Silas sofort.

Levi schüttelte den Kopf über ihn, und obwohl er gerührt war, dass sein Freund bereit war, Frankie zu helfen, konnte er nicht verhindern, dass er sagte: „Du bist so leicht zu überzeugen. Was macht sie denn, wenn wir nicht da sind?"

„Dann kriegt sie es hin", sagte Silas. „Aber im Augenblick hat sie uns, also geben wir ihr die Unterstützung, die sie braucht."

„Aaaach", schwärmten die Townsend-Schwestern gleichzeitig.

„Du wirst der beste Schwager", sagte Abby Townsend zu Silas.

„Das ist mein Ziel." Er ließ sein typisches charmantes Lächeln vor allen Frauen aufblitzen, und dann ging er direkt zu der improvisierten Bühne, wo Frankie an der Seite stand und ein wenig elend wirkte.

Levi joggte, um auf ihn aufzuholen.

Als Frankie sie sah, strahlte ihr ganzes Gesicht. „Ihr macht das? Mit mir singen?"

„Nur Back-up", erklärte Levi. „Du musst schon Selbstsicherheit aufbauen, wenn du wöchentlich im neuen Pub auftreten willst."

Sie nickte, wirkte ernüchtert.

Levi wollte sie lange in die Arme nehmen und ihr sagen, dass alles gut werden würde. Dass sie es überleben würde, vor eine Menge zu treten, und dass sie ihn und Silas schon bald nicht mehr brauchen würde. Aber heute Abend wirkte sie verängstigt.

„Was hält dich denn zurück, Frankie?", fragte er sie.

„Alle, auf die es ankommt, sind heute Abend hier", sagte sie. „Wenn ich es versaue, wird niemand in Chads Pub kommen."

Ja, das ergab Sinn. „Ich verstehe. Ich war an dieser Stelle schon mehrmals. Du kannst nur versuchen, dein Bestes zu geben. Wenn du auch nur halb so gut bist wie auf diesem Talentwettbewerb, werden sie völlig von den Socken sein."

„Das weißt du doch nicht", sagte sie, schaute sich nervös in der Menge um.

„Doch, weiß ich", sagte er. „Du vertraust mir, oder?"

Sie nickte.

„Okay. Also. Falls du es so schlimm versaust, dass du nicht weitermachen kannst, gib das Mikrofon einfach Silas."

„Mir?", fragte Silas entsetzt. „Warum mir?"

„Weil du Frankie echt gut aussehen lassen wirst", sagte Levi grinsend.

Silas stöhnte. „Ich hasse es, wenn du recht hast."

Frankie lächelte endlich. „Das würde ich dir nicht antun, Silas. Aber danke für das Angebot. Gehen wir. Wir haben ein Lied zu singen."

Von dem Augenblick an, als Frankie die Bühne betrat, strahlte sie eine Bühnenpräsenz aus und klang unfassbar, genauso wie Levi es schon geahnt hatte. Es gab einen Fehler, und das war, als Silas einen falschen Ton sang und fast über das Mikrofonkabel fiel. Aber selbst da sprang Frankie für ihn ein, und als sie mit ihrer letzten Note fertig war, gab es Standing Ovations für sie von all ihren Freunden und der ganzen Familie.

KAPITEL 26

„*B*ist du bereit zum Aufbruch?", rief Silas aus der Küche. „Wir werden unseren Flug verpassen."

„Ich komme", antwortete Levi. „Ich will nur meine Jacke im Gepäck verstauen."

Silas kam ins Wohnzimmer und stellte fest, dass Levi auf seinem Koffer saß und versuchte, eine voluminöse Jacke in den bereits übervollen Koffer zu stopfen. „Lass mich das machen."

„Du brauchst doch nicht …"

„Ich habe Platz. Ich bin nicht derjenige, der in acht verschiedenen Outfits fotografiert wird."

Silas nahm die Jacke und stopfte sie mühelos in seinen Rollkoffer. „Da. Sind wir jetzt fertig?"

„Nur noch eine Minute." Levi rannte zurück ins Bad, und Silas fragte sich schon, ob sie als nächstes wohl die Möbel einpacken würden.

Der Dreh hatte vor einer Woche geendet, und das Einzige, was für den Film noch zu tun blieb, war die Werbung. Sie wurden dafür erst ungefähr einen Monat vor dem Erscheinungsdatum gebraucht, was im Frühling sein würde.

Jetzt waren sie unterwegs nach New York, für Levis Interview im *Rolling Stone*. Silas war aufgeregt, mit Levi einen Ausflug zu machen. Obwohl die Paparazzi damit nachgelassen hatten, ihnen überallhin zu folgen, nachdem August die Stadt verlassen hatte, jagten sie ihnen immer noch nach. Silas hoffte, dass sie in New York ein wenig Frieden finden würden. Er bezweifelte, dass sie in der großen Stadt für viel Aufsehen sorgen würden.

Über diesen Gedanken lachte Silas leise.

„Was ist so witzig?", fragte Levi, der eine Handgepäckstasche oben auf ihren Berg aus Gepäck legte.

„Ich, weil ich glaube, wir werden in New York etwas Frieden finden. Stell dir vor, man muss in eine Stadt mit acht Millionen Einwohnern, um ein bisschen Privatsphäre zu kriegen."

Levi lachte. „Okay. Du hast recht. Das ist witzig. Die letzten paar Male, als ich da war, hat das überhaupt niemanden interessiert. Ich glaube, die Paparazzi haben in der Stadt größere Fische zu fangen."

„Hoffen wir es." Silas nahm ihre beiden Koffer und trug sie nach draußen. Gleich nachdem er sie in den Kofferraum gepackt hatte, summte sein Handy. „Hey, Shan. Was ist? Ist Cappy in Ordnung?" Sie hatten Cappy am Vorabend abgeliefert. Er blieb bei ihr, während sie nicht in der Stadt waren.

„Ihm geht's gut. Hör mal, ich habe heute einen Anruf vom Studio bekommen. Sie wollen diesen Vertrag abschließen. Sie wollen dich auf einem Flug nach Los Angeles, und zwar sofort."

„Heute? Ich kann heute nicht nach L.A. Wir fliegen nach New York." Silas' Anwalt hatte ihm letzte Woche grünes Licht für den Vertrag gegeben. Shannon hatte das Studio wissen lassen, dass alles bereit war, und sie hatten gesagt, sie würden sich mit einem Zeitpunkt melden, wenn sie sich alle treffen konnten. „Sag ihnen, sie sollen was auf die Beine stellen, wenn ich zurück bin. Sie können doch bestimmt acht Tage warten, um den Abschluss zu machen."

„Das habe ich versucht", erwiderte sie mit einem tiefen Seufzen. „Aber der Produzent, der die Rechte will, ist ab morgen für einen Monat weg. Sie wollen das festmachen, bevor er das Land verlässt. Irgendwas damit, ihre Investition zu schützen, obwohl sie dir ja noch keinen Cent gezahlt haben."

„Dann werden sie einfach einen Monat warten müssen", beharrte Silas, der zusah, wie Levi sein Handgepäck zum Auto schleppte. „Ich werde Levi nicht sitzen lassen. Diesmal nicht", fügte er an, damit sichergestellt war, dass sie es verstand.

„Hör mal, Silas, ich verstehe, was du da sagst, aber bist du sicher, dass du das willst? Es ist ein Spiel mit dem Feuer. Du weißt, wie Studios sind. Wenn du heute nicht unterschreibst und es rausgezögert wird, besteht immer die Chance, dass sie es sich anders überlegen. Besonders, während wir näher ans Jahresende kommen. Wenn irgend so ein Erbsenzähler wegen des Jahresabschlusses nervös wird, werden alle Projekte auf Eis gelegt. Es lässt sich nie voraussagen, welche überleben und welche nicht. Du kannst deinen Hintern darauf verwetten, dass deines in so einer Situation niemals das Tageslicht erblicken würde."

Silas war still, während er das alles verarbeitete. Er wollte auf keinen Fall den Abschluss seines Lebens mit dem Studio abwürgen, aber er wollte auch Levi nicht versetzen. Nicht diesmal. Nicht wieder. „Ich kann heute nicht, Shannon", sagte er noch einmal. „Können sie denn keinen Notar oder so was dorthin schicken, wo ich bin? Muss ich denn wirklich im Büro sein, um die Papiere zu unterschreiben?"

„Für so einen Abschluss? Ja, Si. Du musst da sein. Wenn du dich schon am Anfang wie eine Diva benimmst, bevor die Serie auch nur loslegt, werden sie ihr niemals grünes Licht geben. Kannst du nicht morgen einfach Levi in New York treffen?"

„Redet sie über den Vertragsabschluss für deine Fernsehserie?", fragte Levi ihn, seine Augenbrauen besorgt zusammengezogen.

„Moment mal, Shannon", sagte er ins Handy. Dann antwortete er Levi. „Ja. Sie wollen, dass ich heute in L.A. bin, um die Papiere zu unterschreiben. Ich habe Nein gesagt. Wir haben Pläne und dann diese Branchenparty heute Abend. Diesen Auftritt möchte ich nicht verpassen. Ich wollte dich unbedingt seit zweieinhalb Jahren live sehen."

„Planen sie es um?", drängte Levi.

„Ich weiß nicht. Offensichtlich fährt der Produzent, der diese Option betreut, morgen für über einen Monat weg. Und Shannon macht sich Sorgen, dass sie kalte Füße kriegen, wenn wir zu lange warten."

„Silas", sagte Levi, der seine strenge Stimme nutzte, „steig in ein Flugzeug nach L.A. und unterschreibe diesen Vertrag. Du kannst mich in New York treffen, wenn du fertig bist."

Silas schüttelte einfach den Kopf, sein geschäftliches Hirn und sein Herz führten Krieg gegeneinander. Er wollte unbedingt den Abschluss für seine Fernsehserie unterschreiben, aber sein Herz sagte ihm, dass er in New York sein musste. Dieser Tage versuchte er sein Bestes, auf sein Herz zu hören. „Diese Woche geht es um dich. Wir haben Pläne. Du singst heute Abend. Ich will da sein."

„Ich kann jederzeit für dich singen." Es ließ sich nicht

leugnen, dass Levi nun genervt klang. „Geh nach L.A. Hör auf, stur zu sein. Ich verspreche, mir geht's gut." Er nahm Silas' freie Hand in seine und sagte: „*Uns* geht's gut. Es ist in Ordnung."

„Warum brüllt dann alles in mir danach, mit dir in dieses Flugzeug zu steigen?", fragte Silas.

Levis Miene wurde weich. „Weil wir eine Vorgeschichte haben und du mich genug liebst, um nicht dieselben Fehler zu machen. Aber du bist nicht der Einzige, der seither gewachsen ist. Dieser Abschluss ist wichtig für dich. Sehr wichtig. Das bedeutet, für mich ist er auch wichtig. Du kannst das nicht einfach verpassen, nur weil wir was vorhaben. Ich will, dass du glücklich bist. Und diese Fernsehserie ist das, was dich erfüllt. Das ist wichtig. Buch deinen Flug um, mach den Abschluss und triff mich dann morgen in New York. Wir werden immer noch Zeit haben, um diese Kutschfahrt im Central Park zu unternehmen."

„Warum bist du so gut zu mir?", fragte Silas, der das Gefühl hatte, sein Herz würde explodieren.

„Beeil dich lieber." Levi deutete auf das Handy, das immer noch in Silas' Hand war. „Jetzt sag Shannon, dass du unterwegs bist."

„Vielen Dank!", rief Shannon, sodass Levi sie hören konnte.

„Gern geschehen", rief er zurück, ging wieder ins Haus und lachte leise.

„Ich schätze, das hast du gehört", fragte Silas ins Handy.

„Sag Levi, dass er mein Liebling ist. Ich buche deinen Flug gerade jetzt um und werde dir dein Ticket mailen. Dein Flug geht ungefähr zwanzig Minuten nach dem von Levi."

„Verstanden."

„Ich buche dir auch ein Hotel, und einen Flug morgen nach New York", sagte sie.

„Danke, Shannon. Tut mir leid, dass ich so nervig bin. Ich versuch nur, das nicht zu versauen."

„Ich weiß, Si. Viel Glück heute. Ruf mich an, sobald der Vertragsabschluss durch ist, und wir stoßen über FaceTime an."

„Abgemacht."

KAPITEL 27

*L*evi saß im Flugzeug und starrte auf den leeren Platz neben sich. All diese Gefühle des Verlassenwerdens kehrten zurück, und er konnte nicht anders, als den Tag vor zwei Jahren wieder zu erleben, als Silas ihn wegen seiner Karriere hatte sitzen lassen. Es war der Tag, an dem Levi erkannt hatte, dass es vorbei war. Er konnte Silas nicht vertrauen. Er konnte niemandem vertrauen. Und er hatte es beendet … ausgerechnet in einer E-Mail.

Er lehnte sich in seinem Sitz zurück und schloss die Augen, versuchte und scheiterte daran, die intensiven Gefühle wegzuschieben, die er nicht ganz abschütteln konnte.

Die Worte seiner letzten Single spielten sich in seinen Gedanken ab.

Düstere Tage, die Nächte durchwacht, so suchte ich meinen Weg. Und dann kamst du, dein Name strahlte in Hollywood-Pracht. Niemand sah mich wie du. Ich liebte nur dich, ohne Gedanken an das, was du tust. Winternächte wurden zu Sonnentagen. Aus Neonlicht magische, nebelverhangene Buchten. Hätten wir nur

durchgehalten, ohne zu wanken, wärst du noch bei mir. Stattdessen
bin ich hier, lebe in der Dunkelheit meiner Gedanken.

Der Song handelte von Liebe und Verlust und Missverständnissen.

Aber das passierte ja gerade nicht. Sie hatten eine leichte Planänderung vorgenommen. Silas hatte Levi nicht versetzt. Tatsächlich hatten Levi und Shannon zusammenarbeiten müssen, um ihn zu überzeugen, überhaupt erst nach L.A. zu gehen.

Logisch wusste Levi, dass es nicht annähernd dasselbe war. Aber emotional, wenn er den leeren Platz neben sich sah, fühlten sich seine Seele und sein Herz anders an.

„Reiß dich zusammen, Levi", murmelte er vor sich hin.

Die Flugbegleiterin blieb an seinem Platz stehen. „Kann ich Ihnen etwas bringen, Mr. Kelley? Wasser? Saft? Ein Glas Wein?"

„Bloody Mary?", bat er.

„Auf jeden Fall." Sie lächelte freundlich und eilte weg, um seine Bestellung zu holen.

Es war immer noch surreal, dass Levi erste Klasse überallhin flog, wohin er unterwegs war. Als Kind, das daheim rausgeflogen und dann von einem Onkel missbraucht worden war, um illegale Dinge zu tun, hatte Levi niemals vorausgesehen, dass er etwas anderes sein würde als jemand, der sich mühen musste, den Rest seines Lebens um die Runden zu kommen.

In Wahrheit waren Hope und Chad und Silas die Leute gewesen, die an ihn geglaubt und dafür gesorgt hatten, dass er auch an sich glaubte.

Und das war nur einer der vielen Gründe, weshalb Levi Silas liebte. Die Gefühle des Verlassenwerdens ließen allmählich nach. Alle rationalen Gründe, weshalb er Silas gebeten hatte, nach L.A. zu gehen, strömten zurück, und Levi atmete leichter.

Er schaute noch einmal auf den leeren Sitz neben sich und war erleichtert, als das keine Reaktion auslöste. Er lehnte sich in seinen Sitz zurück und spürte, wie seine Schultern sich allmählich entspannten.

„Bitteschön, Mr. Kelley", sagte die Flugbegleiterin, die ihm einen Bloody Mary reichte. „Wir heben bald ab, lassen Sie mich wissen, falls Sie noch etwas wollen."

„Dankeschön." Er nippte an dem Drink, dann lehnte er sich zurück, breitete sich auf den sechsstündigen Flug vor.

Die Ansage kam über die Sprechanlage und bat die Passagiere, ihre elektronischen Geräte abzuschalten und ihre Handys auf Flugmodus zu stellen. Levi griff nach seinem Telefon und runzelte die Stirn, als er mehrere vermisste Anrufe und ein paar Textnachrichten erhielt. Alle waren von Candy. Er klickte sie beinahe weg, weil er annahm, sie wollte über ihr letztes Dating-Abenteuer reden, aber als er Silas' Namen sah, scrollte er schnell durch die Texte.

Levi, ruf mich an. Es ist wichtig! Sofort!

Silas kann diesen Vertrag nicht unterschreiben.

Es ist eine Falle. Das Studio wird das Projekt versenken.

Wo bist du? Ruf mich sofort an.

Levis Herz begann zu rasen. Er hatte keine Ahnung, weshalb Candy etwas über die Absichten des Studios wusste, aber sie war niemand, der überreagierte. Selbst wenn es um ihre Dates ging, war sie eher geneigt, über ihre schlechten Dates zu lästern und sie dann lachend abzutun. Ihr Drama war ziemlich verhalten. Er konnte sich nicht vorstellen, dass sie ihm ein SOS wie dieses ohne guten Grund schickte.

Rasch hörte er sich ein paar ihrer Sprachnachrichten an.

Levi, ernsthaft. Wo bist du? Ich habe gehört, dass heute der

Vertrag unterschrieben wird. Silas kann das nicht durchziehen. Halte ihn auf. Sie haben nicht die Absicht, diese Serie zu drehen. Sie wollen sie nur nehmen, damit das kein anderer tut. Ernsthaft, ich habe diesen Regisseur Marcus drüber reden hören. Er hat sich an das Projekt gebunden, nur damit er es versenken kann. Weshalb sollte er das tun? Ich bin so verwirrt. Ruf mich an.

„Dieser Bastard!", fauchte Levi, dem der Tag einfiel, an dem Marcus ihn und Silas bedroht hatte, falls sie die Interviews nicht machten, die er von ihnen wollte. Schließlich hatte Levi Silas davon erzählt, und sie hatten beschlossen, ihn zu ignorieren. Was wollte er tun? Geschichten über sie an die Klatschpresse verkaufen? Was war denn eine mehr?

Aber das? War Marcus wirklich so kleinlich, dass er ein Projekt abwürgen würde, nur weil er Levi und Silas nicht kontrollieren konnte?

Ja. Ja, das war er. Levi wusste das tief in den Eingeweiden.

„Mr. Kelley. Ich muss Sie bitten, ihr Handy in den Flugmodus zu stellen", sagte die Flugbegleiterin.

Levi schaute panisch zu ihr auf, während er bereits Silas anrief. „Es ist ein Notfall. Ein rascher Anruf. Ich schwöre es."

Sie schaute sich mit besorgtem Blick auf dem Gesicht um, dann sagte sie: „Machen Sie schnell. Wir heben gleich ab."

Er nickte und hörte zu, während das Telefon läutete und läutete, bis Silas' Mailbox drangen. „Silas. Du kannst diesen Vertrag nicht unterschreiben. Er ist eine vergiftete Pille. Wir heben ab. Ich kann es nicht erklären. Vertraue mir. Tu nichts, bis wir wieder reden. Bitte."

Levi beendete Anruf und tippte rasch eine Nachricht, die so ziemlich dasselbe sagte. Dann, als das Flugzeug gerade schon schneller wurde und Levi wusste, dass er alles getan hatte, was er tun konnte, schaltete er sein Handy ab, nahm sich seinen Drink und betete, dass Silas seine Nachrichten bekam.

Als das Flugzeug durch die Wolken aufgestiegen war und wieder gerade flog, kam eine weitere Ansage über die Benutzung von elektronischen Geräten. Levi versuchte, sich mit dem WiFi zu verbinden, hatte aber überhaupt kein Glück. Als die Flugbegleiterin vorbeikam, bestätigte sie, dass das WiFi nicht funktionierte. Levi wurde schlecht. Er war vom Rest der Welt abgeschnitten, bis er in New York landete.

An jedem anderen Tag wäre das Levi nur recht gewesen. Aber heute? Er wollte verzweifelt zumindest auf seine Textnachrichten zugreifen können, aber das Universum wollte etwas anderes, und er verbrachte die nächsten sechs Stunden damit, herumzuzappeln, bis sie landeten.

In dem Augenblick, als die Räder aufsetzen, holte Levi sein Handy aus dem Flugmodus und wartete darauf, dass seine Nachrichten ein Update erhielten.

Nichts.

Keine neuen Nachrichten.

Er überprüfte seine Mailbox, aber die einzige dort kam von Seth, der den Veranstaltungsort für das Konzert heute Abend bestätigte.

Weil er panisch herausfinden wollte, was los war, versuchte es Levi wieder bei Silas. Keine Antwort. Er schrieb noch einmal, aber immer noch keine Antwort. Verzweifelt versuchte er es bei Shannon, sowohl ihrer Handynummer als auch ihrem Festnetztelefon.

Es gab von keinem der beiden eine Antwort.

Er wollte brüllen.

Stattdessen schrieb er Candy, um ihr für die Warnung zu danken.

O mein Gott, schrieb Candy zurück. *Sag mir, dass Silas diesen Vertrag nicht unterschrieben hat.*

Ich wünschte, das könnte ich, aber ich war den ganzen Tag im

Flugzeug und kam nicht mit ihm in Kontakt, ich habe keine Ahnung. Ich lass es dich wissen, wenn ich es weiß.

Dieser Bastard hat Arschpickel verdient.

Er schnaubte ein leises Lachen und antwortete: *Pickel am Arsch und aufgedunsene Haut.*

Sie schickte das Emoji, das vor lauter Lachen weinte.

Sobald er endlich aus dem Flugzeug war, ging Levi direkt zum Hotel, um einzuchecken und seine Taschen abzulegen. Ohne Nachricht von Silas ging er in seinem Zimmer auf und ab, bis er zum Konzert aufbrechen musste. Frustriert hinterließ er eine weitere aufgebrachte Sprachnachricht über das Beantworten von Anrufen und riss dann die Tür auf.

„Hey", sagte Silas, der ihn angrinste.

Levis riss die Augen auf, und seine Worte blieben ihm im Halse stecken, während er versuchte, eine Antwort zu stammeln.

Silas legte die Hände auf Levis Hüften und schob ihn zurück ins Zimmer. Als die Tür sich leise hinter ihnen schloss, sagte er: „Ich konnte nicht bis morgen warten, um dich zu sehen."

„Was ist passiert?", fragte Levi schließlich, zwang die Worte hervor. „Warum hast du nicht angerufen?"

Silas hielt sein ausgeschaltetes Handy hoch. „Das war tot. Du hast die Ladegeräte."

Levis Herz begann an seine Rippen zu hämmern, während die Nervosität auf eine verrückte Stufe hochschoss. „Bitte sag mir, dass du meine Nachrichten bekommen hast. Hast du? Oder? Meine Nachricht und meine Sprachnachricht?"

„Habe ich." Er schlang die Arme um Levi und zog ihn dicht heran.

„Was hast du gemacht? Hast du den Vertrag unterschrieben?"

„Nö. Du hast mir gesagt, ich soll es nicht tun." Silas schaute auf Levis Lippen hinab, schien sehr viel mehr daran interessiert, ihn zu küssen, als eine Unterhaltung zu führen.

Aber Levi war noch nicht bereit, das auf sich beruhen zu lassen. „Einfach so? Ich sage dir, du sollst nicht, und du hast es nicht getan?"

„So ziemlich. In dem Augenblick, in dem ich deine Nachricht bekommen habe, habe ich das Meeting abgebrochen. Du würdest mir so was nicht schicken, wenn es Schwachsinn wäre, also habe ich Shannon angerufen, sie umbuchen lassen, und jetzt bin ich hier."

„Du scheinst überhaupt nicht aufgebracht deswegen zu sein", beobachtete Levi.

„Wie könnte ich denn aufgebracht sein, wenn du mich davor bewahrt hast, einen riesigen Fehler zu machen?"

„Weil du dich auf diesen Abschluss gefreut hast. Weil wir dachten, dass du tatsächlich die Serie machen kannst. Du hast heute was Wichtiges verloren. Du darfst genervt deswegen sein."

Silas nickte, nahm Levis Worte zur Kenntnis. „Das sollte ich, aber weißt du, was gleich nach dem Abbruch des Meetings passiert ist?"

„Willst du mich wirklich raten lassen?", fragte Levi, genervt davon, wie sich diese Unterhaltung entwickelte.

„Tut mir leid", erwiderte Silas mit einem leisen Lachen. „Ich dachte, jemand hätte dich inzwischen angerufen. Aber ich schätze nicht. Gleich nachdem ich das Treffen abgebrochen habe, habe ich einen Anruf von Miranda Moon erhalten. Sie sagte, sie hätte eine Vorahnung, dass in den Abschluss irgendwelche zwielichtigen Typen involviert wären, und wenn es sie wäre, würde sie den Vertrag nicht unterschreiben. Als ich ihr erzählte, dass ich bereits das Meeting abgebrochen habe, sagte sie etwas Interessantes."

Levi setzte sich auf die Bettkante und wartete. „Wie interessant?"

„Sie sagt, sie hätte darüber nachgedacht, eine Produktionsfirma zu gründen, damit sie und Gideon ihre Projekte machen können, ohne die Kontrolle aufzugeben. Und sie wäre interessiert, mit mir an meiner Serie zu arbeiten. Sie sagte, es wäre ein ungewöhnlicher Vertrag, da ich überhaupt keinen Vorschuss kriegen würde, aber ich hätte die volle Kontrolle und würde am Profit mehr als nur durchschnittlich beteiligt. Ich habe gesagt, sie soll sich mal mit Shannon hinsetzen und die Details ausarbeiten, und ich würde darüber nachdenken."

„Du bist echt interessiert", sagte Levi, der schließlich seine Energie bemerkte. Er strahlte Zufriedenheit aus. Als wäre alles in seiner Welt richtig.

„Mehr als interessiert. Ich kenne Miranda und Gideon. Das sind solide Leute."

„Stimmt schon", sagte Levi, der Silas eine Haarsträhne hinters Ohr zurückschob. „Weißt du, dieses eine Mal habe ich so ein Bauchgefühl."

„Dieses eine Mal?", fragte Silas mit einem ungläubigen Schnauben. „Du hast doch immer Bauchgefühle."

„Okay, stimmt. Ich glaube, es ist eher eine Vision. Nur in meinem Unterbewusstsein. Was immer es ist, es sagt mir, dass Miranda eine gute Partnerin für dich ist."

„Das glaube ich auch", sagte Silas. „Jetzt küss mich. Ich bin den ganzen Weg hierher geflogen, um diese Lippen zu kosten."

Levi tat, wie geheißen, aber er machte es kurz und schob Silas sanft zurück. „Wir kommen zu spät."

„Wohin?", fragte Silas.

„Meine Show. Ich debütiere heute Abend mit einem neuen Song, weißt du noch?"

„Stimmt ja. Was hältst du davon, heute Abend noch etwas zu debütieren?"

„Was denn? Du schlägst doch nicht vor, dass ich allen meinen nackten Hintern zeige, oder?", fragte Levi, der Silas mit gespieltem Argwohn betrachtete.

„Wohl kaum. Das gehört alles mir." Silas strich mit der Hand über Levis Hals hinab, sodass er bebte. Dann fiel er plötzlich auf ein Knie und hielt eine kleine Samtschatulle vor.

Levi starrte sie an, wartete darauf, dass die Panik einsetzte. Das Entsetzen, dass das alles zu früh passierte. Dass sie mehr Zeit brauchten. Aber keiner dieser Zweifel materialisierte sich. Er spürte nur reines Glück. „Wie lange hast du das geplant?"

„Spielt das eine Rolle?"

„Vielleicht." Nein. Nein, tat es nicht. „Frag mich trotzdem."

Silas warf ihm ein wissendes Lächeln zu. „Levi Kelley, ich habe dich geliebt, seit ich siebzehn bin. Wenn wir zusammen waren, wenn wir getrennt waren, und ich weiß ganz sicher, dass ich dich jeden Tag für den Rest meines Lebens lieben werde. Bitte trag meinen Ring und stimme zu, mein Mann zu werden."

„Ja." So einfach war das. Man musste es nicht rechtfertigen. Oder erklären. Oder bewerten. Levi liebte Silas von ganzem Herzen. Es war eine Ehre, ihn zu heiraten.

Silas schob das Platinband mit den drei glänzenden Diamanten auf Levis Ringfinger, und als es saß, hob er es an den Mund und küsste es. „Ich liebe dich, Levi Kelley."

Levi erhob sich, zog Silas mit sich, und dann in seine Arme. „Ich liebe dich auch, Silas Ansell."

Levis wusste nicht, wer sich zuerst bewegte, aber plötzlich

küssten sie sich. Die Art, die von Liebe erfüllt war, und von Hoffnung und einem Versprechen für die Zukunft.

Silas zog sich atemlos zurück und sagte: „Wir bewegen uns jetzt lieber hier raus, sonst glaube ich, das einzige Publikum, das du heute Abend kriegst, bin ich und dieses Bett."

Levi zuckte mit den Schultern. „Würde mich nicht stören."

„Den *Rolling Stone* aber schon."

„Stimmt." Zögerlich löste Levi sich aus Silas' Armen, und zusammen gingen sie, damit Levi eine gigantische Show hinlegen konnte.

Am nächsten Tag stieg die neue Single seiner Band in zwölf Ländern auf den ersten Platz der Charts. Wirklich spektakulär.

KAPITEL 28

*H*arlow Thane stand hinter dem Tresen im *Equinox* und bewunderte die Menge. Es war die Eröffnungsnacht von Chad Garbers neuem Pub, und alle, die irgendwer waren, waren da. Darunter Silas Ansell und Levi Kelley, dass frisch verlobte Paar, das so geerdet war, dass es sie jedes Mal überraschte, wenn sie sie sah.

Wenn man bedachte, dass Levi Chads Schwager war, bedeutete das, dass sie ihn ziemlich oft sah. Aber seine Strahlkraft als Star warf sie immer noch um.

„Harlow, kann ich ein Limo kriegen?", fragte Frankie.

„Bist du sicher, dass du das willst, bevor du auf die Bühne gehst?", fragte Harlow den Teenager.

„Ach. Du auch?", beschwerte sie sich. „Jetzt, da ich die ganze Zeit singe, erwarten alle, dass ich nur noch Wasser trinke, viele Omega-3-Säuren esse, was immer die sind."

„Das gute Fett, mit dem du deine Energie bewahren kannst." Harlow füllte ein Glas mit Wasser und dann fügte sie ein paar Zitronen und Limettenscheiben als Zierde hinzu. „Das hilft vielleicht ein bisschen."

Frankie warf einen Blick drauf und verzog das Gesicht.

„Du magst keine Zitronen und Limetten?"

„Mir ist Schokolade lieber."

„Ist das nicht bei uns allen so, Kleine? Ohne Ausnahme?"

Frankie nahm einen großen Schluck Wasser und marschierte dann weg, sodass Harlow allein am Tresen zurückblieb.

Sie ist süß. Die Stimme kam aus dem Nichts, und hätte Harlow sie nicht schon tausend Mal vorher gehört, hätte sie sie verwirrt.

Harlow ignorierte den Geist. Sie hatte keine Zeit, diese Spielchen zu spielen. Nicht heute. Nicht, wenn sie dafür verantwortlich war, sicherzustellen, dass die Eröffnung problemlos über die Bühne ging.

Klar, Chad war da. Aber er war damit beschäftigt, Runden zu machen und den Gastgeber zu spielen. Harlow war diejenige, die dafür verantwortlich war, dass das Event reibungslos lief.

So weit, so gut.

Früher oder später wirst du es ihnen erzählen müssen, sagte der Geist direkt in ihr Ohr.

„Geh weg", sagte Harlow tonlos. „Du bist nicht eingeladen."

Der Geist hob das Kinn, als wäre er beleidigt, und trieb zur Bühne. Harlow beäugte ihn nur, um sicherzustellen, dass er keine Probleme verursachte, wozu er neigte, wenn er genervt war.

„Hey, Harlow", sagte Miranda Moon, die auf einen Barhocker glitt. „Kann ich einen Wodka mit Club Soda kriegen?"

„Klar."

„Und ein Bier für Gideon. Was immer an Importbieren du zapfen kannst."

Harlow nickte und machte sich an die Arbeit.

Miranda und ihr Partner waren bereits häufige Besucher des Equinox, seit sie das Büro nebenan gemietet hatten und regelmäßig vorbeischauten, um zu sehen, wie die Renovierung lief. Sie waren damit beschäftigt, eine Produktionsfirma auf die Beine zu stellen, und Harlow hatte gehört, das erste Projekt, an dem sie arbeiteten, wäre eine Fernsehserie, die Silas Ansell geschrieben hatte. Es waren große Neuigkeiten gewesen, als diese Ankündigung gemacht worden war. Gefolgt von einem Skandal bei den Salish Sea Studios, als jemand sich über den Regisseur von Silas' und Levis Film beschwert hatte. Offensichtlich hatte er ein paar Schauspielerinnen sexuell belästigt.

Es hatte sogar Gerüchte gegeben, dass der Film nicht ausgestrahlt werden würde, aber ein Fan-Protest hatte ihn gerettet und die Tatsache angeführt, dass keiner der Schauspieler, die mitspielten, verwickelt war oder irgendwas davon gewusst hatte, also sollten sie nicht darunter leiden müssen. Das bedeutete nur, dass der Film sehr wahrscheinlich für nichts nominiert werden würde, aber zumindest würden die Fans ihn doch zu sehen kriegen.

Harlow reichte Miranda ihre Getränke und fragte: „Willst du, dass ich das auf deine Rechnung setze?"

„Bitte." Miranda holte ihre Kreditkarte heraus und reichte sie rüber. „Ich glaube, wir werden eine Weile hier sein."

„Das wird Chad sehr gerne hören", scherzte Harlow.

„Und dieser Geist, der meinen Gideon angafft, wohl auch", sagte Miranda.

Harlow wusste genau, von wem sie redete, aber sie drehte sich nicht in die Richtung des Geistes. Das hätte direkt verraten, dass sie ein Medium war, und das war etwas, das

Harlow absichtlich vor ein paar Monaten hinter sich gelassen hatte. „Ja? Ist sie süß, oder hat sie eine Warze auf der Nase?"

Miranda verdrehte die Augen. „Spiel doch keine Spielchen mit mir, Harlow. Ich weiß, dass du sie siehst. Ich weiß, dass du versucht hast, sie aus dem Pub zu treiben, es aber nicht kannst, weil sie hier verwurzelt ist. Ich verstehe nur nicht, warum du dich benimmst, als wüsstest du das nicht."

„Es ist kompliziert", sagte Harlow, die beschloss, ihre Gabe einzugestehen, oder ihren Fluch, oder wie auch immer man es nennen wollte.

„Das ist es immer, meine Liebe." Miranda tätschelte ihr die Hand. „Wenn du jemals Hilfe willst oder reden möchtest, bin ich da."

„Danke dir", sagte Harlow. „Aber ich bin raus aus den Geistergeschichten."

„Das ist schwer zu glauben", sagte eine tiefe, melodische Stimme. Eine Stimme, die sie nie vergessen hatte.

Harlow wirbelte herum und schaute direkt in die Augen ihres alten Partners.

Cash Moses.

Ex-bester Freund. Ex-Partner. Ex-Liebhaber.

Er war der letzte, den sie erwartet hätte, in Keating Hollow zu sehen.

„Cash? Was machst du denn hier?"

„Das gleiche wie du", sagte er mit einem trockenen Lächeln, während er sie von oben bis unten betrachtete. „Ich suche nach dem Geist, der uns alles gestohlen hat."

„Ein Geist und ein Verrat? Oh, das wird gut", sagte Miranda, die sich in erwartungsvoller Vorfreude die Hände rieb.

Cash schaute die Schriftstellerin an, die zur Produzentin

geworden war. „Da hast du verdammt noch mal recht. Harlow, bist du dafür bereit?"

Nein. Er redet davon, den einen Geist zu jagen, mit dem sie niemals hatte kommunizieren können. Derjenige, der unbezahlbare Familienerbstücke und Juwelen gestohlen und Harlows Fernsehkarriere ruiniert hatte. Obwohl Harlow dem Geist unbedingt ein Ende hatte setzen wollen, war sie sehr wahrscheinlich auf gar keinen Fall bereit für einen Kampf. Noch nicht. Und nicht, wenn Cash Moses daran beteiligt war. Aber das hätte sie niemals zugegeben. Stattdessen warf sie ihm ein freches Grinsen zu und sagte: „Lass hören."

KAPITEL 29

*A*ugust West zog sein SUP oben von seinem SUV und begab sich hinunter zur Wasserkante, wo Silas und Levi auf ihn warteten, beide in Neoprenanzüge gekleidet und mit elender Miene, weil sie so früh hatten aufstehen müssen. Sie hatten niemals einen Tag zum Paddeln gefunden, während sie in Keating Hollow an ihrem Film gearbeitet haben. Die Fotografen waren einfach zu unnachgiebig gewesen. Aber jetzt, da sie in Befana Bay waren, waren sie vor den Paparazzi geschützt, und August war entschlossen, ihnen zu zeigen, was Spaß machte.

Es war kurz vor Sonnenaufgang, und die Luft war ziemlich kühl, aber es ging kein Wind, und die Befana Bay war kristallklar und so ruhig, wie es nur ging. Es war der perfekte Vormittag zum Paddeln.

„Ihr beiden kriegt eine Sonderbehandlung", sagte August. „Perfekte Bedingungen."

„Das habe ich Levi gesagt, aber er ist immer noch nicht überzeugt", sagte Silas, der seinen Verlobten anlächelte.

„Hör mal, ich habe gesagt, es wäre schön, aber ich bin mir nicht sicher, warum wir so früh draußen sein müssen", sagte Levi mit einem Stöhnen. „Das soll doch ein Urlaub sein, bevor du mit der Arbeit an deiner Serie beginnst und ich auf Tour gehe."

„Vertraut mir", sagte August. „Es wird sich lohnen. Ich habe eine Überraschung für euch beide."

„Ich hoffe, dazu gehört Kuchen", scherzte Levi.

„Mmmm, Kuchen. Und Cappuccinos", fügte Silas an.

August schüttelte den Kopf, doch er konnte das Lachen nicht unterdrücken, das durch seine Kehle aufstieg. „Ihr beiden seid wie Teenager ohne Impulskontrolle. Ich schwöre, ihr seid füreinander bestimmt."

„Danke. Das glauben wir auch", sagte Silas, der bis über beide Ohren grinste.

„Ja", stimmte Levi zu, der den Mann bewundernd anschaute.

Es war echt rührend, zu sehen, wie die beiden Männer liebevoll miteinander umgingen. August war niemals so verliebt gewesen. Lust vielleicht, die kannte er, aber Liebe nicht. Er fragte sich allmählich, ob es überhaupt in seinen Genen lag, mit jemandem zusammen zu kommen und sich mit einer Person niederzulassen.

Er bezweifelte es, aber er blieb offen.

„Also gut, fertig?", fragte August, während er sein Board ins Wasser setzte.

„Fertig", sagten sie gemeinsam.

Er ließ sich Zeit, um ihnen alle Sicherheitsvorkehrungen zu zeigen, wie man aufstand und die Balance hielt, was man tat, wenn man runterfiel, und dann am Schluss, wie man sich benahm, wenn irgendwelche Meerestiere näherkamen oder auftauchten.

„Du sagst also, wenn ein Wal an die Oberfläche kommt, sollte ich einfach nichts tun? Einfach dastehen und ihn sein Ding machen lassen?", fragte Levi, der entsetzt klang.

August lachte leise. „Ja. Ganz genau. Orcas sind nicht aggressiv gegenüber Menschen. Wenn sie sich zeigen, bleib einfach auf deinem Brett stehen und sieh ihnen zu. Ich verspreche dir, es ist magisch."

„Weißt du, wie man Orcas nennt? Killerwale. Ich glaube, man nennt sie aus einem bestimmten Grund so, August", entgegnete Levi.

„Du kommst klar", versicherte August ihm. „Ich hatte niemals ein Problem mit Orcas oder Killerwalen."

„Ich beschütze dich, Babe", sagte Silas, während er Levis Brett hielt, damit er darauf knien konnte.

„Darum liebe ich dich." Levi warf ihm einen Luftkuss zu.

August blieb zurück und beobachtete sie, sowohl eifersüchtig als auch angeekelt. Okay, vielleicht einfach nur eifersüchtig, aber er dachte, er *sollte* sich angeekelt fühlen. Seine Freunde waren nicht gerade zurückhaltend mit öffentlichen Zuneigungsbekundungen.

Keiner von ihnen brauchte lang, um sich an das SUP zu gewöhnen, und sogar noch kürzer, um stehen zu lernen.

August jubelte ihnen zu, und schließlich schloss er sich ihnen auf seinem eigenen Brett an. Er paddelte ein gutes Stück in die Bucht hinaus, winkte Silas und Levi, dass sie ihm folgen sollten. Dann hörte er es. Die unvergesslichen Rufe der Orcas.

„Sie kommen", flüsterte August.

„Wer kommt?", fragte Silas.

„Orcas. Wartet einfach."

Während der Augenblick verging, war plötzlich die Bucht voller Hexen auf ihren eigenen SUPs. Sie waren alle in schwarze Roben und spezielle Hexenhüte gekleidet, und jede von ihnen trug eine angezündete Kerze in einer Hand. Der Effekt war ein großartiges Glühen, gespiegelt vom Wasser.

„Wow", hauchte Levi links von August. Silas war auf der anderen Seite, sodass sie eine Art Dreieck bildeten.

August lachte vor sich hin, darüber, wie die Klatschpresse das wohl drehen mochte, falls sie es sahen. Zum Glück konnten sie die magischen Schutzmechanismen nicht überwinden, die Befana Bay umgaben. Dieser Schutz war der Grund, weshalb so viele Schauspieler erster Güte in der Stadt drehen wollten. Es ging immer um die Privatsphäre.

„Schaut", sagte August zu ihnen, nickte zur Öffnung der Bucht hin. „Sie kommen."

Während der Mond immer noch silbern über der Bucht schien, beobachtete August eine Schule von zwanzig Orcas, die sie und den Zirkel umkreisten, der gekommen war, um mit den Orcas zu reden. Levi und Silas machte diese Erfahrung sprachlos.

Der Anführer des Zirkels sprach in einer Sprache, die die der Orcas wiedergab, und sie antworteten ihm, während sie durch das Wasser trieben, erfreuten sie mit ihrer Schönheit. Es gab keine Worte, die die magische Erfahrung ausdrücken konnten, die man erlebte, wenn die Orcas kamen. Und August wollte es nicht mal versuchen. Er genoss es einfach. Und als die Orcas verschwanden, hatte er das Gefühl, als wäre er von der Natur berührt worden.

„August", hauchte Silas, der näherkam. „Warum haben wir das noch nie gemacht?"

„Ich weiß nicht", gab er zu. „Hat sich damals nicht richtig angefühlt. Ich denke, es war dir bestimmt, das mit Levi zu erleben." Sein Inneres sagte ihm, dass es die Wahrheit war. August hatte so einen Sinn dafür, zu wissen, was andere während verschiedener Phasen ihres Lebens brauchten.

„Weißt du, ich glaube, du hast recht."

Die drei Männer paddelten zurück zur Küste und beobachteten den Zirkel, der draußen in der Bucht blieb, während sie ihre rituellen Gesänge durchführten und ihre Zauber übten. Es gab Lichtblitze hier und da, aber sobald die Sonne allmählich aufging, kamen sie sofort zurück ans Ufer.

„Ich glaube, danach brauche ich einen Drink", sagte Levi. „Ich komme gar nicht drüber weg. Danke, August. Ich denke nicht, dass ich das jemals vergessen werde."

„Gern geschehen. Falls du noch ein Abenteuer willst, während wir hier sind, können wir Kassandra besuchen, die Wahrsagerin. Sie ist mit ihren Tarot-Karten immer ein Liebling der Menge."

„Das lasse ich sausen", sagte Silas. „Ich würde lieber Kajak fahren oder Wandern."

„Ich komme mit", sagte Levi zu August. „Wir können gehen, während Silas ein Nickerchen macht. Er ist jetzt ein alter Mann, der jeden Tag ein Nickerchen hält."

„Hey. Ich bin noch nicht mal dreißig. So alt bin ich nicht. Ich hole nur den ganzen Schlaf auf, den ich verpasst habe, als ich früher so viel gearbeitet habe", behauptete Silas.

„Ich habe nichts dagegen einzuwenden", sagte August. „Ein Nickerchen hält dich ausgeruht und jung."

Levi versprach, August später eine Nachricht zu schicken, um den Trip zu Kassandra zu planen, und dann machte sich das Paar auf zum Café vor Ort, ließ August die SUPs wegräumen. Ihm machte es nichts. Er hatte an diesem Tag sonst nicht viel zu tun. Zumindest noch nicht. Er hatte im Augenblick noch keinen neuen Job, und er verbrachte seinen Tag normalerweise damit, jene zu unterstützen, die seine Hilfe brauchten. Manchmal mähte er Rasen. An anderen Tagen gab er vielleicht einem Auto Starthilfe. Und dann brauchten manche Leute etwas spezialisiertere Hilfe.

Wie Sage Easton.

Jedes Mal, wenn er in sie hineinstolperte, hatte er das Gefühl, dass sie ihn brauchte. Nur war er sich nicht ganz sicher, wofür. Und heute war keine Ausnahme.

Er wusste, dass sie auf dem Parkplatz war, noch bevor er ihren roten Toyota Rav4 sah. Er wusste immer, wenn Sage in der Gegend war. Es war ihre heftige Energie.

Sage war eine sehr getriebene Frau. Sie arbeitete hart, was er respektierte, aber das war alles, was sie wirklich machte. Arbeit. Die ganze Zeit. Und ihre Großmutter besuchen, deren Haus am anderen Ende des Parkplatzes war.

Weil er Bethany Befana liebte und niemals genug von Sage Easton bekam, marschierte er hinüber zum Haus und lehnte sich an das Eingangstor, beobachtete, wie die beiden Frauen auf der Veranda redeten. Sie sahen aus, als führten sie eine heftige Unterhaltung, und er wollte nicht stören.

Aber dann plötzlich kam es zu einem lauten Krach und einem Lichtblitz, der Sage stockstill und sprachlos dastehen ließ.

„Da. Es ist erledigt", erklärte Bethany. „Keine Hexe ist dafür geschaffen, jeden einzelnen Tag bei der Arbeit zu verbringen. Jetzt wirst du rauskriegen müssen, wie man Spaß hat. Komm nicht hierher zurück, bis du das tust." Die ältere Frau nickte August zu, womit sie nahelegte, dass sie ihn gesehen hatte, und dann ging sie mit hoch erhobenem Kopf zurück in ihr Haus.

Sage schaute dümmlich auf die geschlossene Tür. Schließlich schien sie wieder zu sich zu finden und marschierte von der Veranda, Wut strahlte von ihr aus wie von einem Feuerball.

„Alles in Ordnung?", fragte sie August, als sie ihn erreichte.

Sage funkelte ihn an. „Nein."

Er hob die Augenbrauen. „Hat deine Großmutter gerade getan, was ich glaube?"

„Wenn du meinst, mir meine Magie nehmen, dann ja. Ja, hat sie. Kannst du das glauben? Wie dreist. Sie glaubt, ich weiß nicht, wie man Spaß hat."

„Weißt du es?", fragte August, der vermutete, dass Bethany ansonsten niemals etwas so Drastisches getan hätte.

„Ich habe Spaß!", rief sie, ballte die Hände frustriert zu Fäusten.

„Nö, ich glaube, deine Großmutter hat recht. Du brauchst Unterricht im Spaß", sagte er und lächelte sie locker an.

„Ach? Und du glaubst, du bist der Richtige dafür?", schoss sie zurück.

„Ja. Ich bin genau der, den du brauchst", erwiderte er und wusste, dass er wie ein arroganter Arsch klang. Aber er konnte nicht verhindern, dass er so selbstsicher war. August West war ein Meister des Spaßes.

Sie schnaubte. „Vergiss es. Ich würde lieber so einen wirren alten Mann wie Peter White anheuern, als mich herumzuschlagen mit" – sie wedelte mit der Hand vor ihm auf und ab, während sie seine zerrupfte Erscheinung betrachtete – „was immer das ist."

Er beobachtete, wie sie die Straße entlang zu ihrem Glasladen ging, und wusste, dass sie nicht fähig sein würde, ein neues Produkt herzustellen, bevor sie ihre Magie zurückerhielt. „Ich bin dann da, wenn du bereit bist", rief er ihr nach.

Als sie daraufhin nur eine Hand hob und ihm den Stinkefinger zeigte, legte er den Kopf in den Nacken und lachte, weil er ohne Zweifel wusste, dass sie auf seiner Türschwelle stehen und ihn noch in dieser Woche als ihren Spaß-Coach anheuern würde. Und er würde jede Minute davon tierisch genießen.

ÜBER DIE AUTORIN

Über die Autorin

New York Times- und *USA Today*-Bestsellerautorin Deanna Chase wurde in Kalifornien geboren und in den behäbigeren Lebensstil des südöstlichen Louisiana versetzt. Wenn sie nicht schreibt, faulenzt sie oft mit ihrem Mann in New Orleans oder spielt mit ihren beiden Shih Tzus. Weitere Informationen und Neuigkeiten zu ihren neuesten Veröffentlichungen findet man auf ihrer Website unter deannachase.com.